JN049701
プロペラオペラ
2
犬村小六
イラスト：雫綺一生

Contents

Propeller Opera 2

Design: chika toyoda(musicagographics)

プロペラオペラ
2
犬村小六
イラスト：雫綺一生
Koroku Inumura
Presents
Propeller Opera

大公洋
ガメリア合衆国
大征洋
レキシオ
ハワイ
ソロモン諸島

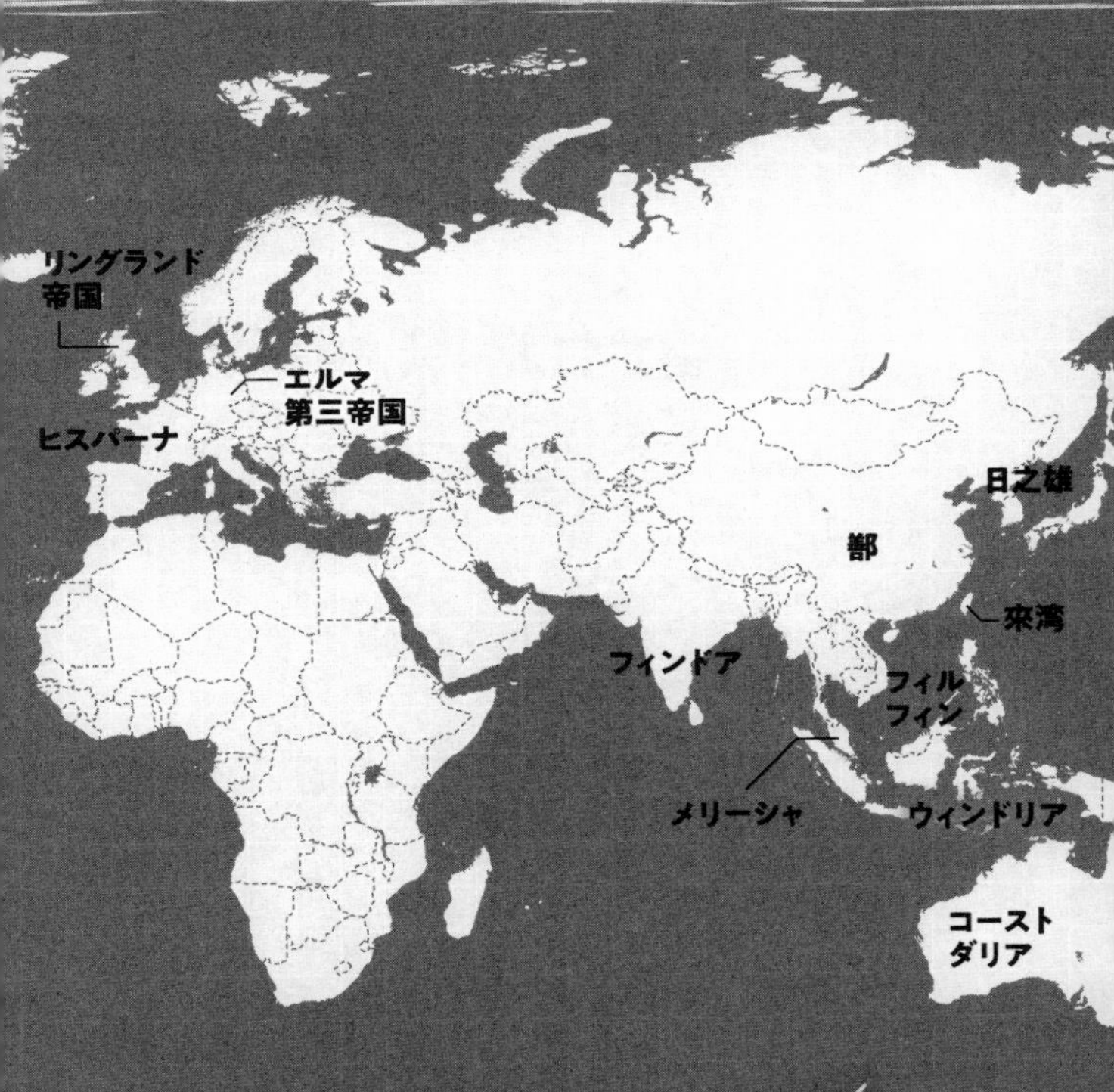

世界全図

World map

軽巡空艦「飛廉」

Light cruiser Hiren

メカデザイン／松田未来

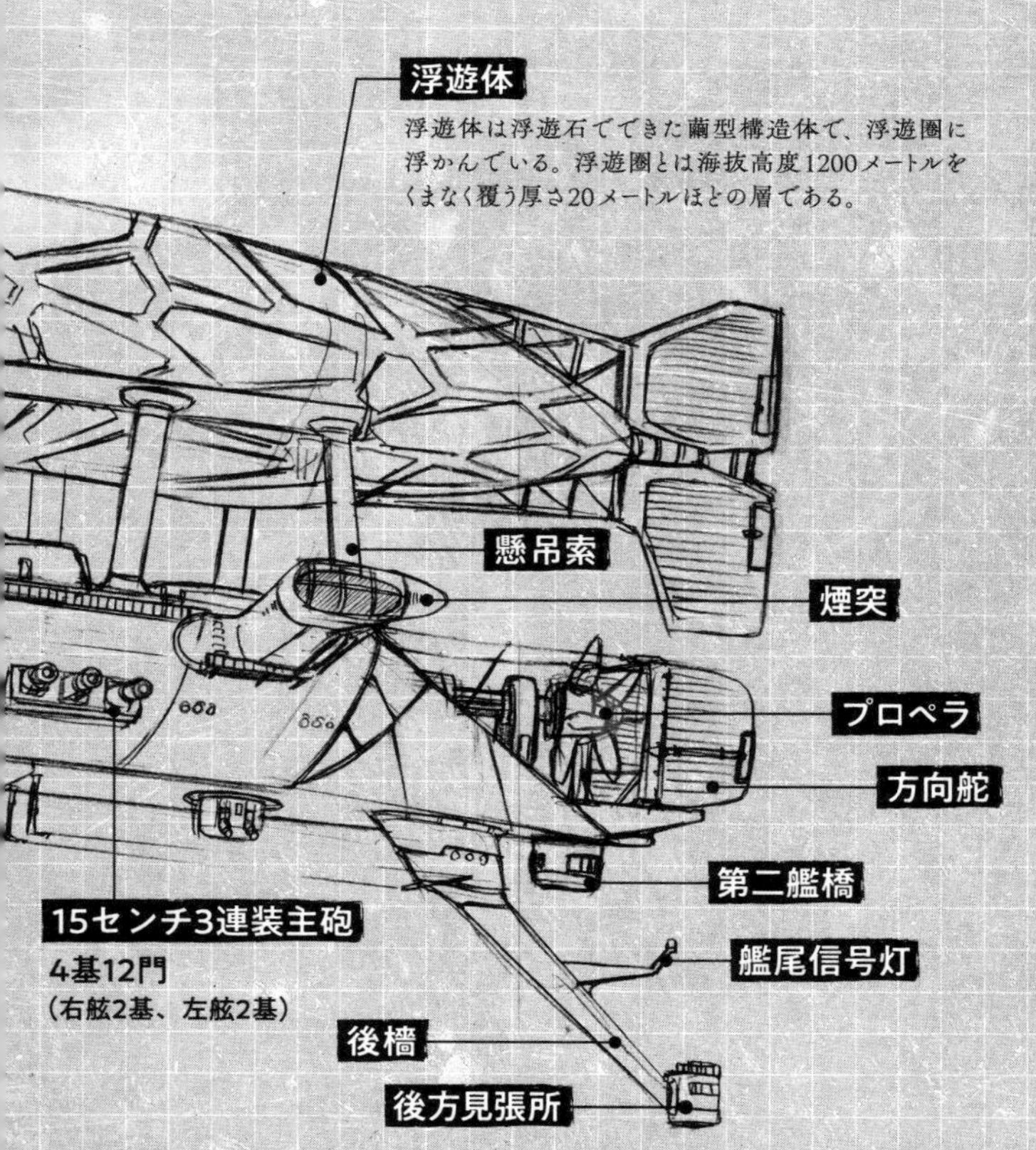

船体全長	190メートル	タービン	4基
船体全幅	17メートル	プロペラ	4基
満載排水量	10000トン	出力	9万馬力
浮遊体全長	185メートル	巡航	25ノット
浮遊体全幅	17メートル	最大船速	40ノット
乗員	340名（うち機関科92名）		

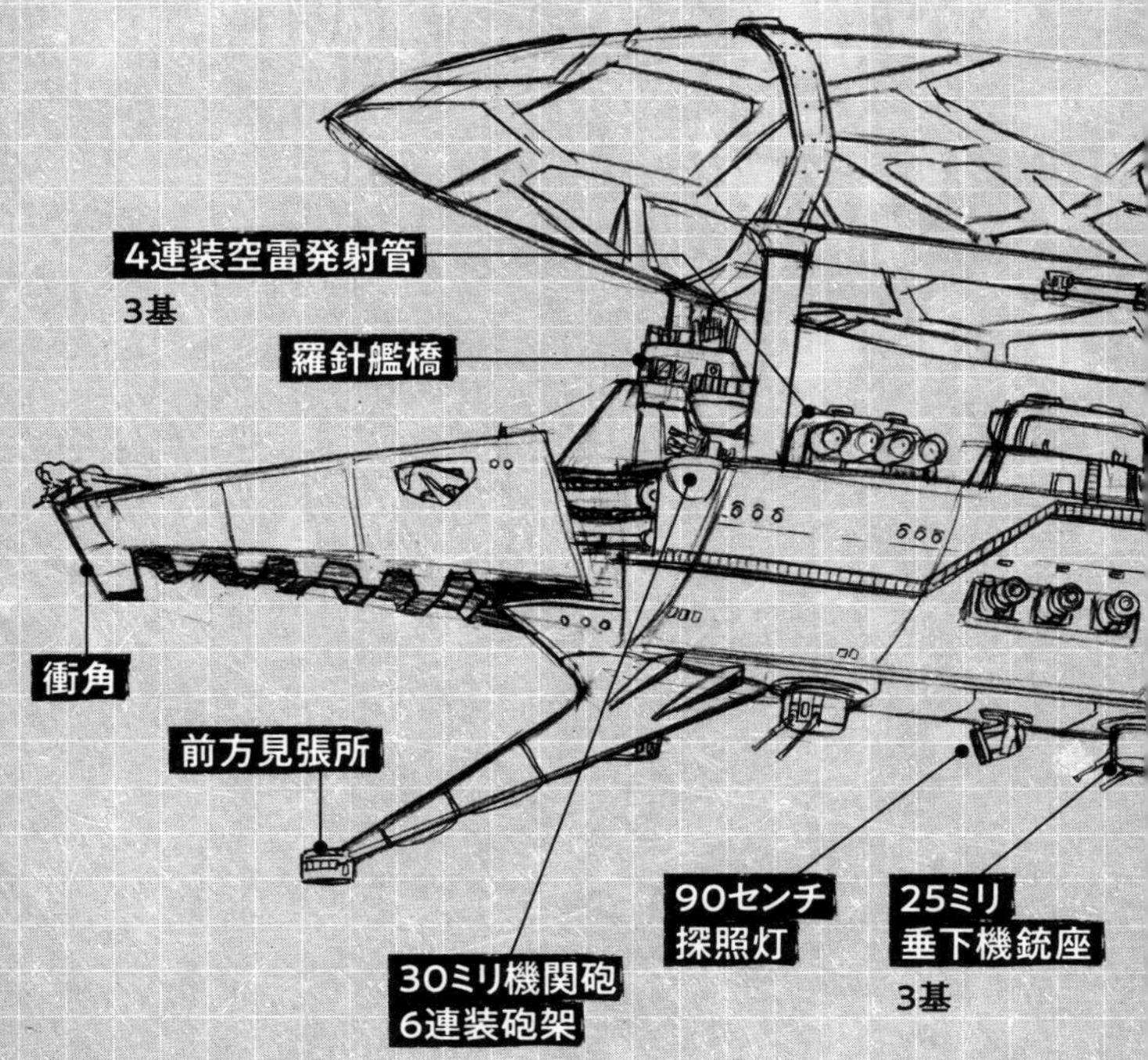

あらすじ

宮家嫡男、黒之クロトは十才のとき、親に言われるがまま日之雄皇王家第一王女、白之宮イザヤに「お前のことなど好きではないがおれが皇王になるために結婚しろ」とプロポーズ、王籍を剝奪されてガメリア合衆国へ国外逃亡することとなった。

しかしクロトはガメリアでその才覚を発揮、投資家として富裕層の仲間入りを果たすが、盟友カイル・マクヴィルの裏切りによって没落、さらに「イザヤをわたしのものにするために合衆国大統領になる」と宣言したカイルに憤慨、日之雄に戻って軍人となり、重雷装駆逐艦「井吹」艦長イザヤと再会する。

ガメリア合衆国との開戦に踏み切った日之雄は、緒戦で飛行戦艦同士の決戦「マニラ沖海空戦」に挑み、戦艦部隊が全滅するという苦境に陥りながらも「井吹」の活躍によりかろうじて勝利。その結果、国民的アイドルだったイザヤの人気はますますあがり「第二空雷艦隊」を指揮する司令官に任命される。

現在、フィルフィンを攻略した連合艦隊はさらなる南下を目論み、シンガポール要塞に碇泊するリングランド帝国極東艦隊と対峙している。日之雄陸軍は「メリー半島侵攻作戦」を企図し、海軍と協力してリングランド軍を極東アジアから追い払おうと画策しているが……。

序

introduction

「風之宮殿下!!　九十六、六十二、八十五!!」

　測距した数値を見張員が読み上げると同時に、白い砂浜に詰めかけた百名以上の男たちからどよめきがあがった。

「でかいっ!!」「実にでかいっ!!」「さすが姫さま、霊峰富士も真っ青だ!!」

　口々に感想を言い立てながら、あるものはその場にうずくまり、あるものは笑顔で鼻血を垂れ流し、またあるものは熱を持て余し海へ飛び込んでいく。

　つづけて見張員の報告が飛ぶ。

「白之宮殿下!!　七十二、五十四、八十二!!」

　おおおお、と感嘆の溜息が海水パンツすがたの男たちから洩れ、燦々とした陽光の下、たちまち明るい笑顔が砂浜に咲き乱れる。

「小さいっ!!」「実に小さい!」「さすが殿下、十勝平野も真っ青だ!」

　肩を抱き合い、互いにほっぺをつねりながら、むさ苦しい海パン男たちは三千メートル彼方へきらきら輝く瞳をむける。

　フィルフィン、マニラ近郊。

濃い青空を背景に、緩く湾曲しながら南へ延びていく海岸線の果て、小指の爪みたいな砂浜が霞んでいる。男たちのいる一般ビーチからは直線距離で三千メートル以上も離れたあの女性士官用ビーチで現在、白之宮イザヤ内親王と風之宮リオ内親王、それから護衛の戸隠ミュウが水着すがたで戯れているわけだが、常人の視力では人影を認めることなどまず不可能。

しかし、入神の域に達した日之雄海空軍見張員の能力は、人影の細部の寸法まで肉眼で測距してしまう。

「まだ確定ではないっ!! 数値に個々人の願望を入れてはならん、あくまで正確を期すのだ、次ぃっ!!」

空雷科兵曹長、鬼束響鬼の号令が飛び、新たな見張員が躍り出て、凛と胸を張り、鍛え上げてきた対勢観測能力を遙か彼方の女性士官用ビーチへ指向する。

三千メートルといえば新宿から渋谷ほども離れていて、人影など胡椒粒に等しい。だが連日連夜、一万メートル彼方の異物を求めて夜空へ凝らしつづけたその視力は、胡椒粒表面の凹凸までも看破する。

「風之宮殿下!! 九十八、五十六、八十八!!」

報告するやまたしても感嘆の呻きがあがり、再び跳んだりはねたり屈み込んだり、様々の反応が咲き乱れる。

見張員はさらに両目を血走らせ、次なる目標へ焦点を据え、ミリミクロンの塵芥を視界のうちで等身大にまで引き延ばし、細部を測距する。

「白之宮殿下!! 七十、五十二、八十五!!」

ぬおお……、と再び百名を超える海パン男たちがどよめく。三千メートル離れても明白な、リオとイザヤの悲しい対比。だがそれが逆にイザヤの佇まいの儚さ、切なさを際立たせ、「小さいからいい」「むしろ小さいほどいい」という世間と乖離した価値観が醸成される。

「意義あり！ 殿下のはそれほど大きくないぞ！」

突然反論を投げかけたのは、熱狂的なイザヤ推しの兵員たちだ。

「そうだ、殿下が七十もあるはずがない！」「自分の願望を数値に入れるな！ 殿下は絶対に六十センチ台だ！」「いや、陥没している可能性も捨てきれないぞ!!」

この場にイザヤがいたなら抜刀して斬りかかってくるであろう熱い議論を交わしつつ、男たちは飽きることなく彼方の女性士官用ビーチを肉眼で測距しつづける。

しかし。

やがて耐えがたい虚しさが一同を包む。

寸法などでは、全然足りない。

「写真を……撮れないか？」

誰からともなくそんな提案が為され、いつしかむさ苦しい男たちは暑苦しい顔を寄せ合わせ、真剣な討論がはじまる。

「女性士官用ビーチに接近できれば、撮影の機会もあるかと」

「だがビーチは戸隠(とがくし)少尉が警護している。あのバケモノが相手では接写などとても……」

ミュウの名前が出た途端、兵たちの表情がしおれる。

艦内風紀を司る甲板(かんぱん)士官、戸隠ミュウ。

古(いにしえ)より皇王家を陰日向(かげひなた)から護衛してきた戸隠一門の末裔(まつえい)たるミュウの察知能力のすさまじさは、飛行駆逐艦(くちくかん)「井吹(いぶき)」で艦内生活を共にしてきた水兵たちが身体(からだ)で理解している。姫宮に不当に接近した兵の背後にいきなり現れては「何用ですか」と声を掛け、転んだふりをして触ろうとした兵の眼前に出現しては頭を踏みつけ、風呂を覗(のぞ)こうとした鬼束(おにつか)はあろうことか背後から裸締(はだかじ)めをくらって失神させられた。

「姫に邪(よこしま)なことをしようとした途端、目の前にあのバケモノが現れる。戸隠少尉の警戒を突破できる人間なんてここには……」

言いかけた水兵は言葉尻を飲み込み、なにかを思い出したように見ひらいた目を砂浜の背後の原生林へと送った。

「……いる……！」

ざわっ、と男たちは顔を見合わせ、それから一斉に後方を振り返る。

ひとり――

椰子(やし)の実を片手にハンモックに横たわり、ストローを口に含むサングラスの少年。

着ているのは海水パンツ一丁。剝き出しの華奢な上半身から青白い陽炎を立て、悠然と異国の青空を見上げている。

百名を超える水兵たちは唇を嚙みしめ、それから決意したように頷きを交わし、ざっ、と砂を蹴立て決然とした足取りで少年を目指す。

彼なら――あるいは。

不可能とも思える水着盗撮作戦を、可能ならしめるのではないか。

弱冠十六才にして世界最大の金融街、フォール街の頂点近くへ登り詰め。

ルソン沖海空戦では敵艦隊の針路と編制を完璧なまでに予測して大勝利に貢献し。

世界最大の飛行艦艇同士の決戦となったマニラ沖海空戦においては独自の判断で戦線を離脱、暗夜を待って敵艦隊の懐中に飛び込み両舷飽和雷撃を成功させ。

さらには射撃指揮装置を失いながらも暗算だけで空雷の発射諸元を調定、雲のむこうの見えない敵戦艦へ盲目雷撃を敢行、戦艦五、重巡三を撃沈せしめる大戦果を収めた奇跡の少年。

あの天才ならば――きっと。

わずかな希望を抱き、男たちは少年の直前で足を止め、表情を引き締める。

少年は微動だにしない。これだけ大勢の半裸の男たちが真顔で自分を取り囲んでいるにもかかわらず、表情ひとつ変えることなく、サングラスをかけたまま片手の椰子の実をワイングラスのようにゆらゆらとくゆらせる。

鬼束兵曹長が一歩前へ出て、少年へ言葉をかける。

「黒之閣下。よろしいでしょうか」

重く告げると、少年はようやくサングラスへ片手を当て、額へと押し上げる。

南国の弛緩した大気を切り裂くような、鋭利でやさぐれた蒼氷色の瞳が、鬼束を映し出す。

擦り切れた水晶を思わせる少年、黒之クロト少佐は落ち着いた言葉を紡ぐ。

「みなまで言うな。用件を当ててやろう」

感情の見えない瞳が渦を巻く。鬼束は気圧され、思わず背筋を伸ばす。

日之雄皇王家の最高傑作。未来の連合艦隊司令長官。そんな見出しで新聞雑誌に掲載されたクロトの天才的演繹能力が、いま、鬼束の内面をまさぐって心中にあるものを摑み出す。

「……リングランド極東艦隊の動静が気になるのだろう？　フィンドア洋にいる彼らがいつ東アジアへ回航してくるのか、気になって夜も眠れん……そうだな？」

「違います」

「ほう」

クロトは一瞬意外そうな顔をするが、すぐに口の端を斜めに吊り上げ、

「……では先日のおれの予言が気になるのだな？　ガメリア大征洋艦隊から飛行戦艦が派遣され、大公洋艦隊と合流したなら大変なことになる。新たな飛行戦艦と戦わねばならんのが恐ろしくて、ろくに休暇を楽しむこともできんと」

「いえ。敵情は関係ありません」

「ふむ」

クロトは鬼束から目線を外し、うつむき気味にしばらく黙考(もっこう)してから、再び冷然とした瞳を持ち上げる。

「……晩飯だな？　この近辺はロブスターの漁場だ、今宵(こよい)はここで盛大にバーベキュー大会をひらきたいと、そういうわけか。この食いしん坊め」

「違います」

即座に否定され、クロトは苦々しげに舌打ちすると、またしても黙考に入る。いつまでも当たらないクロトの推測に、鬼束のほうがいらいらしてきて、

「用件を言っても良いでしょうか」

「ダメだ、おれが当てるまで言うな」

「ですが、このままでは日が暮れてしまいます」

「……ちっ」

クロトは舌打ちすると、渋々、目線で鬼束に用件を問いかける。

鬼束は踵(かかと)を鳴らし、胸を張って堂々と用件を伝えた。

がくり。

音を立ててクロトは首を直角に折り曲げると、呆(あき)れ顔を持ち上げる。

「水着写真？　あいつらの？」

「はっ。それが入手できれば我ら一同、この世に未練はありません」

　クロトはしばらく半口をあけて鬼束を見つめたのち、突然こめかみに野太い血管を浮かべ、まなじりを吊り上げて怒鳴りつける。

「当たるわけないだろうがそんなもん!!」

「いえ、当ててみろ、とはひとことも」

「お前らの薄汚れた思考回路はおれの知性の埒外だ！　我が帝国が存亡をかけて建国以来最大の戦いに挑んでいるさなかに！　前線のお前らは！　あんなつまらんやつらの水着写真が欲しいと!?」

「つまらんやつらとはなんですか!?」

　激昂した水兵が思わず声を荒らげ、鬼束に片手で制された。しかしクロトの言葉が気に障った他の兵も、思わず大声を張り上げる。

「幼なじみだからって、そんな言いかたがありますか!?　殿下と姫がつまらんなら、いったい誰が面白いのです!?」

「おれと代わってくださいよ！　失礼ですが、少佐は自分がどれだけ恵まれているのかわかっておられますか!?　おれが、おれがリオさまと幼なじみだったら、いまごろとっくにあんななったり!!　こんななったり!!」

「おれだってイザヤ殿下と幼なじみなら、こんななったり!! あんななったり!!」

興奮状態の水兵たちは暑苦しい身振り手振りを繰り出しながらクロトへ詰め寄ってくる。

これみよがしな溜息を盛大について牽制を入れてから、クロトは無愛想な表情を傲然と持ち上げ、静かに諭す。

「……落ち着いてよく聞け。ガキのころからあいつらと川遊びしていたおれから言わせれば、あんなもの、見る価値はない。ひとりはタヌキの金玉じみた脂肪塊をだらしなく風にそよがせ、もうひとりはお前らと大して変わらん。命を賭してそんなものを撮影するくらいなら、おれを撮れ。生物学的希少性からいえば、おれのほうがあいつらの数十倍、撮影する価値がある」

「なに言ってんですか閣下!?」「頭がおかしいのですか!?」「あなたを撮って我々が喜ぶと本気で思っておられるのですか!?」

あまりの噛みあわなさに兵員たちはついに切れて、クロトを激しく糾弾する。

憤激したクロトがさらに罵声を返そうとした刹那、鬼束が不毛な争いの狭間に割って入り、クロトへ真剣な面持ちを投げかけて、

「……いま、三千メートル彼方で、殿下と姫様が水着すがたで戯れておられる。我らにとっては今生、一度きりの機会であります。もしも写真一葉、手に入れることができたなら、我ら全員、黒之閣下へ生涯の忠誠を誓いましょう」

しごく真面目かつ魂の籠もった言葉だった。目の前の兵員たちも眼差しに魂を込めて、水着

写真が手に入ったならクロトに隷属することを眼光で伝えてくる。

クロトは再び睫毛を翳らせてから、嫌みたらしい溜息を口の端からこぼし、黙考する。

——まったくもって、アホな連中だ。

しかし。

——手なずけておいて損はない。

百度の訓練より一度の実戦がモノをいう軍隊において、二か月前、あの壮絶なマニラ沖海空戦を経験したこのアホどもの戦闘技術は現在、世界水準においても最高ランクにある。脳が股間に食い荒らされたような連中だが、戦場で役に立つことは間違いない。

——これを機に、このアホどもをおれに服従させるのも悪くない……。

ゼロコンマ二秒でそんな心算を完了し、クロトはゆっくりとハンモックから降り立ち、右手に椰子の実を持ったまま、鬼束と水兵たちを睥睨する。

「……鬼束。……いまの言葉、二言はないな？」

重々しく告げてストローを口に含み、じゅりー、と中味を吸い上げる。

鬼束は背後に控えた水兵たちを振り返ったあと、重く頷き、クロトへ向きなおる。

「はっ。両殿下の水着写真が手に入ったならば、我らは黒之閣下のために死にます」

もう一度改めて言葉に魂を込める。

クロトは椰子汁を全て飲み干すと、ワイングラスのように椰子の実を片手でくゆらせ、それから悠然と言い切る。

「……貴様らがそこまで言うなら仕方ない。実に不本意だが協力してやる」

おおお、と水兵たちの表情に希望がみなぎる。

人間性に欠陥があるのは間違いないが、しかしクロトが天才的戦術家であることは「井吹」に乗ってマニラ沖海空戦を共に戦った水兵たちが理解している。クロトが作戦計画を立案したなら、不可能とも思える作戦が現実味を帯びてくる。

クロトは三千メートル彼方に霞んだ女性士官用ビーチを遠望しながら、

「つまりはミュウをふたりから引き剝がせばいいわけだ。多方面から陽動を駆使し、あのバケモノが本陣を空けた隙に別方向から秘密裏に撮影を敢行、気づかれることなく撤収する。見張員、目標地点の地形はわかるか」

先ほど、両姫の三位寸法を測距した見張員たちが表情を引き締めて進み出、砂浜へ棒きれで女性士官用ビーチの平面図を描き出す。

背後に原生林、左手に山から流れ出る小川があるだけで、一般用ビーチと女性士官用ビーチは視界を遮るものがなにもない。ミュウの視力があればこちらの動きは筒抜けだ。

クロトは地図を睨みながら、残り時間を推量する。

「やつらは今夜、あの砂浜でキャンプする予定だ。恐らく日没までは水着だろう。残り時間は二、三時間というところか。……カメラは何台だ?」

「わたしの所有する一台だけであります！」

　空雷科員、山田一等兵が進み出て、手動巻き上げ式のセミ判カメラをクロトに示す。西欧メーカーの純製品ではなく国産のコピー品だが、水兵が持つにはそれでも高級品だ。

「殿下と姫が水着になられるということで、昨夜、市街地へ赴いて給料半年分をはたき購入いたしました！」

「……なるほど。望遠レンズはなし、か」

「はっ！　高くて買えません！　あと一年、生きていられたら購入いたします！」

「理解できん。……あいつらの水着にそこまでする価値があると？」

「ありすぎます！　わたしは、わたしは、殿下と姫の水着が撮れたら、それだけでこの世に未練はなく、いつ死んでも悔いなど微塵も……」

　語りながら、胸からほとばしってくる熱い想いに耐えかね、山田はその場でおいおいと泣きはじめた。

「……理解はできんが熱意はわかった。撮影はお前に任せよう。おれの言うとおりにすれば必ず撮れる。命を捨ててシャッターを切れ」

「……はっ！　ありがとうございます！　必ず、必ず、わたしは……殿下と姫の水着を撮るぞ――――っ!!」

　涙と鼻水でぐしゃぐしゃの山田が声を振り絞ると、兵員たちも一斉に「うおー」「でんかー」

「姫さまー」といつもの雄叫びを返す。

彼らの狂騒に構うことなく、クロトは真剣な表情で砂に描かれた地図を睨み、無言で作戦計画を練りつづける。

その傍ら、空雷科員、平田平祐水兵長がおずおずとクロトに進言する。

「あ、あの、黒之閣下。わたくし、先日、仲良くなった現地人がおりまして。すぐ近くに彼らの集落があります。良ければ、彼らに協力を依頼することもできますが」

先のマニラ沖海空戦でクロトの指示通りに空雷を調定して敵戦艦を轟沈せしめた平祐は、以来ますますクロトを信奉し、忠実な家来さながら献身的に働いていた。

「……ふむ。舟は調達できるか?」

「あ、聞いてみます! 現地語はできませんが、絵が描けるんで、交流はそれで……」

「……一時間で調達してここへ戻れ。現地人へ菓子や煙草など手土産を持っていくといい。五人、平祐についていけ」

「はっ!」

平祐は他の兵から煙草や日之雄酒をかき集めると即座に駆けだす。

クロトはみなを見回して、

「作戦を完遂するには、貴様らがおれの指示通りに行動することが肝要だ。……私心を捨て、おれの道具となれ」

告げると、総員は直立不動で応を返した。

「我ら一同、黒之閣下の手足となります！　我らの誇りにかけて遂行してみせます！」

男たちは感極まった様子で、クロトへの忠誠を誓う。

クロトは立ち上がり、周囲に集まった水兵たちを見回して作戦を告げる。

「見通しの良い砂浜であるため、撮影手段は埋伏しかない。目標に気づかれることなく山田を埋伏させ、陽動を駆使してミュウを本陣から引き剝がし、一瞬の隙に撮影を敢行する」

水兵たちは怪訝そうに互いに顔を見合わせ、質問を発する。

「ですが閣下。いまから埋伏しようにも、すでに殿下と姫君は砂浜にいらっしゃいます。見通しの良い砂浜に、これから隠れる場所も時間もありませんが……」

ふっ、とクロトは鼻で笑い、片手で前髪を掻き上げる。

「場所がないなら作れば良い。……潜水の得意なもの。鳥の鳴き真似が上手いもの、速やかに名乗り出ろ。残りの連中はこれから海に入り、でかいロブスターを捕まえてこい」

クロトが告げると、兵員たちはまだ不思議そうな顔をしていたが、すぐに数名が名乗り出た。

「このおれが指揮を執る以上、失敗はあり得ぬ。今夜にはあいつらのつまらん肉体を写した写真が総員に出回るであろう。勝利を目指し、励めよ諸君」

宣言するや、呼応した鬼束が水兵たちを睨め回し、胴間声を張った。

「黒之閣下の作戦に間違いはない！　我らは閣下の手足となって動くのみ！　いくぞお前ら、まずはとびきりでかいロブスターを捕らえるのだ、行けぇぇぇっ!!」

たちまち鬨の声があがり、男たちは戦闘時と変わらぬ真剣さで海へ飛び込んでいくと、大物ロブスターを求めて血走った目を海中へむけた……。

†　†　†

「先ほどから頻繁に、名状しがたい寒気が襲ってくるのだが」

白い砂浜に足を流して座ったまま、白之宮イザヤ内親王は紅眼に憂いをたたえ、自分の上半身を抱きしめる。

その傍ら、イザヤの二の腕に浮き立ったさぶいぼを片目で確認し、砂浜にうつぶせに寝そべった風之宮リオ内親王はいつもの呑気そうな口調で、

「えー？　こんなにあったかいのにー？」

微笑みとともにそう言って、砂の上に組んだ腕へ頬をくっつける。ビキニタイプの水着を着てうつぶせに寝ているから、たわわなものが鏡餅みたいにつぶれ、背中の線から溢れ出てしまっている。

「うむ……。気のせいだろうか。なにやらおぞましい気配が複数、我々の近辺にうごめいて

いるような……」

イザヤはおのれを両手で抱いたまま、周辺へ目線を走らせる。

あるのはただ、青空と穏やかな午後の海、白い砂浜と背後の原生林。戦時の二文字をどこか遠くへ置き去りにした、のどかな南海の景観。

遙か彼方、湾曲する海岸線のむこうに、親指の爪みたいに一般用ビーチが霞んでいる。

いま、あそこで「井吹」乗員たちが海水浴を楽しんでいる。あそこから肉眼でこちらの詳細は見えないし、双眼鏡など高価なものを水兵が持っているはずがない。警戒すべきものなどなにもないはずなのだが、妙な予感が消えない。

「あんまりしない格好だから、落ち着かないんだよ」

リオに言われて、イザヤは自分の白ビキニを見下ろす。太陽の光を柔らかく弾くみずみずしい素肌、長くしなやかな手足。肌の表面の水玉が、緩い曲線をなぞって滑り落ちる。

今日はじめて、こんな大胆な水着を身につけてみた。リオにこれを薦められたときは尻込みしたが、女性士官用ビーチだから大丈夫、と何度も薦められ、根負けした。試しにこのすがたで波間に飛び込んでみると、すぐにトップスが外れそうになって怖かった。

「……非常にすーすーするのは確かだ。……だが、それにしても……」

イザヤはしばらく彼方に霞む一般用ビーチを望遠してから、少し離れた場所で直立して待機している人影へ声を掛ける。

「ミユウ。異常はないな？」

問われて、学校水着を着込んだ戸隠ミユウは顔だけをイザヤへむける。

「……一般用ビーチにて、黒之少佐が兵員たちに演説を行っています」

いつものように両目を閉じたまま、浮き世とは隔絶した静謐な佇まいは微塵も揺らがず、静かな、しかし不思議に通りの良いミユウの声が届く。

「……演説？」

「はい。黒之少佐を中心にして百名以上の水兵が輪になって、砂浜を見つめております。どうやら砂になにかが描かれているようですが、仔細は不明です」

ミユウは一般用ビーチの状況をイザヤへ伝える。イザヤも同じ方向へ目を向けてみるが、かろうじて人影は視認できても、そんな細部まで看破するような超人的視力は持っていない。

「晩ご飯なににするか、みんなで相談してるんだよ」

リオがうつぶせのまま、呑気そうにそんなことを言う。

だが、ぶるり。再びイザヤを謎の寒気が襲い、さぶいぼが足へまで広がっていく。

「……イヤな予感がする。クロトが関わるとろくなことが起きない」

「……なにやら鬨の声をあげたのち、各員が海へ飛び込みました。……素潜りでロブスター漁を行っているようです」

ミユウは淡々と、兵員たちの動きを伝えてくる。

「……なにか企んでいるのではないか？」

イザヤの問いかけに、ミュウは重く頷く。

「……わたしが警戒します。おふたかたはどうか、おくつろぎください。短い休暇でありますから、昼寝などどうぞ……」

ミュウにも彼らの企みの仔細は見えない。まさかイザヤとリオに危害を加えるわけはないだろうが、しかし、浅ましい企図がある可能性も排除できない。油断することなくミュウは、三千メートル彼方の動きを望遠しつづける……。


うわあ、大変だあ。

オールを流されて、こんなところへ辿り着いてしまったあ。

浅い眠りが、どこからか届くそんな声で破られた。

「…………ぬ？」

まどろみから覚め、イザヤは薄く目をひらいて、海を見やる。

気がつけば、現地人が素潜り漁に使う木製の小舟が一艘、波間に揺れていた。

乗っているのは海水パンツすがたの少年。

「なんだお前たち、偶然だな〜。ここで海水浴をしていたとは知らなかったぞ〜」

三十メートルほど沖合から、イザヤとリオへむかってわざとらしい声を張り上げているのは、クロトだった。

イザヤと顔を合わすたびに憎まれ口を叩くかケンカを売ってくるあの男がなぜか、いま、洋上の小舟から親しげに声を掛けてくる。

思考を経ることなく、イザヤはとっさにバスタオルで上半身を覆い隠し、

「こっちに来るな!!」

「なぜだー。おれは困っているのだぞー。そっちに行っていいかー」

しかしクロトは不気味な笑みをたたえ、あろうことか、自分を女性士官用ビーチに入れるよう要請してくる。

「なにを企んでいるのだ貴様ぁっ!!　く、来るな!!　見るな!!」

イザヤは顔を真っ赤にして、その場に膝(ひざ)を曲げて座り込み、剝(む)き出しの肢体(したい)をバスタオルで隠す。こんな白ビキニすがたなどクロトに見られたら、恥ずかしくて死んでしまう。

「あれ、クロちゃん？　どうしたの？」

傍(かたわ)ら、午睡から覚めたリオが小舟のクロトに気づいて首を傾(かし)げる。

「小舟で漁をしていたところ、オールを失ってしまい、ここまで流されてしまったのだー。うまそうなロブスターが捕れたぞ、一緒に食わないかー」

沖合のクロトはわざとらしい台詞(せりふ)を紡(つむ)ぎながら、片手にマニラ名物、レッドロブスターを掲

げ持つ。両方のハサミでクロトの顔を挟めそうな大物だ。

「わー、おっきいねーっ。いいよ、一緒に食べよう～」

リオは赤いビキニすがたを隠すことなく、たわわなものがのたうつのも構わず、大きく手を振ってあっさりとクロトを受け入れる。

「怪しすぎる!!　近づけたらダメだっ!!」

バスタオルをしっかりと身体に巻き付けて、砂浜に屈んだまま、イザヤは歯を剝き出しにするが、リオは全く無警戒に、

「別にいいじゃん。大勢のほうが楽しいし」

「あの薄汚れた笑みを見ろ!!　絶対ろくでもないことを企んでいる!」

小舟上でロブスター片手に邪悪な笑みをたたえるクロトを、イザヤは指を差して拒絶する。

しかしリオは安穏と、

「もしかして水着だから恥ずかしい？　クロちゃんだし平気だよ。昔、三人で裸で川遊びしたじゃん」

「子どものころはな!　いまはイヤだ!」

「大丈夫だよ。あのころとそんなに変わってないし。クロちゃん、おいでよー。みんなで遊ぼう～」

リオは邪気の欠片もない様子で、沖合のクロトを招待する。そんなに変わってない、という

言葉に若干傷つきながら、イザヤはミュウに助けを求める。

「絶対怪しいよな？　砂浜に入れるべきではないよな？」

「……わたしは殿下の命令に従うのみ。殿下が拒絶されるなら、排除いたします」

そう告げて、海上のクロトよりも背後の原生林や左手の小川の上流へ閉じたままの瞳をむける。

イザヤはためらう。クロトを追い払うことはできるが、もし本当にオールをなくして困っているなら、助けたほうがいいだろうけれど。

迷ううち、沖合のクロトが声を張り上げた。

「いまそっちへ行くぞー」

ロブスターを腰の魚籠に突っ込み、小舟を洋上へ置き去りに、海へ飛び込む。ざぶざぶと波をかき分け、またたくまに砂浜へ辿り着いて、口の両端を吊り上げる。

「どうなることかと思ったが、貴様らがここにいて助かった。褒美にロブスターをくれてやる、思う存分食らうがいい」

相変わらずわざとらしい台詞を棒読み気味に読み上げながら、悪魔じみた凄惨な笑みをリオとイザヤへむける。

「その顔はなんだ!?　なにを企んでいる貴様ぁっ!!」

濃厚な邪気を嗅ぎ取って、イザヤは怒鳴る。しかし頰を裂くクロトの笑みはさらに耳へむかって切れ上がる。

「おれの爽やかな笑顔になんの不満があるというのだ。天使と見まがう愛らしさではないか」

「本気で言っているのか!?　悪鬼にしか見えぬわ！」

「南国の太陽に炙られ、脳細胞が茹で上がっておるようだな。企みなどなにもない。兵員たちに食わせてやろうとロブスター漁に励んでいたらオールを失いいつのまにかこの浜へ流れ着いてしまった。実に自然な成り行きではないか、不審な点などどこにもない」

ふんぞり返るクロトの傍ら、リオはお気楽そうにうんうん頷き、

「三人より四人のほうが楽しいよ！　ミュウもいいよね？　みんなでバーベキューしよう！」

きらきらした笑顔を振りまいて、クロトをあっさりと受け入れる。

「リオっ、これは罠だ！」

バスタオルを身体に巻き付け、下半身を隠すためにその場に屈み込んだイザヤは顔を真っ赤にして怒鳴るが。

「心配しすぎだって。クロちゃん、昔みたいに一緒に泳ごうー」

リオはクロトの手を握ると、朗らかに笑いながら波打ち際へ引っ張る。

悪鬼じみた笑顔をたたえたクロトはわざとらしい口調で、

「はっはっは。偶然この浜に迷い込んでしまったから仕方ない。お前たちと一緒に泳ぐしかないな～」

不自然極まりない台詞を紡ぎつつ、リオに手を引かれるまま、打ち寄せる波へ飛び込んでいく。

「クロちゃんと遊ぶの、懐かしいー」

膝まで水に浸かり、健康的かつ豊満すぎる上体を陽光に晒しながら、リオは両手にすくった水をクロトへぱしゃぱしゃとかけて明るく笑う。

「やったな、こいつ～」

クロトも悪魔じみた偽りの笑みをたたえ、こころのこもらない台詞を棒読み気味に紡ぎながらお返しの水飛沫を浴びせる。砂浜ではいまだイザヤがうさんくさそうな目でクロトを眺めているが、クロトは知らん顔。

「わ、大きい波っ！　行くぞクロちゃん！」

迫り来る波を見て、リオはクロトの手を握ると楽しそうに笑いながら大波目がけて走り込んでいく。

どぱーん。

「きゃー」

盛大な水飛沫があがり、リオとクロトはふたり一緒に大波に巻き込まれ、海中をぐるぐる回転する。

「ぷはっ！」

波間から顔を突き出し、リオは大きく息を吸って、

「あはは！　面白い！」

遅れてクロトもリオの目の前に浮かび上がり、

「ぶふっ」

息継ぎし、二、三度首を回して、視界が真っ赤ななにかに遮られていることに気づく。

「ぬ？　これは……」

自分の顔に引っかかった布きれを手に取ってしげしげと見つめ、正体を悟り、あまりにもバカバカしい事態に溜息をついた。

「貴様のだ、リオ。波に吞まれて外れたらしい」

つっけんどんに、トップスを持ち主へ手渡す。

「へ？　わ、やだっ」

リオは自分の肢体を見下ろして、慌てて胸元を両手で押さえる。

この場に水兵たち百名がいたなら波間が鮮血に染まって全員水死するような事態だが、クロトは顔色ひとつ変えずに露わなリオの胸部を一瞥し、

「タヌキの金玉だな」

「え、キンタマってなに？」

生まれてこのかた下賤の俗語など耳に入れたこともないリオはクロトに背をむけてトップス

を着け直し、真っ赤な顔を前へ戻して、ちろりと舌を出す。

「まあクロちゃんは子どものころから見慣れてるし、いいか」

「その膨張は意志の力で制御できぬのか」

「できたらいいねー。どこまでいくんだろ、あはは」

呑気に笑って、リオは気を取り直して波と戯れる。この場に水兵たちがいたなら「おれと代われ!!」「なんだその反応!?」「あんたほんとに生物なのか!?」と泣き叫びながらクロトの首を締め上げるだろうが、クロトは一切頓着なく、見たもの一切をすぐさま忘れ去って海面を優雅に平泳ぎする。

しばらく海で遊んでから、リオとクロトは砂浜にあがってバーベキューの支度をはじめた。

イザヤはパラソルの下で体育座りになり、バスタオルで上体を隠してじっとりした目でクロトを睨むが、追い払うことは諦めた様子。一方のミュウは特にクロトを警戒もせず、相変わらず背後の原生林と小川の上流、それから波間を漂う小舟へ顔をむけるのみ。

——第一段作戦成功だ。こいつらを欺くなど実にたやすい。

——こちらの首尾は上々。第二段作戦を発動させろ、鬼束……!

クロトは不可視の舌なめずりを繰り返しつつ、部下たちの次なる動きを待つ。

「火がついたー。ロブスター置くねー」

クロトの狙いなど知ることもなく、リオは四脚コンロの網に野菜と生きているロブスターを並べて笑顔を振りまく。南海のロブスターは鈍いのか、暴れることなくじぃっと下腹を炭火に炙られている。

「……む？　なにか来たようだぞ」

唐突にクロトは、背後の原生林を指さした。

五十メートルほど後方を見やれば、大きな籠に野菜や果物、魚介類を詰め込んだ現地人たちが十数名、笑顔を振りまきながら徒歩で砂浜へ入ってくる。

「……ぬ？」

「へー。ここって、現地のひと、入れるんだね」

イザヤとリオは互いに顔を見合わせて、怪訝そうな顔になる。行商人たちは構うことなく、こちらへ大きな声をかけながら近づいてこようとする。

「わたしが用向きを伺います」

ミュウが制止しようとしたそのとき。

「川からもなにか来たぞ」

クロトがわざとらしく、ビーチの左手、原生林の切れ目から流れ出る小川を指さす。

こちらも現地人が乗った舟が一艘、なにやら元気の良い掛け声をかけながらこちらに近づこうとしていた。舟にはやはり野菜や果物や海産物、珍しい花やお土産品などが満載だ。

ミュウがイザヤを振りむいて、

「どういたしましょう。迎え入れることも、追い払うこともできますが」

イザヤは少しだけ考え、

「邪険に扱ってはいけない。二、三、商品を交換してから、双方、お引き取り願ってくれ」

「……承りました」

ミュウは頷き、通貨代わりの煙草を握ると、まず原生林から現れた一団へむかって駿足を飛ばす。支配地域での買い物は日之雄軍発行の軍票ですべきなのだが、現地人は酒や煙草との物々交換を望んでいた。

五十メートルほど離れた地点で現地人と交渉に入ったミュウの背を見やり、クロトはひとり、凄絶な笑みをたたえる。

——かかったな、バケモノ。

——おれの勝ちだ。

そして海原へ目を転じる。

先ほど沖合で乗り捨てた小舟は、波に揺られながらいつの間にか砂浜へ接近していた。

——背後から同時に現れた現地人の集団ふたつは、バケモノむけの囮。

——彼らには予めモノを与え、なにを言われてもその場に留まるよう言い含めてある。

——言葉が通じず、暴力で排除するわけにもいかないため、バケモノは対応に手間取る。

——バケモノの注意が逸れたこの隙に……やれ、山田！

目線を小舟へむけると同時に、原生林の奥から高らかに、鳥らしい鳴き声が響いた。

「変な鳥がいるねー」

なにも気づくことなく、リオはコンロの前に佇んだまま微笑む。

クロトは小舟からよく見える位置に佇むと、わざとらしい口調で、

「リオ、こっちに来てみろ。ここから面白い鳥が見える」

「えー。ほんとにー？」

リオは無警戒にクロトの傍らに佇み、クロトが指さす方向を遠望する。

「あそこだ、あそこ」

「いないよー？」

「うむ、あっちに飛んだ」

「え、そっち？　なんにも見えなかった」

クロトは青空や原生林や海原をめったやたらに指さしつつ、ビキニすがたのリオをその場で回転させ、伸び上がったりその場に屈んだり、様々な姿勢を引き出す。

つづけて、バスタオルの鎧を巻いて体育座りするイザヤをむいて、

「貴様も珍しい鳥を見たいだろう。こっちへ来てはどうだ？」

本人は爽やかだと思い込んでいる凄絶な笑みをたたえ、誘う。

「怪しすぎるわ!!」

一連の動作を観察し、イザヤは歯を剝き出しにして怒鳴りつける。

「リオ、おかしいぞ、絶対こいつ、なにかやましいことをしている！」

「えー？　なんで？」

「やましいことなどなにもない。イザヤも、バスタオルなど外して、こっちへ来いよ～」

悪魔じみた笑みをたたえたまま、クロトは片手をぶんぶん振ってイザヤを誘う。

「どこの誰の物真似だ!?　貴様がそんな台詞を紡ぐわけがなかろうが!!」

イザヤは現地人の二集団と、鳴り止まない怪鳥の声、それにさっきからクロトがちらちらと視線を送っている小舟を見やって、なんらかの計画がこのビーチで進行していることを察知する。

特に怪しいのは……クロトが乗ってきたあの舟だ。

オールもないままこの砂浜まで漂い、クロトが乗り捨てたあとも流されることなく沖合に留まって、あろうことかいつの間にか砂浜へ接近している。

まさか……。

ぞっ、とイザヤの全身が総毛立つ。

「リオ、こっちへ！」

「え？　ロブスター、もうすぐ焼けるけど」

とっさに呼ぶが、リオはクロトに並んで突っ立ち、不思議そうに小首を傾ける。

「イザヤこそ、バスタオルを外して、こっちへ来いよー」

クロトは欺瞞にまみれた口調で、執拗にイザヤを誘いつづける。

このままではらちがあかない。クロトの計画を打ち破るには、行動あるのみ。

イザヤは決意して、唇を引き締めて立ち上がると、思い切りよくバスタオルを投げ捨てた。

南国の陽光の下、内側から発光するようなイザヤの肢体が曝け出され、しなやかな長い足がつかつかと凜々しく、クロトへと歩み寄っていく。

人前に肢体をさらすことは気恥ずかしいが、イザヤの推理どおりなら、こうして注意を自分に引きつければ下手人を現行犯で捕らえられるはず。

「やっと来てくれたなー」

ようやくリオとイザヤが水着すがたで並んで立ってくれたことに胸を撫で下ろし、クロトは作戦計画の完遂を確信する。きっといまごろ山田も泣きむせびながら、この光景をカメラに収めているだろう。

「リオ、手を握ってくれ」

クロトの邪念に構うことなく、イザヤはリオにそんなことを頼む。

「え、いま?」

「あぁ。視点を切り離す」

イザヤが片目でクロトを睨むと、クロトの蒼氷色の瞳の奥が、わずかに動揺を示す。

「おい、貴様、なにを……」

イザヤはリオと相対して両手を繋(つな)ぎ、目を閉じた。

イザヤの視点だけが肉体を離れ、青空へ舞い上がる。

そして一直線に、イザヤのいる場所から十メートルほど離れた沖合を漂う小舟の直上へ。

クロトの仕掛けた罠(わな)の全てが、イザヤの視界のうちに明らかになる。

――これは……!?

小舟では、乾舷(かんげん)の陰に山田(やまだ)一等兵が身体(からだ)を横にして伏せ、舷側(げんそく)に開けた丸い穴にカメラのレンズを当てていた。

「殿下っ！　姫さまっ！　お美しい！　本当にお美しうございます！」

山田は感涙にむせながら、シャッターをつづけざまに切る。小舟の舷側のむこうにはもちろん、手を繋いで佇(たたず)んでいるリオとイザヤが。

海中には、砂浜からは見えない位置に水兵がふたり立ち泳ぎしていて、小舟の舷側が常にイザヤとリオのほうを向くように調整している。

あの現地人集団はミュウの注意を逸(そ)らすための囮(おとり)で、本命はこの小舟にあった。イザヤたちはクロトと現地人のほうに気を取られていて、最初になにげなく乗り捨てられた舟には無警戒。イザヤが視点を切り離さなかったら、撮影を終えた舟はこのまま海中の水兵により密(ひそ)かに一般用ビーチへ曳航(えいこう)され、盗撮された水着写真が流通していただろう。

「最っ低だな、クロト……!!」

リオと正対し、目を閉じたままのイザヤが、そんな怒りの声をクロトへ投げた。

クロトは計画の失敗を悟った。

脱出せねば命が危ない。

逃げようとした矢先、視点を肉体へ戻したイザヤが彼方のミュウへ命じた。

「ミュウ！　小舟に下手人が！」

叫んだ刹那、反転したミュウは砂浜を疾駆して風のように波間を切り裂き、小舟に乗り込むと、伏せていた山田一等兵からカメラを取り上げ、驚いた顔を突き出すふたりの水兵へ命じた。

「舟に乗りなさい。話はのちほど聞きます」

ミュウの恐ろしさをよく知る水兵たちは計画の失敗を悟り、絶望の表情をたたえるが、抵抗することなく小舟へあがる。

砂浜では、イザヤが口の端を斜めに吊り上げ、クロトへ怒りの籠もった紅眼をむける。

「さて……。どういうことか説明してもらおうか」

全身から青白い燐光を噴き上げつつ、ゆっくり、のっそり、クロトへ近づく。

クロトは表情を歪ませ、

「おい、落ち着け。話せばわかる」

「言い訳はあとできこう。そこへ直れ、動くな。動けば、ミュウが許さないぞ。神妙にするのだ、これ以上の行動は許さん……」

冷たく言い放って、ミュウによって砂浜へ連行されてくる山田と潜水夫二名を見やった。


三人の水兵から一連の事情を聞いたのち、上半身にパーカーを着込んだイザヤは、砂浜に正座させたクロトを腕組みして見下ろした。

「この短時間で練り上げたにしては周到な計画だ。お前の下手な演技がなかったら盗撮は完遂されていた。罪は重いぞ、クロト」

毅然と告げると、クロトは忌々しそうに表情を猛らせ、

「おれの演技のどこが下手だ……っ!!」

どうでもいいことで逆らう。

イザヤの眼差しが、ますます冷める。

「……うむ。押し問答するつもりはないが……貴様、鏡の前で笑顔の練習をするといいぞ。さて、看過できない罪ではあるが、水兵たちに頼まれたという事情もあるようだ。この件は司令本部には黙っておいてやる。ただし、クロトは『飛廉』配属後、艦内全てのトイレ掃除。計画に参加した水兵たちは全員、明日から一週間、おやつ抜き。山田が撮影したフィルムは全て没収とする。以上だ」

イザヤが裁きをくだすと、クロトは激しい憎悪を表情へみなぎらせ、その傍らに佇んでいた山田はその場に両膝をついて座り込み、額を砂浜へ押しつけた。

「寛大な処置に感謝いたします！　ですが……ですが、ひとこと、黒之閣下のために申し開きをさせてください！」

涙でかすれた嘆願に、イザヤは頷きを返す。

「黒之閣下は当初、我々を止めようとされました！　しかし我々は殿下と姫さまを敬愛するあまり、閣下を強引に計画に巻き込んでしまい……！　閣下は我々のために渋々、ご尽力くださったのであります！」

山田はそう言って、再びおいおいと泣きはじめた。

イザヤは気に入らなそうに口をへの字に曲げて、クロトへ目線を移す。

クロトは勝ち誇った表情でイザヤを見やり、

「聞いたかバカ女！　おれは首謀者ではない、こいつらが泣きながら頼むから仕方なく作戦を立案してやっただけだ！　なにしろおれは貴様と違って、水兵たちのことを常に思いやっているからなあ！」

憎まれ口を叩いて、ふははは、と胸を反らす。イザヤはますますげんなりと表情を翳らせ、リオと顔を見合わせる。

不思議そうな表情で一連のやりとりを眺めていたリオは突然、なにか思いついた表情で、ぱ

ん、と手を打ち合わせ、

「だったらさー。隠し撮りじゃなくて、あたしとイザヤの写真、いまからここで撮っちゃえばいいよ」

にこりと笑ってそう告げ、イザヤのほうをむく。

「イザヤも、一枚だけならいいよね？」

「え？」

イザヤは一瞬怪訝な表情をしたあと、ぞっと髪の毛を逆立てる。

「いやだっっっ!!」

羽織っているパーカーの前を合わせ、前屈み気味になり、顔を真っ赤にして怒鳴る。

「やっぱり？」

リオは困ったようにイザヤへ笑いかけるが、

「絶っっっ対に!!　イヤだっっっ!!」

イザヤはその場に座り込み、言葉を泡立たせる。

「でも水兵さんみんな辛いのにがんばってるし。明日どうなっちゃうかもわかんない仕事だし。そんなんで元気出るなら、別に大したものでもないし、いいかなって……」

呆然とした表情でリオの言葉を聞いていた山田が、徐々に口元をわななかせはじめる。

「姫さま……それは……もしかして……っ！」

リオは少し照れながら、

「その代わり、隠し撮りしたのは全部捨ててね。一枚なら、いいよ」

提案すると、山田は感極まった表情で再び砂上に額を突っ込んで、

「はは――――っ！　姫さまの仰せのままに――――っ!!」

リオの優しさに打ち震えながら、今日三度目の号泣を砂に吸わせる。

やりとりを眺めていたクロトは悪魔じみた笑みをイザヤへむけて、

「リオは部下たちの鋭気を養うために自己犠牲を厭わない、実に優れた士官だな。それに比べて貴様はなんと酷薄な。貴様の采配ひとつで死んでいく部下たちのために、ひと肌脱ぐこともできぬとは」

痛いところを容赦なく突くと、ぐうう、とイザヤの呻き声が返った。

クロトはますます勝ち誇り、イザヤの急所を的確に突く。

「お前はあれか。過酷な戦場に生きる水兵たちを励ましてやろうとは思わんのか。百名を超える水兵たちの願いより、おのれのプライドのほうが大事か。そんなベニヤ板じみた肉体を守って部下の思いを踏みにじるとは、やれやれ全く見下げ果てた女だ」

黙って聞いていたイザヤはいきなり立ち上がり、半分涙目になって、クロトに襲いかかる。

「いまベニヤ板と言ったか貴様、こちょこちょこちょ～」

「らめっ！　らめぇっ！」

「この口でっ!!　この口でベニヤ板と言ったのか、こちょこちょ～～」

「れぇ～っ!　れぇ～っ!!」

クロトは破格の知力と引き替えに超敏感肌という弱点を生まれ持っており、イザヤの指先にかかると呆気(あっけ)なく愛玩(あいがん)されてしまう。ちなみに耳元でわざわざ「こちょこちょ」とささやきかけることで、クロトの感度はさらに上がる。

「こちょこちょこちょ～」

「や～。いや～」

砂浜でもつれあってじゃれ合う半裸のクロトとイザヤを薄目で眺め、リオは山田(やまだ)に言葉をかける。

「イザヤは無理みたいだから、あたしだけで」

「はは――――っ!!　ありがとうございます!!」

「えーっと、こんなんでいい?」

リオは突っ立ったまま、両手で無造作(むぞうさ)にピースサインを作る。色気もなにもないポーズだが、

「充分でございますっ!!」

山田は渾身(こんしん)のシャッターを一度切ると、再び泣きながら砂浜に土下座して、

「一生、姫さまについていきますぅ――――っっ!!」

誓いの言葉を振り絞る。

「これでいいなら安いなー。新しい軍艦に乗っても、みんなで仲良くできれば、あたしはうれしいから」

微笑みながらそう言ったとき、彼方の空に飛行艦艇の艦影を認めた。

目を凝らして、特徴的な艦首の形状を確認。

「来たよ。あたしたちの新しい船」

指さすと、涙と砂にまみれた顔をあげて、山田もリオと同じものを視認する。

「おお……。あれが我々の乗る……」

「休みもおしまいだねー。明日からまた忙しくなるよ」

両手を腰のうしろで組んで、リオは空を見上げ、接近してくる艦影を微笑みと共に迎え入れる。

やがて艦尾プロペラの轟きも高らかに、空飛ぶ船が頭上に差し掛かった。

タービン機関の咆吼が空間を皺ばませ、青空を鋼鉄の下腹が通り抜けていく。

濃紺色の繭型浮遊石に吊り下げられた銀鼠色の船体。針鼠さながら空域へ差し出された主砲塔、垂下砲塔、対空機銃。まだ戦場に出たことのない新鋭艦であるから、剝きたての卵みたいに全体がつるつると真新しい。

「はじめまして、『飛廉』」

最新鋭軽巡空艦「飛廉」は舳先をマリヴェレス要塞へむけ、高度千二百メートルの空を二十五ノットで飛行してゆく。

全長百九十メートル、満載重量一万トン。十五センチ三連装主砲塔四基、四連装空雷発射管三基。兵装はありきたりな巡空艦だが、特徴的なのはセイレーンの船首飾りを持つ艦首部——いにしえの帆船じみた「衝角」だ。

船体最前方に位置する羅針艦橋の直下、鬼の角にも似た鋼鉄の三角錐が不自然なほど前方に突き出して、その下腹にはノコギリじみた鈎状の突起。

この「衝角」こそ、あの重雷装駆逐艦「井吹」を設計した天才造船家、山賀イズル博士の妄想の産物。かつて帆船・蒸気船が行っていた体当たり戦術、「衝角攻撃」——舳先下部に配した鋼鉄の突起「衝角」を敵船の舷側に叩きつけ、流入する海水によって敵船を轟沈せしめる攻撃法——を現代艦艇で行いたいという博士の執念の結晶だった。

だが空中には海水がないため、飛行艦による衝角攻撃はリスクに比してメリットが少ない。厳密には「飛廉」のこれは衝角ではなく、敵艦を「道連れにする」ための「投げ縄」だ。

戦闘となれば「飛廉」は敵戦艦に突進、舷側に体当たりして「衝角」を射出、敵上甲板に「衝角」下腹部の突起を引っかけ、敵船に乗り上げた状態で「飛廉」内部に抱え込んだ全ての爆弾を起爆するという、山賀博士の妄念がこれでもかと詰まった代物である。普通なら建艦されるはずもない異形の軍艦をなぜか当時の海軍大臣が「素晴らしい！」と激賞し発令書に押印、その結果いま、リオたちの頭上を古今未曾有の「体当たり用自爆艦」が飛び越えていく。

「ほかの艦も一緒だね」

「飛廉」の後方には、第二空雷艦隊に所属する五隻の飛行駆逐艦が付き従っていた。三か月前、あのマニラ沖海空戦を生き残った「川淀」「末黒野」「八十瀬」「逆潮」「卯波」は、新たな艦隊旗艦「飛廉」と合わせて青空に六条、セラス粒子の航跡を曳く。

明日からは「井吹」の生き残り乗員百名と、いま「飛廉」に乗っている新米水兵二百四十名が合流し、共に艦を運営することとなる。そしてリオとイザヤには、新たに大きな役割が与えられようとしている。

山田が感極まったように、リオへ五体投地し声を張る。

「白之宮司令！　風之宮艦長！　我らの命をおふたかたに捧げますーっ!!」

大げさすぎるほど大げさに、山田はそう言って砂に顔を突っ込む。リオは困ったように笑って、

「新米艦長だけど。みんなで一緒にがんばろうね」

「ははーーっ！」

明日からイザヤはあの六隻の飛行艦隊の司令官として、これまで以上に大きな責任を背負って任務に当たることになる。「井吹」のときは座乗した船のことだけ考えていれば良かったが、これからは一個の艦隊に責任を負うのだ。つまりそれはイザヤの采配ひとつで、乗り合わせた兵員だけでなく国家の命運が左右されることを意味する。そしてリオは艦長として、士官と下

士官、水兵たち全員の命に責任を持つことになる。

　そのためにできることは。

「明るく元気にがんばろう」

　リオは自分に言い聞かせるように、空にむかってそう言った。

　過酷で理不尽で辛いことの多い軍隊生活だから、せめて気持ちだけは明るく楽しく元気でありたい。「飛廉」はもちろん、他の艦の兵員たちも、お互い笑顔を絶やすことなく、全員一丸となっていつか来る戦いの日に臨むことができるよう、最善を尽くそう。

　あの「井吹」がそうやって、日之雄を救ったように。

　第二空雷艦隊の六隻が大きな家族となって、いつか戦場で立派な働きができますように。

　蒼穹のむこうへ去っていく艦影を見つめながら、リオはそんなふうに祈っていた。

一、特務

episode one

ついに今日、待ちに待ったこのときを迎えた。何度も夢に見た場面が今日ここで現実になる。緊張しすぎて手足が震え、自分の心音がやかましいくらい。

——落ち着け、おれ。

軽巡空艦「飛廉」空雷科員、会々速夫は高度千二百メートルの大気を深く吸い込み、高鳴る動悸を抑えつけた。

——顔を引き締めろ。真剣にやるんだ、真剣に。

自分に言い聞かせて、速夫はこみあげてくる喜びを表情から消し去り、兵士らしい厳格な無機質さを全身にまとう。

吹きさらしの上甲板には三百四十名の下士官・水兵が整列し、船体前方、弁当箱を縦に三つ組み上げたような第一艦橋を見つめていた。

一年に及ぶ海兵団の訓練を経て、速夫が「飛廉」に乗り込んでから、三か月が経つ。

空雷科第一分隊に配属され、泊地や外洋での厳しい訓練を経て三日前に阿蘇草千里基地を出港、今日ここフィルフィン、マリヴェレス要塞上空にてついに、高名なふたりの内親王殿下と顔を合わせることになった。

　平静を保とうとするが、どうしても胸の鼓動が止んでくれない。

　新聞や雑誌で写真を見たことしかないあの国民的アイドル、白之宮殿下と風之宮殿下にこの至近距離で謁見するのだ。

「飛廉」乗り込みが決まったそのとき、速夫をはじめ新兵たちは歓喜の雄叫びを発し、互いに抱き合ったり、膝をついて先祖に感謝したり、泣き崩れたりした。王族でありながら最前線で戦うイザヤ、リオと同じ軍艦に乗るということは、いまや連合艦隊に所属する全ての将兵にとって最高の幸運であり、最高の栄誉だった。

　緊張しすぎて手のひらがじっとり汗ばむのを自覚しながら、速夫はそのときを待つ。

　ほどなく――

　昇降口の梯子を上って、体操服すがたの少女がふたり、毅然とした足取りで新兵たちの面前を横切り、艦橋前に据え置かれた大きな令達台へあがった。

「諸君、おはよう！」

「おはようございます!!」

　大気を割るかのような、びしりとそろった挨拶が返る。

　イザヤは面前に整列した新兵たちを見下ろし、毅然と胸を張る。

「わたしは第二空雷艦隊司令官、白之宮イザヤ准将！　今日から諸君と共に当艦で生活することになる！　以後よろしく頼む！」

「はっ!!」

みなと一緒に返答しながら、速夫は自分の心臓が止まるように思えた。

上官を見つめることは兵にとって失礼にあたる。視線は常に上官の胸部へ据えるよう、海兵団では教育を受けた。

だからできるだけふたりの姫の顔を見ずに胸部を見ようとするのだが、その胸部が非常によろしくない。

イザヤは長い白銀の髪をうしろに束ね、半袖シャツに紺の短パン、白い運動靴。きりりとした表情は威厳と気品がみなぎって、輪郭に青い燐光をまとうかのよう。少年のように凛々しい紅の眼差しと少女らしいしなやかな身体の曲線、そして剝き出しのみずみずしい太股が速夫の網膜に焼き付いて、一生このまま焼き付いていてほしいと願うほど。

傍ら、同じく体操服に身を包んだ風之宮リオもまた体内に太陽を宿しているかのような眩すぎる佇まい。

栗色のポニーテールに翡翠色の瞳。あどけない表情で微笑みをたたえ、慈しむように新兵たちへ柔らかい眼差しを送る。剝き出しの白い太股はもちろんだが、先ほどから速夫の視線を捉えて放さないのは、やはり、日之雄の国宝とも称される胸部だ。

同じ場所に吸い付いてしまった目線を剝がすことができない新兵たちに構うことなく、イザヤは良く通る凛とした言葉を放つ。

「訓示！　ひとつ、艦内では鉄拳制裁を禁じる。ふたつ、総員、明るく元気に笑顔で振る舞え。みっつ、他者への思いやりを忘れるな。以上！」

「はっ!!」

手短なイザヤの訓示に、「井吹」時代から付き添っている百名ほどの古参兵たちが笑顔で応じ、はじめてイザヤを目の当たりにする二百四十名の新兵たちがやや戸惑った表情ながらも大声を返す。

つづけてリオが、明るい言葉を発する。

「『飛廉』艦長に就任しました、風之宮リオ少佐です。知ってるひとも知らないひとも、これからずっとよろしくね」

穏やかな調子で挨拶すると、たちまち古参兵たちが「でへえ」と音を立てて破顔して、

「ははーっ」「姫――っ」「姫さま――っ」

感極まった返答を新兵たちの後方から投げ寄越す。新兵たちはますます表情を戸惑わせながらも、背筋を伸ばし、リオの言葉のつづきを待つ。

「みんなで仲良く元気に過ごしたいなーと思ってます。いろんなことがあると思うけど、みんなで明るくがんばりましょう！　終わり！」

訓示もないまま話を打ち切る。

速夫をはじめ、水兵たちはどう振る舞って良いかわからない。

普通なら「はっ!!」と返答すべきなのだろうが、そのタイミングすら摑めない。お互いを横目で確認し合っていると、新兵の後方に整列していた古参兵たちが「えー」と名残惜しそうな声を発する。

「もっとお話を、姫さま！」「お言葉をお聞かせください！」「両殿下になら、いくら説教されても構いません！」

リオは困ったように笑いながら、

「えーっと、説教とかそういうのいいから、体操しよう！　元気な一日は体操からだよ！　みんな、準備はいい!?」

片手を突き上げて呼びかけると、古参兵たちも拳を突き上げ、

「いえーい！」「殿下──っ」「姫さま──っ」

熱狂的な盛り上がりに前後を挟まれ、新兵たちはますます当惑した表情で、この場合どう振る舞うのが正解なのか、互いに横目を交わし合ってまごついている。

配属先が「飛廉」に決まったとき、新兵たちは喜ぶと同時に責任の重大さに震えもした。

世界最強と称されたガメリア大公洋艦隊を打ち破ったあのマニラ沖海空戦において、イザヤの指揮した重雷装駆逐艦「井吹」の活躍を知らぬものは日之雄八千万国民に存在しない。たった一隻の駆逐艦が戦艦五、重巡三を撃沈せしめた大戦果は世界海戦史に語り継がれるだろ

う。日之雄国内においてすっかり神格化されてしまったイザヤとリオと同じ艦に乗り合わせ、さらにあの戦いを生き抜いた古参兵と共に同じ艦内で生活し、やがて国家の命運を賭けて天空の決戦に臨むことは、二百四十名の新兵たち全員にとって喜びであり、重圧ともなっていた。

だがしかしいま新兵たちが目にしている光景は、悲壮感などどこにもない、アイドルとファンのコンサート会場だ。このひとたちはこんな能天気な雰囲気で、世界海戦史上最大の決戦とも称されるマニラ沖海空戦を戦い抜いたというのか。

と、スピーカーから軽やかな体操曲が流れ、イザヤが凜々しく号令をかけた。

「それでは海空軍体操第一！　両足で跳ぶ運動！」

新兵たちは我に返り、海兵団でみっちりと仕込まれた海空軍体操の動作に入る。過酷な戦務に耐えられる頑強かつバランスのとれた肉体の育成を目的とした海空軍体操は、鍛え上げた兵士でも終わると息切れするほど動きが激しく、両足を百八十度に開脚させたり、反らせた頭に両足の爪先で触れたり、体操選手と同程度の柔軟性を要求する。

「一、二、三、四！　二、二、三、四！」

リオが溌溂とした声でリズムを取りつつ、その場でぴょんぴょん跳びはねる。

当然、白い体操服の生地越しに、その奥に住まうものが激しく踊りくるうさまが新兵たちの目を射貫く。

「…………っ!?」

跳びはねながら、速夫は驚愕する。

——なんだ……あの動きっ!!

次の瞬間、健康な十七才の少年として健常な反応が芽生える。

「うっ」

思わず速夫は呻き、意志の力を振り絞って反応を抑えようとする。汚れを知らない姫殿下ふたりの眼前で三等水兵が迂闊にも部下をいきり立たせてしまったなら、銃殺されても文句がいえない。

——ばあちゃんの入れ歯……っ!!

そういったものを思い描いて、部下の感情を鎮めようとするが。

「胸を反らす運動！」

イザヤの号令が飛び、リオは両手を腰に当てて、後方へ上体をのけぞらせ、胸部に住まうものが体操服を突き破らんばかりの勢いでぶわりとめくれ上がる。

「うぐ……っ!!」

速夫は上体を反らしながら、おのれの健全な反応を止めようとする。

銃殺されないためには。

——うんこ……!!

無理矢理そんなものを想像し、力尽くで部下を抑え込む。

が。

「上体を回す運動!!」「身体をねじる運動!!」「Y字バランス!!」

無慈悲なイザヤの号令に合わせて、次々に繰り出される扇情的な運動が速夫の根源へ襲いかかり、意志をへし折りにかかる。

速夫はほとんど涙目になりながら、海兵団時代の厳しい訓練とは趣が異なるこの拷問に耐えていた。

——見るな。見たらダメだ。

意志の力で視線を引き剝がし、部下が萎えるものだけを脳内に描きつづけ、早くこの拷問が終わるよう願う。

しかし。

「上体を柔軟にする運動!」

イザヤとリオはその場に膝をつき、後ろ手をついて、腰と両胸を上方へ大きく持ち上げ、喉を晒して頭を後方へ反り返らせる。

「うわーー」「ぎゃーー」「もうダメだーー」

哀切な叫びが古参兵たちから上がり、あるものは鼻血を垂れ流し、あるものは堂々と部下をいきり立たせ、一部、限界を迎えたものたちは昇降口へ飛び込んでいく。

——目をつぶれ。なにも見るな。

速夫はとうとう目をぎゅっとつぶり、悩ましい肢体に暗闇を塗り重ねることに成功した。

――早く終われ、早く……っ!!

祈りながら、辛く苦しい一連の動作を全てこなし、ようやく。

「深呼吸！　大きく息を吸ってー、吐いてー、吸ってー……」

イザヤの号令が耳に届き、速夫はほぅっと息をつく。

透明な朝の日差しにさらされ、ふたりの美姫はうっすらと汗をにじませて、新兵たちを見渡していた。

「気持ちのいい体操だった！　では今日より我ら一同、『飛廉』に暮らす仲間として明るく元気に頑張っていこう！　解散！」

イザヤは胸を張って解散を告げ、令達台を降りて昇降口から艦内へ戻っていく。

「…………………」

拷問が終わるころ、上甲板はあちこちに血しぶきが付着し、かろうじて生き残った新兵たちは体操とは別の意味ではあはあと荒く呼吸していた。

――なんなんだ、いまの。

――ここでは毎朝、あんな拷問が行われているのか……!?

乱れた呼吸を整えながら自問していた速夫の耳に、雷鳴のような怒声が響いた。

「三等水兵、上甲板清掃はじめ！」

先任兵曹長、鬼束響鬼の号令だった。無言で顔を見合わせていた新兵たちは我に返り、慌てて掃除用の海水を甲板に撒いて、ソーフと呼ばれる掃除道具で清掃をはじめる。

「殿下と姫さまが歩かれる甲板だ、貴様らの汚らしい鼻血の痕跡も残すな!! 死ぬ気で磨け!!」

鼻血のほとんどは古参兵が垂れ流したものだし、号令をかける鬼束本人もいまだ鼻血を垂らしながら歩いているのだが、新兵にそれを指摘できるわけもなく命じられるまま一心不乱に、血しぶきを拭き取っていく。

「明日も元気に体操するために!! 殿下と姫さまに心身を捧げろ!!」

「はっ!」

「体操のために!! 殿下のために!! 死ぬまで働け!! 死んでも働け!!」

「はっ!!」

無茶苦茶な号令に応答しながら、速夫の自問は鳴り止まない。

——なんなんだ、この船……。

海兵団と軍艦では雰囲気が異なる、という話は聞いていたが、聞きしに勝る異なりかただ。

こんな雰囲気でこのひとたちは本当にマニラ沖で勝てたのか、と疑問に思いながらも、速夫は目の前の甲板に意識を集めることしかできなかった。

体操を終え、イザヤとリオは艦長室で第二種軍装に着替えてから、艦橋へ入った。

艦橋一階には電信長と通信長、二階には砲術長と空雷長が詰めていて、穏やかな挨拶(あいさつ)をふたりと交わした。海軍省の人事担当官が年若いイザヤに気を遣い、性質のおとなしい士官を特にそろえてくれたらしい。昇降口の梯子(はしご)を昇って、艦橋三階、イザヤとリオの通常の居場所、「司令塔」に辿(たど)り着く。

「井吹(いぶき)」では羅針(らしん)艦橋と操舵室(そうだしつ)が別だったが、「飛廉(ひれん)」では司令塔のなかに舵(かじ)が据(す)えてあった。艦長が直接、操舵する仕組みだ。第二種軍装を着込んだクロトがすでに待機していて、上ってきたイザヤたちを鼻息で迎え入れる。

「毎朝ご苦労なことだ」

「兵員との交流は大切だ。あれで良い雰囲気を保てる。さて、今日からここが我々の職場か」

イザヤは改めて、自分の仕事場を見回してみる。

「やはり司令部としては手狭だな」

ずらりと居並んだ防弾ガラス窓から差し込んでくる午前の光が、真新しい懸垂式十二センチ双眼望遠鏡、磁気羅針儀(らしんぎ)、海図台や床面据え付け式の十八センチ双眼鏡(そうがんきょう)を輝かせる。構造材が剝(む)き出しの天井・壁面は配管とダクトと計器類で埋まり、艦内各所へ通じる伝声管があちこちにラッパ型の口をあけている。

クロトは皮肉めいた面持(おもも)ちで司令塔内の計器類を眺めつつ、

「体当たり用の自爆艦だからな。旗艦にするために建造された船ではない。台所事情はわかるが、もう少しマシな船はなかったのか」

「艦橋は狭いが通信設備は最新だ。まっとうな旗艦が竣工（しゅんこう）するまでの繋（つな）ぎ役になれば良い。いまやるべきは我らがこの艦に慣熟（かんじゅく）すること、それのみ」

　リオは目の前の大きな舵輪（だりん）に両手を置いて、柔らかく笑んだ。

「艦長が自分で舵（かじ）取れるのはいいねー。誰かに頼まなくていいし」

「貴様のアホな舵でおれを死なすな。おれは国の宝だ。お前は死んでもおれは生かせ」

「うんうん、死ぬときは一緒だよ、クロちゃん」

　けっ、とクロトは吐き捨て、「そういえば」と前置きしてから、一枚の電文をイザヤへ手渡した。

「海軍省から呼び出しをくらった」

「ぬ？」

「一週間後、作戦会議のあと、おれも懇親会に出なければならん」

　クロトは文書一枚をイザヤへ手渡した。九村（くむら）大尉という海軍省人事局員がクロトをとある一流ホテルで行われる懇親会に招待するという内容だった。この日は午前中から連合艦隊の高級将校たちが戦艦「長門（ながと）」で作戦会議をひらき、イザヤとクロトも参加予定。文書を読み、イザヤは不審そうに、

「これ、わたしも出るぞ。日之雄とフィルフィンの有力者同士が交流するための集まりだ。なぜ貴様まで呼ばれる」

「九村はおれが海軍省にいたころの同僚だ。昔の馴染みで呼んだのだろう」

「政治の集まりにお前が参加し、なんの意味が」

「知るか。招待した側に問いただせ。ともかく呼ばれたからには行かねばならん」

イザヤは怪訝そうにクロトを見やる。クロトの態度が、なにやら怪しい。いつもなら用件も告げずいきなり呼び出した同僚へ皮肉くらいは投げるはずなのに、えらくあっさり受け入れた。

――そういえばクロトは軍艦に乗る前、海軍省特務機関に半年ほど入省していた……。名前を聞いたこともない機関で半年間クロトがなにをしていたのか、イザヤは知らない。一度尋ねてみなければと思いつつ、激務にかまけて失念していた。

「裏でこそこそ、なにをしている」

直球で問いただすと、クロトは露骨に顔をしかめ、

「なんだそれは。なにもしていない。昔の同僚と親交を温めるだけだ」

ごまかしかたが、ますますうさんくさい。この男に「同僚と親交を温める」などというまともな情緒があるはずがない。「買収した役人と裏工作にいそしむ」とか言われたほうがよほどクロトの行動として説得力がある。

――絶対、ろくでもないことを企んでいる。

幼なじみとしての直感が、そうささやく。

——懇親会でそれとなく、探りを入れてみるか。

心中でそう決めて、クロトへ目線を持ち上げた。

「……懇親会は上流階級の集まりだ、一種軍装で行くのだぞ。ひまなときにアイロンをかけておけ」

「案ずるな、おれのアイロンがけは一級品だ。なんなら貴様の軍装もかけてやるぞ」

「くっ、忘れていた、意外とお前、几帳面（きちょうめん）だった……」

いつものやりとりを横目に、リオは懐中時計で午前八時になったのを確認し、課業のはじまりを艦内放送で通達した。今日から「飛廉（ひれん）」での生活がはじまる……。


軍艦を支配する軍規はひとつだが、しかし各艦ごとに「方言」があり、兵科内ではその艦でしか通じない工程や用語が生まれてくる。各科の先任下士官の個性からそうなるようで、配属された新兵たちは一様に、海兵団で学んだ内容と「方言」の違いに戸惑いながら、現場のやりかたを学んでいく。

泊地に碇泊（ていはく）している間、「飛廉」艦内では絶え間なく砲撃・雷撃・爆撃、対空攻撃、夜間戦闘、そして衝角攻撃（ラムアタック）訓練がつづけられた。朝早くから深夜にまで及ぶ猛訓練をこなしつつ、古参兵に叱られ、ときに怒鳴られながら、新兵たちは徐々に「飛廉」を構成する一細胞へと成長していく。

イザヤとリオの仕事も責任の重いものへ変わった。

「飛廉」一艦だけでなく、第二空雷艦隊に所属する飛行駆逐艦「川淀」「末黒野」「八十瀬」「逆潮」「卯波」、全部で六隻の指揮をイザヤが執らねばならない。司令官の采配ひとつで艦隊が全滅しかねないことは、先のマニラ沖海空戦で骨身に沁みた。提督の決断の重みを、いまのイザヤは誰よりも理解している。

あのとき敵前大回頭を避けて安全策を執っていれば……と後知恵でのたまうことは簡単だが、八千万国民の生活と、こののち一千年の国家の命運が委ねられた決断をひとつ下すことには、魂を磨り潰すほどの重みが伴う。いったん決断すれば後戻りはできないし、失敗してもやり直しは利かない。いまのイザヤはその重すぎる決断を下すために、艦隊指揮に必要となる要素をひとつひとつ丁寧に磨き上げていた。

昨日は「飛廉」に他五艦の艦長を集めて艦長会議し、「飛廉」と他五艦のプロペラ回転整合、舵角整合、羅針儀整合を行って、ぴたりとそろった艦隊運動ができるよう調定した。さらに夜間演習の日程と内容を話し合い、編隊を維持する条距離を三百メートルに定めた。かなり密集した隊形だが、マニラ沖海空戦の経験から、必中の空雷散布帯を構成するにはこの距離が最善だと、艦長たちとの話し合いにより決定された。

　毎日、朝から晩までつづけられる細かな訓練が「飛廉」と第二空雷艦隊の血肉となり、命令する側と実行する側の意志の疎通をなめらかにする。時間と共に「飛廉」は艦隊旗艦として馴染んでいき、乗り合わせたものたちの気心も知れて、まとまりをみせていく。

　一方、クロトもまた艦隊付き作戦参謀としての戦務に明け暮れていた。

　碇泊中は船体後部の幕僚事務室で報告書や意見書を作成、積極的に連合艦隊司令本部へ送りつけておのれの有能さをアピール。航海中は司令塔でイザヤ、リオと共に艦隊運動に目を光らせるか、艦橋後方の作戦室で情報整理や敵情判断にいそしむ。第二艦隊全体の燃料や糧食の補給状況、船体の補修、それに風土病の防疫にも目を配らねばならないため、寝るひまもないほど忙しい。


　瞬く間に、「飛廉」乗艦から一週間が過ぎ去って――

「では行ってくる。留守を頼んだ」

　見送りのリオにあとを託し、第二種軍装に身を包んだイザヤとクロトはふたりで小型飛行艇に乗り込み、高度千二百メートルを時速七キロメートルでゆっくり飛翔、同高度の山肌に設営されたマリヴェレス要塞の埠頭へ降り立った。

　迎えの車のトランクにスーツケースを収め、車で山を下り、港から今度は内火艇に乗ってマニラ湾を横断する。

湾内のあちこちに、日之雄連合艦隊所属の海上艦が航走していた。

白波を蹴立てて対潜警戒にあたる海防艦、駆逐艦に横付けし、燃料を分けている重巡洋艦、飛行機の離着陸訓練を行っている護衛空母……。先のマニラ沖海空戦で壊滅に近い被害を受けた飛行艦隊とは打って変わって、いまだ自信に満ちあふれた海上艦隊の在りようだった。

「海上艦隊はほとんど無傷。今後しばらく、海空戦の主役は彼らだな」

イザヤは内火艇の手すりに両手を置いてマニラ湾を航行する海上艦隊を眺めつつ、そんなことを傍らのクロトへ告げる。

「飛行艦隊を排除したい連中は以前からいた。今度の作戦会議でも、そのことを言ってくるだろう」

潮風を頬に受けながら、クロトは無機質な調子でそう答える。

「飛行艦隊不要論か。我々としては反論したいが、マニラ沖の結果を踏まえるとやりづらい」

青空を見上げる。

以前ならそこにいたはずの飛行戦艦六隻のすがたは、もはやない。

マニラ沖海空戦により全艦が轟沈してしまい、いまや日之雄の戦艦は海上にしか存在していないのだ。

現在、日之雄の造船所では不眠不休の作業により新たな飛行艦艇の建造が行われているが、竣工するまでまだ時間がかかる。戦力が整うまでの間、どのように連合艦隊を運営するのかが問われているわけだが、ここにきて急速に「飛行艦隊不要論」が高級将校内で勢いを増していた。

「なにしろ馬場原司令長官が不要論者の最先鋒だからな。飛行艦隊付きの高級将校が全員いなくなったいま、長官は誰にはばかることなくおのれの主張を叫ぶことができる」

戦死した南郷司令長官に代わり、新たな連合艦隊司令長官となった馬場原知恵蔵大将は以前から、飛行艦隊の存在について「不要どころか害悪だ」と陰口を叩いていたそうだ。南郷大将が存命のころは本心を公言することはなかったが、目上がいなくなった今後は言いたい放題、やりたい放題にできる。

馬場原長官の意志次第では、イザヤが指揮する第二空雷艦隊を前線から遠ざけ、後方支援や護衛任務に回すこともあり得る。そんなことになれば、クロトは目立った手柄を立てることができず、出世から遠ざかる。

「いいか、絶対出しゃばるなよ、クロト」

クロトの言いたいことを事前に察して、イザヤが釘を刺してきた。

「ただでさえ我らは青二才扱いされているのに、司令本部で自ら進んで意見を述べれば絶対に嫌われる。軍隊で出世したいなら、少なくともあと十年は司令本部の隅っこで年上の上官たちの意見にうんうん頷いておけ。出しゃばれば潰されるだけだ、例えお前の意見が正しくても」

日之雄社会は、出る杭は打たれる社会だ。クロトとイザヤの早すぎる出世を喜んでいる高級将校など司令本部には誰もいない。だから、はじめて参加する今回の作戦会議は口出しせず、馬場原長官の意見に水飲み鳥のように頷いているのが正しい。

しかしクロトは。

「くだらん。正しい意見を言ってなにが悪い」

ガメリア人みたいなことを言う。イザヤもガメリアに留学していたからその考えは理解できるが。

「我らは目立ちすぎている。これ以上ひんしゅくを買えばろくなことにならない。頼む、前線で戦いたければとにかくおとなしくしていること」

わかったのかわかっていないのか、クロトは鼻息を鳴らすだけで返事しない。クロトに言っても伝わらない理屈なのはわかっているが、しかしこれを理解できなければ司令本部でのしあがっていくことは生涯できない。

と、いつの間にか海上に、ひときわ巨大な鋼鉄の城塞が浮かんでいた。

全長二百二十五メートル、全幅三十五メートル、排水量約四万トン。

連合艦隊旗艦「長門」は威圧するように四十一センチ主砲群を海域へむけ、白波に揺られていた。かつて飛行戦艦「獅子丸」艦橋にあった日之雄連合艦隊司令本部はいま「長門」艦橋に移住している。連合艦隊の主力がもはや飛行艦隊ではなく海上艦隊であることは、司令本部の所在から明らかだった。

内火艇は「長門」左舷に横付けし、イザヤとクロトは舷梯を上がって上甲板へ。舷門で当直士官と従兵がふたりを出迎え、艦橋へ案内する。

多角形の鉄塊を櫓に組んだ「長門」艦橋は、高さ四十メートル。

海上艦は水平線下をできるだけ遠くまで見晴らすためにこの高さが必要となる。

はじめから高度千二百メートルを飛ぶ飛行艦は艦橋を高く組む必要がないため、飛行艦に慣れたクロトからすると仰々しすぎるほどの構造物に見える。特に「長門」は連合艦隊旗艦であるため、司令本部付き高級将校たちの専用室や浴室、長官公室など、通常の軍艦にはない贅沢な設備が艦橋にも船体内にもあちこちにある。

艦橋内の作戦室には十五人ほどの司令官や参謀がすでに詰めていた。広々とした作戦室の中央、大きな海図台には東南アジア海域の作戦図が広がって「長門」付きの幕僚たちが連合艦隊各艦艇の所在地を青いピン、敵艦隊の推定所在地を赤いピンで示していた。

イザヤは気を引き締め直し、居並んだ将校たちへ黙礼を送る。この十数人こそが連合艦隊の頭脳、現在の日之雄でも最優秀の人材たち。名だたる参謀の何名かは露骨に「青二才がなにをしに来た」と無音の言葉を表情に出し、目線やひそひそ話で重圧をかけてくる。

ほどなく従兵が作戦室に入り、緊張した面持ちで馬場原の入室を告げた。

その場にいた十七名の高級将校たちは背筋を伸ばして踵をそろえ、整列する。

扉がひらき、馬場原司令長官が荘重な第一種軍装を着込んで作戦室へ入ってきた。

ひょろ長い痩せた身体、神経質そうな眼差し、薄い顔の皮膚、青ざめた唇はどうしても、軍人というより学者に見える。御年六十八才。士官学校でも海空軍大学校でも首席の座を一度も譲ったことのない秀才だそうだ。

「馬場原です。ご足労、感謝します。今後の作戦要領に関してみなさんのご意見を拝聴したく、本日、会議の運びとなりました。どうか忌憚なくご意見頂きますよう、お願いします」

落ち着いた物腰で挨拶し、馬場原は大作戦図の北端に陣取った。

その両側に、古柳参謀長と老山先任参謀。

各戦隊司令官と参謀たちも立ったままで作戦図を取り巻き、敵味方の現在位置を見やる。

老山大佐から現在の戦況について、概要が説明される。

近日中に開始されるメリー半島侵攻作戦に関して、日之雄陸軍はシンゴラ、コタバルに陸兵を同時上陸させる案を採用、連合艦隊に上陸船団の護衛を依頼してきた。護衛には馬公に在泊する第四艦隊があたり、作戦開始と共に出てくるであろうリングランド極東艦隊に対しては我ら第三艦隊が警戒にあたることとなった。シンガポールを拠点としたリングランド陸軍は数に劣り、作戦が開始されれば一か月を待たずして降伏するであろう……。

「懸念は唯一、シンガポール要塞に在泊するリングランド極東艦隊の存在ですが、これは船数も兵装もガメリア大公洋艦隊に比すべくもありません。外洋に出たならば鎧袖一触、我が第ている。

三艦隊によって撃滅されるでしょう」

あくまで淡々とした老山大佐の説明に、将校たちの間から軽い笑い声があがった。マニラ沖海空戦で世界最強と呼ばれた大公洋艦隊に勝ったことが、ここにいるものたちの自信に繋がっている。

しかし。

いま作戦図を取り囲んでいる海上艦隊司令官たちは誰ひとり、あの決戦を経験していない。

ここにいる二十名のうち、マニラ沖海空戦に参加したのはクロトとイザヤのみ。

最初から最後まであの戦いを目の前で見たからこそ、クロトは老山の言葉が気に入らない。

あれは出さなくて良い犠牲を多く出した末、運もあっての辛勝なのだから、あの戦いに参加していない将校たちは細部にわたって徹底的に再検証すべきなのに。

「東シナ海を制海したなら、次の作戦海域は南大公洋へと移ります。恐らくはここで、残存する大公洋艦隊海上部隊との決戦が生起するかと」

勝った一事に満足し、もう次へと目をむけている。

次こそは海上艦隊同士の決戦へ持ち込みたい。消化不良だったマニラ沖とは違い、互いの飛行艦隊が壊滅に近い損害を受けたいま、ようやく海上艦隊が主役を張れる。ここにいる将校たちのそんな心中の声が、クロトの耳の奥に鳴る。

――実に気に入らない。

クロトの反抗心が、むくむくと鎌首をもたげる。

マニラ沖海空戦を経験したクロトは、あれが運もあっての辛勝だったことを知っている。勝ったのはクロト自身の策謀と、最後まで戦いを諦めなかった水兵たちのおかげだ。彼らが命を投げ出して敵陣に飛び込み超至近距離から両舷飽和雷撃を敢行したからこそ勝てた戦いだった。現場の人間たちの献身と努力を顧みもせず、まるで自分たちの手柄であるかのように語る様子が、実に気に入らなかった。

——一発、かますか。

そんな決意も、ついでに芽生えてくる。イザヤからはあとで怒鳴られるだろうが、どうしてもこのところ気になっている案件があり、それについて司令長官へ質問してみたい。返答によって、馬場原司令長官の器量がどの程度かもわかるだろう。

クロトは意を決し、老山参謀へ質問を投げた。

「スリランカにリンググランド飛行艦隊がいたはずですが、彼らに動きはありませんか」

並み居る将校たちが訝しそうにクロトを見やり、傍らのイザヤが燃え立つような瞳をクロトへむけて、視線だけで「やめろ」と告げる。

老山は一瞬黙るが、スリランカの地図上に刺された赤いピンを示し、

「見てわかるとおり、ここにいる」

「開戦前の配置では？　開戦以来すでに五か月経っております、この艦隊の現在の所在が明ら

かになっていないのでは」

問いを重ねると、老山は仏頂面を深め、イザヤの紅の瞳が爛々と燃え立ち「やめろやめろ絶対やめろ」と音のない叱責を送ってくる。

「……スリランカの日之雄人は開戦前に帰国させられた。残置諜報員は残っているはずだが、連絡が途絶している」

「つまり、敵飛行艦隊がどこにいるのかわからないまま、メリー作戦は開始されると?」

老山の表情が一瞬強ばり、若造が、と音のない言葉が聞こえた。

「メリー半島に敵飛行艦隊が飛来したという報告は現地の工作員から受けていない。ならば当然、スリランカにいる」

青二才の参謀からつづけざまに咎めるような質問を受け、老山は明らかに怒っていた。しかしクロトはさらに問いを重ねる。

「スマトラ島は調べましたか?」

「……スマトラ? メリー作戦に関係あるまい」

「万が一、敵飛行艦隊が秘密裏にスリランカを飛び立ってスマトラ島に隠れていた場合、我が陸軍の重大な脅威となります」

クロトはメリー半島とマラッカ海峡で隔てられたスマトラ島を示して意見する。スマトラ島西岸は標高千七百メートル級のバリサン山脈が貫いており、もしも敵飛行艦隊が山脈の西側に隠れていたなら発見するのは難しい。

メリー半島とスマトラ島を隔てるマラッカ海峡の幅はわずか百キロメートル余り。

飛行艦隊が全速で飛べば、二時間ほどで越えられる距離だ。メリー半島を侵攻する日之雄陸軍の直上に、スマトラ島北部に隠れていた敵飛行艦隊が突如現れ、後方に空挺攻撃をかけたなら、侵攻軍は甚大な被害を受ける。

クロトの言葉に、ひとり、戦術参謀、鹿狩瀬中佐が反論した。

「スリランカの飛行艦隊はたった駆逐艦四隻、それも三十年前に作られた老朽艦だ。さらにスマトラ島には飛行艦隊の港湾施設が存在せず、老朽飛行艦隊が空中待機したなら、船体は傷み、水もなく、乗員は疲弊する。いつはじまるのかわからない作戦を待ってそんな空域に隠れるのは敵にとって冒険が過ぎる。我々がスマトラを考慮から除外した理由は、そういうことだ」

理にかなった意見だった。

その通り、数か月間も港湾に入ることなく空中遊弋をつづけると、飛行艦と人間を極度に疲弊させる。海水を汲み上げ蒸留できる海上艦と違い、飛行艦には汲み上げる海水もない。長期間、まともに風呂にも入れない水兵からは猛烈な体臭が立ちこめ、栄養状態も悪く、伝染病が発生すると目も当てられない。変わり映えのない食事と腐りかけの水と終わりの見えない艦内生活に苛立った水兵同士のケンカは日常茶飯事、下手をすると暴動も起きる。ただでさえ戦力になるか怪しい老朽艦がそんな状態で作戦に参加したとしても、脅威になりえない。だからこそ、ここにいる参謀たちも敵飛行艦隊の存在を考慮から除外していた。

　しかしクロトは反論する。

「ぼろぼろの老朽艦であろうとも、メリー半島内陸部に到達しさえすれば勝ちです。陸軍の山砲では飛行艦隊を攻撃できず、海上艦隊の艦砲も内陸部までは届かない。敵飛行艦がやることは、我が軍の後方へ空挺部隊を降下させることのみ。そのくらいなら疲弊の極みにある老朽艦でもやれます」

「……………」

「リングランド極東飛行艦隊司令官は、かのトラヴィス・マクラフリン提督であるとか。大征洋で数々の奇策を繰り出し、エルマ艦隊を幾度も打ち破った名将です。かの提督を見くびれば、我々は手痛いしっぺ返しを食らうかと」

　作戦室内に沈黙が立ちこめ、将校たちは互いに目配せを交わす。

　誰かがクロトをやりこめるべきだが、適当な反論が出てこない。

　そもそも反論どころか、確かに敵飛行艦隊がスマトラ島の西岸に隠れていたなら、重大な脅威となり得る。高度千二百メートル以上を飛行機が飛べないため、現在の日之雄の勢力圏からはバリサン山脈がついたてとなって、島の西側がどうなっているのか見えないのだ。

　そしてなによりまずいのは、クロトが指摘するまでここにいる参謀が誰ひとりその事実に気づかなかったこと。

若造が生意気な口を叩くのは面白くないが、しかし確かに相手がマクラフリン提督ならばそのくらいはやりかねない。

黙り込んだ将校たちを見回し、クロトは不可視の舌なめずりと共に、献策する。

「我ら第二空雷艦隊をメリー半島へ派遣してください。我らがそこにいることで、リングランド飛行艦隊は手出しできなくなる」

告げると、古柳参謀長が渋面を作った。

「陸軍の直上を飛ぶのかね。連携は不可能だぞ。きみも知ってのとおり、我が海空軍と陸軍には戦闘中の連絡手段が存在しない。陸さんがどういう状況にあるかわからんのに、どうやって護衛する」

傍ら、老山先任参謀も仏頂面で、

「陸さんは上陸までは海軍の世話になるが、それ以後の空中支援は自前の航空隊で充分だと言っている。海空軍に手柄を取られてはたまらん、と腹の底で思っておるのだ。積極的に首を突っ込むべきではない、あちらはあちらで好きにさせてやれ」

その意見に、周辺の司令官や参謀たちも頷く。昔から日之雄海空軍と陸軍は仲が悪く、信じられないことに戦闘中の連絡手段が存在しない。陸軍が砲撃して欲しい地点が、海空軍にはわからないのだ。陸軍との共同作戦などここにいる将校たちにとって煩わしいだけで、できれば関わりたくないのが本音だった。

——なんだそれは、アホか。

——本気で戦に勝ちたいならプライドなど捨て、連携しろ。

そんな罵倒を飲み干して、クロトはかろうじて平静を装う。

「飛行艦隊が護衛できないというのであれば、せめて陸軍へ、敵飛行艦隊への警戒を呼びかけていただきたい。特に空雷機は十分な数をそろえる必要があると」

陸軍航空隊は飛行艦艇を保有せず、あるのは戦闘機、爆撃機、雷撃機、そして機体上部に空雷を据えた「対空雷撃機」——いわゆる「空雷機」だ。しかし魚雷と違って空雷は対空機銃で狙い撃てるため昼間雷撃の命中率が極端に悪く、実戦で戦果をあげた例がほとんどない。夜間雷撃用空雷機が完成すれば命中率もあがるだろうが、いまだ機上レーダーの性能が悪く、世界のどの海空軍も実戦レベルの夜間航空機は開発できていない。

「聞く耳を持つとは思えんが、一応言うだけ言ってみよう。返事は恐らく『リングランドの腰抜けにそんな根性があるものか』だろうがね」

明らかに気乗りしない様子で老山がそう請け負った。

——せめて検討してくれ。

——貴様らのいい加減な指揮で死ぬのは現場の兵員だ。

クロトは鉄面皮の裏に、そう怒鳴りつけたい気持ちを抑え込む。ともかくこちらの懸念は伝えておいた、どう対応するか決めるのは連合艦隊司令本部のお偉方の仕事だ。

と、ここでようやく馬場原司令長官が口をひらいた。

「『井吹』の戦果の大半が貴君の献策によるものだと聞いているよ、黒之少佐」

神経質そうな顔立ちとは対照的に、言葉は穏やかで落ち着いていた。

「貴君の報告書も、優れた内容だ。マニラ沖海空戦の経過と戦闘詳細が実に正確に記述されている。しかし……」

馬場原はいったん言葉を切って、もったいぶった間を置いてから、同じ語調でつづけた。

「きみの意見書では、飛行艦は滅びゆく艦種だと断じてあったね。飛行艦乗りが飛行艦を否定するとは面白い。その論拠は？」

「敵に見つかりやすく、鈍重で、安定性に欠ける。マニラ沖がそうだったように、装甲をいかに堅固にしても浮遊体や懸吊索の破損で轟沈するため、海上艦と比べると遙かに脆弱です。兵器レベルが上がり、レーダーに捕捉されたと同時に攻撃される時代が来たなら、自然に消えゆく兵科であろうと」

「同感だ。特に、敵に見つかりやすい点が問題だね。水平線下に隠れられる海上艦隊と違い、飛行艦は大きな図体で宙に浮いているためレーダーから逃れられず、そのうえ遅い。奇襲に随伴させるにはリスクを伴う兵科だ。陸さんが嫌っているのもその理由だよ」

クロトは頷き、

「ですが現在の兵器レベルにおいて、白昼、内陸部に到達した飛行艦を撃滅できるのは、飛行艦だけなのも事実」

　無機質な言葉で即答を返すと、作戦室が再び静まり返る。

「将来的に不要となりますが、現時点で飛行艦は有用です。内陸部への大規模輸送能力に関して、飛行艦に比肩する兵科はありません。わたしが敵司令官であれば、開戦直後に飛行艦隊をスマトラ島に隠し、メリー作戦がはじまるまで何か月かかろうが待機させます。作戦がはじまったなら秘密裏に航進、コタバルとジットラ・ライン後方へ回り込んで空挺降下。それが最も兵科の特性を生かした攻撃でありますので」

　クロトはメリー半島の付け根付近、陸軍の上陸地点であるコタバルと、最初の激突が予想される「ジットラ・ライン」と呼ばれるリングランド軍の防衛線を指さした。

　確かにクロトの言うとおり、防衛線を攻撃中に背後に回り込まれたら、前線は大混乱に陥るが。

　クロトを見やる馬場原の眼差しが、冷たく冴える。

「では、敵艦隊がスマトラに隠れていると仮定して。きみならどうする」

「最善は陸軍の直上を我らが護衛すること。それができないのであれば、メリー作戦開始と同時に、第二空雷艦隊が単独でスマトラ島西部を偵察すること」

　クロトのさらなる献策が、作戦室の静寂を深める。

　日之雄海上艦隊がスマトラ島西部へ回り込もうとしたなら、シンガポール要塞の猛砲火を浴びるし、マラッカ海峡には敵潜水艦と機雷が大挙して待ち受けるため、辿り着くだけでもかなりの損害を覚悟せねばならない。

だが飛行艦隊は地形的制約をほぼ受けない。飛行艦の針路を遮ることができるのは、標高千二百メートル以上の山岳地帯のみ。狭い海峡で機雷や潜水艦、魚雷艇を恐れる必要もない。ブルネイからジャカルタ上空を経由したなら、ほぼ直線航路でスマトラ島西部を偵察できる。そこに敵飛行艦隊がいなければ問題なし、いたならその場で撃滅する。

高級将校全員が仏頂面をたたえる。

確かに現状、それしか手がない。

しかしこんな新参者の若造に、連合艦隊司令本部に所属するエリート集団がいいように動かされるのも悔しい。

重い沈黙がつづき、数名が凄みを利かせた目線でクロトを睨みすえる。

雰囲気に険悪さが紛れ込みかけた、そのとき。

「……きみの献策は検討しよう。陸軍にも連絡を入れておく。……ほかの議題があることだし、今日はここまででいいかね」

無機質な馬場原の言葉が静まり返った作戦室に響き、ほっとした空気が作戦室に流れた。クロトは一応、言葉を添える。

「出過ぎたことは承知しています。ですが必要であるかと」

「いや、構わないよ。活発な意見交換は必要だ。今後も臆せず、貴君の意見を出してくれたまえ」

そして議題はメリー作戦期間中の連合艦隊の行動方針へと移った。数名が安堵した顔を見合わせ、他の数名は相変わらずクロトを睨みすえたまま動かず、そのなかには古柳参謀長と老山先任参謀も含まれていた。

夕刻——

作戦会議が終わり、クロトとイザヤは来るときに乗った内火艇に再び乗り込み、「長門」を離れて対岸のマニラ港を目指し、白波を蹴立てていた。

イザヤは冷たい表情で手すりに上体を預け、暮れなずむ海原を見やりながら傍らのクロトへ告げた。

「お前、将来、連合艦隊司令長官になりたいんだったよな、確か」

「うむ。この国を救うためには、おれが連合艦隊を指揮するのが最善だ」

これ見よがしな溜息を思い切りクロトへ投げつけてから、イザヤは顔をしかめる。

「だったら、しばらくおとなしくしていろ。いまから敵を増やしてどうする。会議中、参謀が何人か、お前を睨んでいたのに気づいたか?」

「なにを言っている。おれは実に冷静な態度で言葉を選び、しおらしく振る舞っていた。天才的頭脳と圧倒的功績がありながら、あれだけ謙虚に振る舞えるおれに、連中はもれなく好感を抱いたであろう。お前がいう参謀は恐らく、睨んでいたのではない。あこがれの眼差(まなざ)しでおれを見つめていたのだ」

　そう言ってクロトは背筋を反らし、海原へむかい「ふははは」と笑う。

　イザヤはげんなりと表情を翳(かげ)らせ、

「……お前が本気でそう思っているのが怖い。あんなことを礼儀知らずの若造に言われて喜ぶ将校がいるわけなかろう。ただでさえ我らは海上艦隊幹部に睨まれているというのに、自分から嫌われてどうする」

「懸念を口にしただけだ。戦争に勝つためにな。それのなにが悪い」

「敵を増やさないやりかたでやれ。本部で自分の意見を通したいなら、同じ意見の仲間を作るなり、上層部に根回ししておくなり、それなりの環境を整えてからやるべきだ。お前の物言いや態度では、どんなに意見が正しくても感情的な反発を招き、却下される」

「あいにく政治に興味がなくてな。おれは正しさを振り回し、抵抗する連中を論破し黙らせるほうが楽だ」

「お前も頑固すぎるのだ、頼むからひとの意見に聞く耳をもってくれ、愚か者が……」

　イザヤは当てつけのように溜息をついて、対岸に霞んだマニラの街並みを見やる。

──能力は高いのに、他人の気持ちに無頓着すぎる……。

傍らに佇む幼なじみの少年を、そんなふうに思う。

本人が常々言っているように、クロトには確かに、救国の英雄となるにふさわしい才知が備わっているのかもしれない。

しかし上官とのコミュニケーションに問題がありすぎて、このままでは遠からず総スカンを食らうだろう。内部に余計な敵を作ったがために、能力を発揮できずに左遷されてしまった軍人は古今東西に数知れず、このままではクロトもそのひとりになってしまう。そうなれば日之雄にとって悲劇だ。

勝ち目の薄いこの戦争を、より少ない犠牲で、よりよい明日に繋げるために、クロトの力が必要になるときは必ず来る。つまらないことでつまずいて欲しくないし、大きな権能を持つにふさわしい人間になって欲しいと願うから。

──わたしがこの男を躾けるしかない……。

そんな使命感をひそかに抱き、イザヤはゆっくり近づいてくるマニラの低い街並みを遠望した。まずはともかく今夜の懇親会、クロトが政府高官たちへ失礼など働かないよう、わたしが目を光らせねば……。

その夜、ダッフル・マニラベイホテルの客室で第一種軍装に着替えたクロトは、同じホテルに宿泊しているイザヤと特に待ち合わせることもなく、ひとりでふらりと二階へ赴いた。海軍省からの招待状を受付へ示し、サッカーができそうなほど広い大広間へ。日之雄とフィルフィンの有力者、政治家、軍人に財界人がすでに五百名以上集まって、歓談の輪を作っていた。

日之雄人の話す内容はつまるところ、先日までこの地の支配者であったガメリアの悪口と、新たな支配者となった日之雄の自画自賛だ。支配者が入れ替わって不安を抱いているフィルフィン人が、間違っても反抗したり暴動を起こしたりしないよう、日之雄人が安全な支配者であることを有力者たちに認識させる必要があった。

しかし話を聞いているフィルフィン人たちの表情は明らかに、不信感が優っている。

誰だって、他人から踏みつけにされたくない。フィルフィンのひとびとだって、ガメリアからも日之雄からも独立し、誰に踏まれることもなく平和に生きたいに決まっている。ガメリアも日之雄も、彼らから見れば等しく侵略者だ。いくら言葉を取り繕われても、武力で他国を支配するような相手を信頼するはずがない。

——彼らはいまも虎視眈々、日之雄の隙を見定めている。

会場の雰囲気から、クロトはそれを感じ取る。ガメリアがいなくなり、日之雄がいなくなったそのとき、彼らは自らの足で立ち上がろうとするだろう。

——この戦争が終わったとき、世界のかたちは大きく変わるぞ。

——とこしえの平和か、さらなる混沌か、どちらかは知らんが。

そんなことを思いつつ、クロトは招待状をよこした九村大尉を探して、続々と新たな招待客が入場してくる会場内をさまよい歩いた。

ほどなく。

「黒之少佐。良かった、来てくださったのですね」

高そうなスーツに身を包んだ海軍省人事局三課、九村二郎大尉がにこやかに、人混みをかきわけてきた。精悍な顔つき、きれいに髪油でなでつけた頭髪、涼やかな言葉の紳士だが、この男が油断ならない人間であることをクロトは知っている。

——大野学校一期生。

特殊工作を専門とする諜報員養成機関、大野学校。

その開祖たる一期生、つまり、現在世界各地に散らばって工作活動を繰り広げている日之雄諜報員のリーダー格だ。

世間には存在さえ知られていない機関員だが、二年前、ガメリアから帰国してきたクロトにいきなり接触してきたのがこの九村だった。伊豆の料亭で一晩語り合ったあと、クロトは九村の斡旋によって海軍省特務機関少尉候補生の肩書きを手に入れ、様々の裏の人脈と交流して軍艦に乗り込むことができた。九村の頭脳と交渉力、そして「影の任務」の遂行能力はクロトが「おれに次ぐ才覚」と認めるほどの一級品だった。

「貴様が呼びつけるということは、それなりの用事であろうと察してな。わざわざここまで来てやったぞ、それなりの成果を示せ」

ふんぞり返ってそう答えると、九村は精悍な笑みの奥で、もう一段低く笑った。

「こちらが、その成果です」

そう言って、クロトの傍らを指で示す。

いつのまにかクロトのすぐ右隣に、金色の髪をした少女がひとり佇んでいた。

「………ぬ」

「…………………」

少女の澄んだ紫紺の瞳に、クロトの若干戸惑った表情が映り込む。

葡萄色のチューブトップドレスに身を包み、趣味の良い金銀細工を胸や髪や袖口に散らし、それら装身具よりいっそう眩い金色の髪はどう見てもガメリア人だが。

可憐な桜色の唇から発せられたのは、流暢な日之雄語だった。

「海軍省人事局三課、ユーリ・ハートフィールド少尉です。お目にかかれて光栄です、黒之少佐」

特務士官だから敬礼はなく、落ち着いた言葉だけで自己紹介する。

クロトは黙って、相対するユーリを見下ろした。

年齢はまだ十七、八才といったところ。まとう雰囲気は弛緩しているようで、その奥に怜悧なものがあり、しかし顔つきはどこか妖しくも艶やかな。この少女が、以前からクロトが九村に依頼していた対ガメリア諜報戦の切り札であるというのか。

九村はウェイターからワイングラスを受け取ると、クロトとユーリへ手渡した。

「わたしの見識では、おふたかたとも非常な才覚の持ち主であり、しかしそれゆえ、人間的に複雑かつ難解な側面を備えておられる。わたしから言えるのはひとつ、おふたかたとも、わたしなど及びもつかない異才の持ち主であると、それだけです」

にこやかな九村の言葉を受けて、クロトは改めてユーリを見下ろす。

この華奢で無表情な少女が、九村以上の能力を持つというのか。

九村以上ということはつまり、おれと匹敵するということだが。

「上っ面の言葉で内面を推し量るのは不可能。ふたりきりで好きなように語り合い、互いの本性を知り合うのが最善かと。これから長い任務のはじまりです、親睦を深める意味でも」

そんなことを告げて、九村はふたりの前を辞し、人混みへと紛れていく。乱雑なやりかただが実際、クロトも九村と一晩伊豆で語り合った際、目の前の青年がこれまで会った誰よりも真摯で誠実で愛情深く、誰よりも悪知恵に長け、誰よりも国家の未来を憂い、誰よりも冷酷に他人を殺せる人間であることを理解した。

さて。

そんな九村以上といわれるユーリとはどんな少女なのか。

「……ここでは誰に話を聞かれるかわからん。あそこへ行くぞ」

クロトはフロアから外へ張り出したバルコニーを指さした。

「はい」

ユーリは表情を変えることなく、クロトの要望に従って淡々と歩く。

「…………」

「…………」

広いバルコニーにひとけはなく、ぬるい夜気がふたりの頬を撫で、見上げたなら南国の星たちがちらついていた。

中庭の照明が、ユーリの可憐な佇まいを闇のなかへ浮き立たせる。バルコニーの手すりに肘を乗せ、クロトが告げる。

「質問があるなら答える」

ユーリは頷き、クロトへまっすぐに瞳をむける。

「わたしのこと、どう思いますか」

「…………」

いきなりそう問われ、クロトは黙ってじぃっとユーリを見下ろし、

「ガメリア人の外見をした日之雄人だ」

ユーリは黙って首肯し、

「それだけですか」

問いを重ねる。クロトは再びユーリを眺め、

「……………女だな」

「それ以外は」

「……………ドレスを着ている」

クロトの表情が徐々に不機嫌そうな色をたたえる。ユーリもまた、態度と言葉にだんだん不満そうななにかが紛れはじめる。

「……………以上だ」

クロトが話を打ち切ると、ユーリはクロトを睨みつける。

「黒之少佐は、ひどいかたですね」

「なにゆえ」

「……これほど可憐な美少女が黒之少佐の独りよがりな要望に従って故郷を離れ、敵国へ潜入して命がけの工作活動を行おうとしているのに。なんですかその態度。もっと励ますなり、ねぎらうなり、性的な目でわたしを見つめながら過去を根掘り葉掘り尋ねるなりするのが普通ではありませんか。なのに、ガメリア人の外見をした女？　それだけですか。ほかにもっと言うことはないのですか」

「……確認だが、貴様いま、自分で自分のことを可憐な美少女と言ったか？」

「はい。それがなにか」

クロトはフロアのほうを振りむいて、

「九村。チェンジだ」

「残念。大尉は来ません。ところでチェンジとはなんですか。今回の任務、わたし以上の適任者が他にいるとでも思っておられるのですか」

クロトの不機嫌そうな表情へ、さらに困惑の色が塗り重なる。

「貴様、まさか変わりものか」

「いえ、一介の美少女です」

「やはり変わりものか。これはまいった」

「美少女を自称したのが気に入りませんか。可憐な美少女は白之宮殿下ひとりで充分だと仰るのですか」

まっすぐにクロトを見上げ、訥々とそんな言葉を紡いだユーリへむかい、クロトは二度ほどまばたきを送った。

「どこからイザヤが出てきた」

「少佐はすでに王籍離脱した平民。なのにいまだ白之宮殿下をイザヤなどと呼び捨てにするのが、少佐のただならぬ感情を物語っておられます」

クロトは無表情を保ったまま、さらに五度ほどまばたきを追加し、フロアを振りむく。

「九村。チェンジだ」

「無駄です、ふたりきりで話せと命じておられましたから」

「貴様、本当に中身は日之雄人なのだな？　異星人ではないのか？　先ほどからなにを言っておるのか微塵も理解できんぞ」

　ふっ、とユーリは意地悪そうに口の端を吊り上げ、

「とぼけておられる」

「なんだその顔は。よもや嘲笑か」

　問いかけると一瞬にしてユーリは無表情を取り戻し、

「失礼。本心が顔に出てしまいました」

「九村、この女、怖いぞ」

　クロトは珍しくこめかみに汗を伝わせフロアを振り返るが、もちろん誰もいない。

　ユーリはおもむろに訥々と語る。

「わたしは黒之少佐が立案した対ガメリア諜報戦の切り札。言い方を変えるなら、少佐のアイディアさえなければこののち安穏と日之雄で暮らせたはずの哀れな美少女。そのような健気な存在と相対してねぎらいひとつかけられぬとは、やがては連合艦隊司令長官、救国の英雄、偉大な皇王になるであろうおかたとしては、いささか粗雑に過ぎませぬか」

　クロトの口の端がぴくりと脈動する。

「……一理ある。許せ、おれのような千年に一度の天才ともなると、下々の感情に疎くてな。貴官の健闘を期待する」

他人が美少女を自称するのは許せないが、自分が天才を自称することは当たり前に許し、クロトは悦に入った表情でユーリを見やり、突然ガメリア語で語りかける。

〝外見はガメリア人として通用する。言語はどうだ〟

十才から十六才までガメリアで投資家として活動していたクロトのガメリア語は、日之雄人特有の訛りのない完璧なもの。対するユーリも、

〝父は貿易会社に勤めるガメリア人です。横須賀で日之雄人の母と結婚し、わたしが生まれました。開戦しても父は帰国を拒み、外国人収容所に送られています。わたしは四年前からこの外見を見込まれ、大野学校へ〟

ネイティヴの発声で返事する。クロトは頷き、

〝特務に就いた理由は、父の汚名を返上するためか〟

〝いえ、特に。風之宮総長が裏から手を回したため、父は収容所とは名ばかりの軽井沢の別荘地におり、監視付きではありますが自由に生活しながらガメリア人富裕層の情報を特務へ流しております〟

ふむ、とクロトは鼻を鳴らす。

開戦と同時にガメリア人は母国へ強制送還されたが、なかには収容所へ送られることを知り

ながら日之雄に残った変わりものもいると聞く。恐らくは敵の残置 諜 報員であろうが、風之宮総長が特別待遇を与えたということは、ユーリの父親は敵国との連絡役として「黙認された二重スパイ」とでもいうべきか。危なっかしいが、九村もそれを承知でユーリを今回の任務に選んだのだから、ある程度信頼できるのだろう。

「……九村に頼まれていた写真だ」

ぶっきらぼうにそう言って、内ポケットから古びた写真を一葉取り出しユーリに渡す。

受け取って、ユーリは琥珀色の写真を一瞥する。

古びた事務所で、スーツすがたの青年やドレスの女性が十八名映っていた。

中心には十六才のクロトが仏頂面で、あらぬ方向へ目線を逸らしている。

「投資家集団『クロノス』ですね」

「いかにも。二年半ほど前、ロウアー・イーストサイドの事務所で撮った」

「黒之少佐の表情、仲間との集合写真にしては、あまりにふてくされているような」

「おれは『クロノス』などというソサエティを作った覚えがない。作ったのはこの男、カイル・マクヴィルだ。いきなり仲間うちで写真を撮ると言われて中心に据えられたのが気に入らなかった。まるでおれがリーダーのように見えてしまう」

クロトが示した写真の隅には、品の良い微笑みをたたえた金髪碧眼の白人男性がいた。美しい外見をしているが、よく観察するとその笑みはどこか虚ろでそらぞらしい。

「カイルが優秀な若手投資家を選抜してメンバーに組み込み、大儲けをさせたうえで、最終的に裏切り全員の資産を自分のものにした。ほとんどのメンバーは良くて無一文、悪くて数千万ドルの借金を背負い、クロノスはフォール街最大の負け組となって消滅した。この事件をきっかけにしてカイルは一気に勢力を拡大し、現在では『フォール街の覇王』として世界金融に君臨している」

クロトの説明を片耳で聞きながら、ユーリはじいっと写真を見つめる。

「ひとりずつ、名前を教えていただけますか。よろしければ人間的特徴も」

「うむ」

請われるまま、クロトはクロノス会員ひとりひとりの名前と特徴、家庭環境や性格をユーリに伝えていく。諜報員教育を受けたユーリは、一度言われた内容を決して忘れることがない。瞬く間にクロトを除く十七名の顔と名前、特徴を記憶してから、写真をクロトへ返却する。

「ガメリアへ潜入後、彼らの誰かとコンタクトを取りたく思います。黒之少佐から見て、どなたに取り入るのがお薦めでしょうか」

「こいつだな」

クロトが即答したのは、少し暗い印象のある、眼鏡をかけた七三分けの青年だった。ユーリが覚えたばかりの名前をそらんじる。

「トムスポン・キャリバン。生真面目な愛国者かつ孤立主義者」

「うむ。ガメリアは世界の良心たれ、と常日頃から口にし、ウィンベルト政権の外交政策に批判的だ。カイルに対しても以前から警戒しており、ソーンダーク債の負けも致命傷とはならなかった。接触の仕方にさえ気をつければ、懐へ入り込めるはず」

「わかりました、お任せください……さて、問題のカイル・マクヴィル氏の話です。わたしとしては、リスクを冒してまで彼を『玉座』から引きずり下ろす必要性があるのか、はなはだ疑問に思っております」

「うぬ」

指摘され、クロトは口をへの字に曲げる。

さっきからユーリが文句をつけているように、今回の潜入工作戦の立案者はクロトである。潜入工作員をニューヨークへ送り込み、ガメリア国内の厭戦派と接触し資金提供、つまり休戦工作活動を行う。と同時にクロノスの残党に接触して資金提供、「フォール街の覇王」カイル・マクヴィルに仕手戦を仕掛けて玉座から蹴落とす……。ユーリにとって前半の諜報活動は納得できるが、後半の仕手戦は全く納得いかない任務だった。

クロトは居丈高に命じる。

「うまくいけば方面艦隊級の働きとして評価されるであろう。貴様の名前はこののち長く明石場大佐と並び称されるに違いない。だからやれ」

明石場大佐とは三十年前の日ル戦争において第三国からルキア国内の革命勢力に活動資金を

提供し、ついにはルキア革命を引き起こして戦争を本当に止めてしまった大人物だ。世界諜報戦史においてもたったひとりのスパイが国を転覆させてしまった事例は存在せず、特務機関では「スパイの神様」として崇められている。

だがユーリの不満顔は消えてくれない。

「世界金融へ重要な影響力を持つにせよ、カイル氏は一投資家に過ぎません。潜入工作が破綻する危険を冒してまで彼を追い落とそうとしているのは、黒之少佐の個人的感情では？　休戦工作ならば文句ありませんが、フォール街の仕手戦はわたしの専門外、あまりにリスクが大きすぎます」

クロトの表情に深々と苦渋の皺が刻まれる。

ユーリの怒りはもっともだ。潜入工作だけで身の危険の伴う大仕事なのに、そのうえさらにクロノス会員をまとめて仕手戦など、たったひとりの工作員の手に負える内容ではない。

だが。

「やれ。それができねば日之雄が滅びる」

問答無用に令する。

ユーリはクロトを睨む。

「タクトはおれが振るう。仕手戦に関して貴様の仕事は、おれとクロノスの連絡役だ。おれの指示を正確に連中へ伝えさえすれば、カイルを玉座から追い落とすことも不可能ではない」

「指示から連絡、実行までかなりのタイムラグがあります。仕手戦(してせん)とは当意即妙の駆け引きが重要であると伺(うかが)っておりますが、遠隔地から振るうタクトはどうしても遅れるのでは」

「そのとおり。だが遠隔地にいても大局的な仕事はできる。即応性はＪＪやトムスポンに任せればいい。貴様はあくまで連絡役、自(みずか)らが投資家のまねごとをする必要はない」

なだめるが、しかしユーリの表情は不満をたたえたまま。

まだなにか胸に溜まっているものがあるらしい。

付き合うのも面倒だがここで不満はすべて吐き出させておくほうが良いだろう。これからユーリが大変な任務を負うのは確かだし、命令する側の事情もあらかた踏まえておいたほうが潜入工作も効率よく動くはず。

「聞きたいことがあるなら答える。特別サービスだ、なんでも聞くがいい」

ぶっきらぼうに告げると、ユーリの瞳がきらりと輝く。

「なんでも正直に答えますか」

「おれの正直さは坊主が悔い改めるほどのもの。宇宙開闢(かいびゃく)の秘密から肉球の中身まで、聞きたいことはなんなりと聞け」

「わかりました。……今回わたしが最も気になっているのは、カイル・マクヴィル氏に対する黒之(くろの)少佐の異常な警戒です。日之雄(ひのお)嫌いで知られるキリング総督よりも、よほどカイル氏を危険視しているような。カイル氏の存在が日之雄にとってどれほど危険なのか、わたしにはわかりかねます」

うむ、とクロトは喉元で返事する。

キリング総督とはガメリア大公洋艦隊と大征洋艦隊を統括する「ガメリア艦隊司令長官」であり、実質的に大公洋戦争におけるガメリア軍の総大将だ。連合艦隊司令本部に所属するクロトたち作戦参謀の役割とは「キリングの意図を読むこと」であり、作戦参謀たちはそのために日夜、心身を磨り潰して戦務に当たっている。だがクロトはまるで、キリングよりもカイルを警戒しているようにユーリには見える。

「……カイルは二年後、大統領選挙へ出馬するつもりだ。こいつがガメリア大統領になる事態だけは絶対に阻止せねばならん。それにはフォール街で仕手戦を仕掛け、やつを無一文に貶めて、出馬を諦めさせるしかない。そのために貴様が必要なのだ」

「現在のウィンベルト大統領も日之雄嫌いで知られています。すでに戦争がはじまったいま、カイル氏が大統領になることを極度に恐れる理由がわかりません」

冷静なユーリの言葉に、クロトは眉根を寄せる。少々面倒だが仕方ない。このままウィンベルト政権がつづいた場合の未来と、カイルが大統領になった場合の未来について、長台詞になるが説明せねば、ユーリは納得しなさそうだ。

「……ウィンベルトが日之雄を開戦に追い込んだ目的は、第一に環大公洋の覇権、第二におのれの政策の失敗を隠すため。論拠は、日之雄の指導者層はルキア連邦の南下から我が身を守るために大陸に進出したのであって、ガメリアと戦う意図がなかったこと。第二に、日之雄の指導者層は大公洋戦争を回避するためにあらゆる外交手段を尽くしたこと、対してウィンベルトはその努力をいきなり無に帰し、ガルノートという事実上の宣戦布告を突きつけたこと、それに尽きる。……ウィンベルト政権にとって、戦争がはじまってしまえばしめたもの。国力に差がありすぎて、三年後には必ず勝てることがわかっているのだからな。日之雄を二度と立てないよう殴りつけたあとは、おのれの目的を歴史の闇に封じる必要がある。戦後は占領政府を立ち上げて『ガメリアは悪くない、日之雄の指導者が悪いのだ』と日之雄人に喧伝するだろう。その過程において、日之雄人に言うことを聞かせるには皇王家の力が欠かせないことに占領政府は必ず気づく。ウィンベルトが『ガメリアに従え』と命じても日之雄人は拒絶するだろうが、日之雄皇王が『ガメリアに従おう』と呼びかければ日之雄人は悔しさを嚙みしめて言うことを聞く。日之雄人にガメリア支配を納得させるために、皇王家の権威を利用しない手はない。……ウィンベルト政権下であれば敗戦後も皇王家は存続し、統治のために利用されるであろう。それは悔しいが、日之雄人が絶滅することはない。……しかしウィンベルトに替わってカイルが大統領になったなら、あいつは戦後、確実に皇王家を取り潰す。そうなれば日之雄国民は滅亡する」

まっとうな政治センスを持つガメリア大統領ならば、日之雄を占領したのち、皇王家はそのまま残して統治政策に利用するだろう。そのほうが労力もコストもかからないから。

だがカイルが大統領になったなら、皇王家は確実に解体される。なぜならカイルの戦争目的は覇権でも政治的実績でもないからだ。

カイルによって皇王家が解体されれば、日之雄人はガメリアによる統治を受け入れない。国土が占領されたのちも山野に逃げ延び、ガメリア人がいなくなるまで個人単位で抗いつづけるだろう。それはすなわち、日之雄民族の滅亡を意味する。

「カイル氏が皇王家を取り潰すと、少佐はなぜ確信しているのです?」

ユーリの質問が飛び、ぐぬ、とクロトは再び喉の奥で呻く。

同じ質問は先日、九村大尉からも為され、クロトは渋々、正直にカイルの思惑を伝えた。

恐らくユーリも九村から、その話を聞いているのだろう。

——なるほど、それでさっきからイザヤのほうへ話を振ろうとしていたのか。

クロトはユーリの思惑を看破し、辟易とした気分になる。

——この女、おれたちの関係を面白がってやがる……。

「正直に答えると仰いましたよね。なぜ黒之少佐はカイル氏が皇王家を解体すると確信するのです。さあ、さあ、正直に答えてください」

気づけばユーリは鼻息も荒くクロトに迫ってきていた。

勢いに気圧されながら、クロトは表情を引きつらせる。

「落ち着け。貴様、すでに九村から話を聞いているな?　だいたいそういうことだ、おれの口から言わせるな」

「なぜです？　なぜ黒之少佐はカイル氏の目的を言いよどむのです？　なにか少佐と関係があるのですか？　もしかしてなんですか、プライベートなところでつながりがあったりするのですか？」

大衆週刊誌の記者のごとく、ユーリは不可視のマイクをクロトの口元へ押しつけてくる。面の皮一枚むこうでユーリが楽しんでいることにクロトは気づいた。

――この女、もしやゲスか……!?

外見がガメリア人の美少女でありながら、中身は噂話好きのおばちゃんだ。若干焦りながら、クロトは言葉を荒らげる。

「あまりにくだらなすぎて、おれの口から説明するのも嫌気が差すのだ。みなまで言わすな、理解しているならさっさと行ってカイルのバカをフォール街から蹴り出せ」

命じると、いきなりユーリは照れたように表情を真っ赤にし、にやにや笑いながらクロトの脇腹を肘でつつきはじめた。

「なんですか。あれですか。やっぱりあの話本当なんですか。……もう！　……もうっ！　……きゃーっ!!　……こいつ!!　こいつぅ!!」

「少佐をこいつと呼ぶな。肘でつつくな。なんだその顔は。なぜ貴様が照れる」

「……だって！　……だって！　きゃーっ!!」

ユーリはなぜか両手で顔を覆い隠し、指の隙間からクロトを眺めてさらに頬を紅潮させ、黄色い悲鳴をあげる。

——うっとうしい……!!

腹の底から怒りがこみあげてきて、思わずユーリの首を締めあげそうになるのをかろうじてこらえる。

しかしユーリはきらきら輝く瞳を持ち上げ、身をくねらせながら、

「カイル氏は、イザヤ殿下が欲しいから、イザヤ殿下を自分のものにするために大統領になるつもりなんですよね!? イザヤ殿下が欲しいから、皇王家を解体しちゃうと!! それで黒之少佐は、殿下を渡さないためにわたしを派遣してカイル氏を排除しようと!? ……もう! ……もうっ! こいつぅ! こーいーつぅ! 青春だなっ! 純情かよっ! 好きな子を守るために残酷な世界に戦いを挑もうってか、このっ、こいつっ、きゃ——っ!!」

にやにやしながら真っ赤な顔で、ユーリはぐりぐりとクロトの脇腹へおのれの肘を食い込ませる。

クロトはついに激怒する。

「違うっ!! イザヤは関係ない、おれはあくまで国家のために……」

「うんうん、そうだね仕方ないね、わたしニューヨークで頑張るからね、少佐の純愛を実らせるためにっ!」

前で腕組みをしてふたりを睨みつけていた。

「なかなか面白い話だな。詳しく聞かせろ」

「九村ぁぁっ!!　チェエンジっ!!」

フロアを振り返って絶叫したクロトの目の前に佇み、第一種軍装に身を包んだイザヤは胸の前で腕組みをしてふたりを睨みつけていた。

「……………………………………………………っ!?」

「……………………………………………………!!」

クロトとユーリはふたり並んで言葉を失う。

リボン飾りのベレー帽に黄金の縁取りがされた外套、胸のリボン飾りにコルセット、ロングスカート。

明らかに怒気を孕んだイザヤの眼差しは、ただ一点、クロトのみを照準している。

「……カイル氏がわたしをどうだかこうだかと聞こえたが。陰でこそこそなにをしていたのか全て話してもらおうか、クロト」

低く抑えた声には、常ならぬ怒りがあった。

身をくねらせながらクロトを肘でつついていたユーリは瞬時にして鉄面皮の仮面を被り、イザヤへ黙礼を送る。

イザヤはユーリを冷たく見やり、

「官姓名を」

「……海軍省人事局三課、ユーリ・ハートフィールド少尉です」

夜風が若干(じゃっかん)冷たくなった気のするベランダに、これ以上ないほど居心地の悪そうなクロトと無表情のユーリ、そして強(こわ)ばった表情のイザヤが残された。

「ハートフィールド少尉、貴官の任務について説明を」

ユーリは特務だから、本来イザヤへ任務を説明する義務はない。さらにいえば上官に官姓名を問われても、特務であれば「民間人です」としらばっくれるのが本筋だ。

そのはずなのにユーリは「はっ」と即答すると、神妙な態度で知りうる限りの事実をイザヤへ訥々(とつとつ)と述べ伝えはじめた。傍(かたわ)らでそれを聞いているクロトの仏頂面(ぶっちょうづら)は深まるばかり。話しながら、ユーリがこの事態をも面白がりはじめているのがわかって、不愉快で仕方ない。

イザヤはひとことも質問を挟むことなく、黙って最後まで話を聞き終え、呟(つぶや)く。

「……ガメリアに留学していた際、確かにカイル・マクヴィル氏から何度かディナーの招待があった。クロトに会うついでに、エンパイアステート・ビルの事務所へ赴(おもむ)いたこともある。だが……いくらなんでも話が誇張されている。わたしを手に入れるために大統領に立候補など……冗談にしても大げさ過ぎる」

言ってから、クロトへ戸惑った表情を持ち上げ、

「だが、貴様はそう確信していると？」

問われて、クロトは気に入らなそうに肩をすくめる。

「おれがやつの口から直接、聞いた話だ。本気なのか冗談なのかは本人に聞け。だがおれの読みでは、いまやフォール街の覇王(はおう)となったヤツは退屈を持て余し、地球規模での新たな遊びを求めている。貴様はヤツのゲームの景品だ。さらに厄介(やっかい)なことに、ヤツにはバカげたゲームを遂行できる能力と財力と人脈がある。おれたちがマニラ沖で勝ったため、ウィンベルト政権は支持率を大幅に落としている現在、次の選挙で有力な候補者が出てくれれば、大統領交代は充分あり得る」

イザヤはしばらく黙考(もっこう)してから、理知的な瞳を持ち上げる。

「……この戦争の終わりかたを決めるのは国力に勝る先方だ。日之雄(ひのお)の国力ではガメリアを占領するのは不可能なのだから、こちらは個々の戦いに勝ちつづけるしか独立を保つ方法はない。それならば途中で戦いを諦(あきら)めてくれるようなガメリア大統領が就任してくれればありがたいのは確かだが……」

言葉を紡(つむ)ぎながらなにごとか思案を進め、やがて決まり悪そうに目線を逸(そ)らしてぽつりと呟(つぶや)く。

「それにしたってバカバカしい。そんなしょうもない目的で大統領に就任して、皇王家を解体するなど……」

消えゆく語尾にはイザヤらしくない迷いがあった。イザヤがなんらかの明るい言葉を待っていることにクロトは気づいた。

得体の知れない人間に狙われて、不安で怖いのだろう。適当な言葉で気持ちを楽にさせてやれば良いのだろうが、他人を励ましたことなど生まれて一度もしたことのないクロトにはその言葉が出てこない。

口をついて出てきたのは、明るさなど微塵もない問いかけだった。

「本当にヤツが大統領になり、貴様を名指しで望んだとしたらどうする？　貴様の身柄と引き替えに戦争をやめてやろう、などと言い出したなら……」

言いながら、クロトは「うむ、間違った」と自覚した。どうしてそんなことをわざわざイザヤに問いかける必要があるのか、自分でも意味がわからない。だがなんとなく、深い考えもないまま聞いてしまった。

みるみるうちに、イザヤの表情が混乱と戸惑いと恐怖に充ちていく。

(黒之少佐、ナイスです)

直近から、唇を動かすこともなく、クロトの耳にだけ指向させた小声でユーリが褒めてくる。いまの質問は隣にいる噂好きのおばちゃんと同レベルだ。イザヤ本人にそれを問いただすのは、意地が悪すぎる。

ぐぬ、と一瞬居心地悪そうに息を飲み込んでから、イザヤは気丈さを取り戻し、吐き捨てる。

「……考慮に値しない質問だ。そんなこと、現実に起こりえるはずがない」

言葉の狭間に、明らかに狼狽があった。

クロトはこの話を打ち切ろうとしたが、傍らからユーリが突然、

「カイル氏なら、そのくらいのことはやります」

カイルを知りもしないくせに、なぜか断言する。

——この女……!!

クロトは心中に冷や汗を垂らす。この美少女おばちゃん、おのれの下世話な欲求を満たすためには手段を選ばないらしい。

いきなり口を挟まれて、不意を打たれたイザヤは紅眼を二度しばたたき、ユーリを見やる。

「なにしろ真剣に白之宮殿下を愛しておられますから、カイル氏は」

ユーリはひるむことなく、当たり前の表情で決めつける。

——怖い……!

国家の命運をかけた潜入工作をあれほど嫌がっていたくせに、他人の色恋沙汰だと俄然張り切って調査をはじめるこのユーリという少女に、クロトは恐怖すら覚える。

しばらく遠い目で虚空を見据え、イザヤはユーリへ目を戻し、

「……すまんが、それは特務の調査結果なのか?」

「はい」

——ウソをつけ。

ユーリの頭をひっぱたきたくなる衝動をこらえ、だがクロトは口を挟むことなく傍観する。

イザヤは腕組みをして、難しい表情で星空を眺め、

「そんなの……答えようがない」

「もし、万が一カイル氏が、白之宮殿下と引き替えに戦争終結などと言い出したら、わたしの今回の任務にも影響が出てまいります。是が非でもいまここで殿下のお気持ちを聞いておかなくては」

「それは……だって、まず万が一にも……」

口元をまごつかせ、イザヤは助けを求めるようにクロトを見やる。

傍らで聞いているだけで辛くなり、クロトはやりとりに介入する。

「万が一ヤツが大統領となり、非公式にでもそんな取引を持ちかけたなら、地球規模で恥をかくのはあいつだ。なによりも、大公洋戦争はガメリアが三十年以上かけて仕込んだ国家戦略。国内総生産の三倍を投じて行う大事業を女ひとりと交換できるわけがない」

「……そうだよな。……うん。それが当たり前だ」

クロトの言葉に、イザヤは若干安堵した表情をたたえ、その隣のユーリがつまらなそうな顔になる。

そしてガラにもなくイザヤを励ましてしまった自分がなにやら悔しくなり、クロトは余計な言葉を重ねてしまう。

「だいたい、戦争に敗れたなら取引も必要なく、貴様も力尽くでカイルのものになる。はじめ

から お前に選択肢はない」

言ってから「どうしておれはこんなことを言うのだろう」とクロトは我ながら不思議になる。どうもユーリが出てきてから調子がくるってしまい、言わなくていい言葉をわざわざイザヤへ投げかけてしまう。

（黒之少佐、最高です）

隣からレーザー光線のような指向性を持つユーリの褒め言葉が届き、クロトはますます自分が嫌いになる。

イザヤの表情はみるみるうちに青ざめて、

「死ぬ。そうなるくらいならさっさと毒を飲んで死ぬ」

固い決意を口にする。うむ、とクロトは頷くことしかできない。

「そうだな。戦争に負けたら貴様、死んだほうがいいぞ。生き残っていたら死ぬより惨めな目に遭わされる」

イザヤがカイルにさらわれる光景をイメージしただけで、クロトの腹の底から煮えたぎるものが湧き上がってきてしまう。この思いを表情に出すことなく体内で抑えつけるだけでも大変な労力だ。さっさとこの話題を切り上げようとしたそのとき、いきなりユーリが「なるほど」と前置きしてから、今夜最大級の爆弾を投げつけた。

「黒之少佐が日之雄に戻ったのは、カイル氏から白之宮殿下を守るためなのですね」


生ぬるい夜風が吹きすさんだ。

フロアの喧噪がどこか遠くへ去っていった。

青白い月明かりがベランダへ降り注ぎ、立ちすくむ三人を世界から浮き立たせる。

真っ赤に顔を染めたイザヤ、凍結したクロト、迷いのない眼差しでまっすぐにふたりを見上げるユーリ。

しばらく無言で佇んでいた三人の元へ、ひょい、とひとりの士官が顔を出した。

「お話は終わりましたかな……。あぁ、これは白之宮准将。お目にかかれて光栄です、海軍省人事局三課、九村二郎大尉であります、以後お見知りおきを」

九村の挨拶に、イザヤは返事することもできない。

九村はただならぬ雰囲気の三人を怪訝そうに見渡し、ユーリを見下ろす。

「……また、なにかしでかしたのかな？」

ユーリは生真面目な表情で、

「任務前に二、三、どうしても確認しておきたい事柄がありまして」

九村は虚脱したイザヤと解脱したクロトを交互に見やり、表情を緊張させる。

ユーリは素早くクロトとイザヤへ向きなおって、

「おふたかたのお話は大変参考になりました。これよりニューヨークへ潜入し、この命に懸けて憎きカイル・マクヴィルを地獄の底へ蹴落としてまいります。おふたかたの未来のために」

毅然とした表情でそう告げて、九村を見やって力強く頷く。

「ここからは当人同士で。退散しましょう」

「あ、あぁ……。それでは黒之少佐、白之宮准将、どうぞごゆっくり」

ユーリに背中を押されるようにして、九村はベランダから出て行く。

「ではおふたかた、ご武運を」

真剣な表情でそう告げて、ユーリもベランダから消え去った。

ひゅう。

ぬるい夜風がもう一度、ふたりきりで取り残されたクロトとイザヤの狭間を吹きすさんでいった。

「…………………………………」

「…………………………………」

一方は沸騰するほど顔面を上気させ、一方はつついたら指先が凍結するほど青ざめた表情で仲良く並んで突っ立ちつづける。

五分ほどそのままの姿勢を保ち、ぱりん、と不可聴の音を立てて氷結を解き、クロトが先に口をひらいた。

「おれがたたかうのは、こっかのためだ」

これ以上ないほど不自然な、かちかちに凝り固まった言葉をぎこちなく紡ぐ。

「おうっ」

イザヤもぎこちなく合いの手を入れ、また居心地の悪い沈黙が流れてから、クロトが口をひらく。

「あいこくしんのかたまりだからな、おれは。だからぐんじんになったのだ」

「おうっ」

たどたどしい言葉と、場違いに大きなイザヤの返事が、夜空に虚しく消えていく。

「おれたちは、こっかのためにたたかうぞ」

「おうっ」

「じゃあな」

「じゃあなっ」

意味なく元気なイザヤの返事を背中で受け取り、クロトは片手をあげて、逃げるようにベランダを出て行く。

足のむくままフロアを行き交うひとの波を掻き分けて、ふらふら、よろよろ、あてどなく大ホールをさまよう。

——ユーリを見つけて、首を締め上げねば。

そんなことを動かない思考の片隅で念じつつ、千鳥足でよろめき、着飾った人間たちの狭間をくぐり抜ける。

そうしながら、かつて面と向かってカイルに放った言葉が、耳の奥で大きく鳴る。

『イザヤには指一本触れさせぬ、このおれがいる限り』

自分の台詞に、いまのクロトの心臓が跳ねる。

そうだ、あのときもカイルがイザヤを自分のモノにすると宣言した途端、胸の奥底から溶岩流のようななにかが突き上げてきて、そんな啖呵を切ってしまった。あの啖呵をきっかけにして自分は投資家をやめて日之雄へ戻って軍人になったのだ。

——おれはまさか、イザヤのために戦っているのか?

自分で自分の目的がよく理解できない。

——いやいやいや、違う、まさか、そんな軽薄な目的であってたまるか。

——おれが、おれが戦う目的は………。

——戦う目的は……。

自問しながら、クロトは滅多に覗き込むことのないおのれの内面を覗き見る。外側の事象を観察し演繹し未来を予測するのは得意だが、おのれの内面にうごめくものを見定めることはこれまでほとんどしたことがない。

——なんなのだ、おれは。

ユーリの投げつけたたった一言でこれだけ混乱してしまうおのれの内面が、おのれで理解できないでいる。天才だ天才だともてはやされ、自分でも自称してきたが、自分自身のことに関しては赤ん坊ほどにも洞察力が働かない。

——おれが戦う目的は……。

自問しておきながら、内面に存在する答えを確認するのが恐ろしい。それを見る勇気が出てこない。それを確認してしまったら、自分が自分でなくなってしまうような、そんなような恐ろしさ。

知らず、クロトはおのれの内面から目を背けた。

そんなことをしている場合ではない。日之雄は現在、国家の存亡を懸けた聖戦のまっただなかにあり、おれがいる場所はその最前線だ。日之雄八千万国民の現在と未来に直結する重大な立ち位置におれはいる。

——そうだ、そうなのだ。おれの双肩に国民生活がかかっているのだ。

——アホなことを考えている場合ではない。大局のためにおれはここにいるのだ……。

そんなようなことを一生懸命、おのれに言い聞かせながら、クロトはもつれる足でなんとかフロアを歩き抜けていく……。

一方、ひとりベランダに取り残されたイザヤは、茹で上がるように真っ赤になった顔に夜風を受けていた。

内にこもった熱がなかなか抜けてくれない。風で冷まそうとしているのに、早くなる鼓動から新しい熱が身体の末端へ送られてしまう。

——なにを動揺している。

——わたしは艦隊司令官だぞ。これしきで感情を乱してどうする。

——大きな責任を背負ってここに立っていることを忘れるな。

そう何度も繰り返し自分に言い聞かせているのだが、内面に宿るものはなかなかその意見を聞いてくれない。制御しようとするたびに、先ほどのユーリの言葉が内側に反響する。

——クロトが日之雄に戻って軍人になったのは、わたしのため……？

——カイル氏からわたしを守るために……。

そう考えただけで、また顔が真っ赤になってしまう。そんなバカな、とその考えを否定しようとするが、ユーリの言葉は消そうとするほど残響を大きくする。

なぜ自分はこれほど動揺しているのか。意味がわからない。

いや本当は、わかっているけれどわからないふりをしているのかも。

——もしかして、わたしは、喜んでいるのか……？

そう気づいて、イザヤはまたしても茹で上がるほど真っ赤な顔になり、思わず頭を抱えてしまう。

「なにを考えているのだ、わたしは」

ついに言葉に出して自分を叱りつける。

「こんなことで動揺している場合か。つまらない考えなど捨ててしまえ。いまがどんな状況かわかっているのか、バカ」

わざわざ声に出してそう言って、紅潮した頰を夜気にさらし、早く冷めることを願う。なかなか収まってくれない熱に苛立ちを覚えながら、イザヤは混乱した自分を持て余していた。

二、侵攻

episode two

新兵にとって、船が港を出るときほど安堵(あんど)する瞬間はない。

遠ざかっていくフィルフィン諸島の影を見下ろしながら、「飛廉(ひれん)」空雷科員、会々速夫(あいあいはやお)三等水兵もまた他の新兵と同じようにひっそりと胸を撫(な)で下ろしつつ、外洋へ出られる喜びを噛(か)みしめていた。

泊地に滞在しているときが最も激しい訓練の時間である。

艦内訓練だけでなく他艦と足並みをそろえた艦隊運動や、艦隊を白組紅組のふたつに分けて、模擬海空戦のようなことも頻繁にやる。模擬戦といっても実弾を使わないだけでやることは実戦と遜色(そんしょく)なく、夜間訓練は衝突も辞さない激烈なもの。慣れない新兵たちは古参兵にどやされながら、射撃指揮所から達せられた通りに空雷を調定する作業や、次発装塡(そうてん)のために重い空雷を格納庫からクレーンで引っ張り上げ発射管に詰める作業、射撃に必要な器材が損傷したり人員が死傷した前提で、欠損をいかに補って空雷を発射させるかといった頭を使う作業等々を連日連夜、ときには数日間も不眠不休でこなしていく。

特に「飛廉」の古参兵たちは本物の大規模艦隊決戦を経験した強者(つわもの)ぞろいだ。あの空戦での経験と反省を踏まえて本番さながらの迫力で新兵たちを追いたて、どやし、嘲笑(あざわら)ってくる。三週間ほど毎日のようにそんな訓練をこなし、新兵たちの表情も精悍さを増し、人員と器材が不足した状況での次発装塡といった難度の高い作業も徐々にスムーズになっていった。

そして今日ようやく地獄のマニラ泊地を出港、航海の運びに至る。

目的地は知らされていない。

下士官たちの間では、恐らくメリー侵攻作戦の支援だと噂されている。太陽の位置から見て艦隊が西にむかっているのは間違いないから、たぶんそうなのだろう。

航海に出てしまえば、新兵がやることは掃除や配置訓練、見張りだけ。当直も四時間交代で、あとの八時間は眠って過ごせるのでずいぶん楽だ。このまま航海がずっとつづけばいいな、と思いつつ、速夫は空と海原へ監視の目を光らせる。

聖暦一九三八年、十二月十日、南シナ海——

速夫はいま「飛廉」の浮遊体上部後方に据え付けられた第八見張所にいて、当直の見張りについている。「飛廉」後方には、単縦陣を組んで追従する第二空雷艦隊所属の飛行駆逐艦五隻。さらに眼下を見晴らせば、連合艦隊旗艦「長門」を先頭にして第三海上艦隊が矢印型の対潜警戒隊形を取って白波を掻き立てていた。

マニラ沖海空戦で壊滅的な被害を受け、もはや軽巡一、駆逐艦五しか存在しない日之雄飛行艦隊に比して、海上艦隊の健在ぶりは速夫のような一兵卒でも羨ましくなる。

第三艦隊は戦艦戦隊、重巡戦隊、水雷戦隊、機動戦隊の四戦隊から成り、戦艦六——「長門」

「陸奥」「伊勢」「日向」「扶桑」「山城」、重巡四──「青葉」「加古」「衣笠」「古鷹」、正規空母二──「瑞鶴」「翔鶴」、軽巡一、駆逐艦十六というそうそうたるもの。出撃の目的は知らされていないが、この陣容からいって、いよいよ本番なのは間違いあるまい。

泊地を出て三十分ほど経ったころ。

おもむろに第八見張所のスピーカーから、イザヤの凜々しい声が伝わってきた。

『達する。第二艦隊司令、白之宮だ。過ぎる十二月八日、我が陸軍は第四艦隊の支援のもと、シンゴラ、コタバルに同時上陸を敢行、メリー半島攻略作戦を開始した。我ら第二空雷艦隊の役割は、マレー沖へ出撃してくるであろうリングランド極東艦隊の発見と撃滅である。諸君らが訓練の成果をいかんなく発揮し、見事敵を打ち破ってくれることを期待する。以上』

端的な通達に、艦内各所から「殿下ーっ」「姫さまーっ」と呼応する声が浮遊体上部にいる速夫のところまで伝ってきた。やはり敵はリングランド極東艦隊。いよいよ本物の海空戦がはじまるのかと思うと、速夫も身が引き締まる。海兵団時代から数えて一年半ほどになる訓練の成果を発揮できる日が、いよいよ間近に迫ってきた。

──がんばるぞ。おれだって平祐さんみたいに活躍して、殿下に名前覚えてもらうんだ。

そんなことを内心で呟いたとき、伝声管が鳴った。

『速夫くん、いる？』

平田平祐水兵長の声だった。速夫は慌てて返事する。

「はっ」

『代わりの見張員を送るから、降りてくれないかな。急な頼みがあって』

「はっ、戻ります！」

背筋を伸ばして返事すると、ほどなく同じ分隊の水兵が羨ましそうな表情で縄ばしごを上がってきた。

「お前、うまくやりやがったなあ……」

「？」

「早く降りろよ。水兵長、待ってるぞ」

ぶっきらぼうにそう言われ、速夫は怪訝な顔で縄ばしごに手を掛け、小猿みたいに器用な動作で斜め下方へと空中を降りていき、「飛廉」上甲板、第一空雷発射管前に佇んでいる平祐のもとへ駆けていった。


「司令官付き従兵⁉　わたしがですか⁉」

素っ頓狂な声をあげる速夫へ、直属の上司である平祐はにこやかに告げる。

「うん。今日からきみがやることに決まった。がんばって」

「そ、それは大変光栄ですが……。なぜわたしが？」

「風之宮艦長から相談を受けて、ぼくが推薦したんだ。きみは真面目だし、品もいいし、名前の通り足も速いからいざというとき艦橋との連絡役になれる」

　速夫はしばらく絶句したあと、声を裏返す。

「で、ですがわたしは、小作人の三男です！　貧乏だから海兵団に入っただけで高等学校も出ておりませんし、そんなのが殿下にお仕えしたらきっとボロがたくさん……」

「殿下は生まれで差別したりしないから大丈夫。この三週間、きみを見てきたけど、充分に品行方正だからやっていけるよ。あまり下品なひとだとできない仕事だから」

　そう言って平祐はにこりと笑う。速夫は恐れ多いやら気後れするやらうれしいやら、どう反応したらいいかわからない。戸惑っているとすぐ背後から、野太い声が掛けられた。

「なんだ貴様、やらんのか!?　なら仕方ない、このおれが殿下を直接お守りしてやろう!!」

　泣く子も黙る空雷科兵曹長、鬼束響鬼だった。冗談を言っている気配はなく、速夫への嫉妬と対抗心で目が血走っている。

「鬼束兵曹長は発射管側にいてもらわないと、空雷が撃てません……」

　困った笑みを浮かべる平祐へ、鬼束は鬼気迫る形相をむけて、

「構わん！」

「構いますよ。なんのために毎日訓練しているのですか。兵曹長は空雷を命中させて殿下をお守りください」

「イヤだ！　おれもそろそろ、直接殿下を守りたい！」

鬼束はそう言って、おもむろに近くにあった送電線の支柱に抱きつき、速夫を睨みつけながら頰ずりをはじめた。

「こんなふうにな！　こんなふうにお守りしてやる！」

すると近くにいた空雷科の古参兵たちも寄ってきて、

「おれは、こう！」「おれはこんな感じで！」「それならおれは、こうだ！」

口々にそう言いながら、支柱をイザヤに見立てていろいろな体勢で守りはじめた。なかには守るどころか支柱へ襲いかかっている兵もいて、速夫は立ちすくんだまま声も出せない。

平祐は薄目で彼らを眺めてから、全て無視し速夫へ向きなおる。

「こういう品性のひとたちに任せるわけにいかないでしょう？　そんなわけで速夫くん、よろしく頼むよ」

「……はっ！　最善を尽くします！」

まだうっすら混乱しながらも、速夫は背筋を伸ばして返事をした。自分にそんな大役が務まるのか不安ではあったが、しかしあの国民的アイドル、白之宮イザヤと風之宮リオの最も近くで戦務に就けるというのは、一水兵にとってこれ以上の栄誉はない。

「では司令塔に行って、転属の挨拶をしてきて。殿下はおふたかたともお優しいけど、黒之参謀は厳しめだから、気を引き締めてね」

「はっ！」

クロトの名前を聞いて、速夫はますます緊張してくる。

マスコミや国民にはまだ知られていないが、「井吹」時代から連れ添ってきた古参兵たちは、マニラ沖海空戦大勝利の立役者は黒之クロトであると口々に言っていた。たった一隻の飛行駆逐艦が敵戦艦五、重巡三を撃沈するという古今未曾有の大戦果も、ほぼ全てクロトの献策と演算によるものであったらしい。そんな神がかった参謀と自分があの狭い司令塔で一緒にいて大丈夫だろうか。

「いつも不機嫌そうだけど、悪いひとじゃないよ。はじめは怖いし無愛想だけど、そのうち意外と気さくな感じになると思う。面とむかって褒められるのが大好きなひとだから、すごいなと思ったときは臆せずそう言うと喜んでくださる。あと、呼ぶときは黒之閣下って呼ぶこと」

にこやかにそう言う平祐は、クロトと一緒に最後まで沈みゆく「井吹」に残り、雲のむこうから砲撃してくる敵飛行戦艦へ雷撃を敢行したことで本国ではちょっとした有名人だ。幼い頃に生き別れとなった双子の姉の名を付けた二本の空雷が命中したことがマスコミに美談として取り上げられ、現在、境遇に同情したひとびとが姉の行方を捜してくれているらしい。

「粉骨砕身、努力いたしますっ！」

速夫は踵を鳴らし、平祐の助言に敬礼を送った。

がちがちに緊張しながら急勾配の階段を上がり、速夫は第一艦橋三階に位置する「司令塔」へ入っていった。

司令塔は、上から見るとドーナツ状になっている。穴にあたるフロア中央部には「射撃盤」と呼ばれる円筒形の指揮装置が嵌まっていて、敵艦が現れると円筒上部の測距儀を目標にむけるため、射撃盤そのものが三百六十度旋回する仕組みだ。

射撃盤の外縁にあたる、すれ違うことも困難なドーナツ状の空間に、白之宮イザヤ司令官と風之宮リオ艦長、それに黒之クロト少佐が直立し、前方空域を見据えていた。

——近い……！

司令塔の意外な狭さと互いの距離の近さに速夫は思わず息を呑む。

さらに。

——眩しい……っ！

ふたりの内親王殿下は、並んでそこに佇んでいるだけで司令塔内部を照らし出すかのよう。大気を清めるいい匂いも立ちのぼって、思わずとろんと顔が蕩けてしまいそうになる。

ぎろっ、と不機嫌そうなクロトの眼差しがこちらへむけられ、速夫は瞬時に我を取り戻すと慌てて背筋を伸ばし、クロトの胸へ目の焦点を合わせ、至近距離から敬礼を送る。

「本日より司令官付き従兵として配置されました、空雷科第一分隊、会々速夫三等水兵であります！　どうかよろしくお願いいたします！」

　緊張を押し殺し、速夫はこめかみにそろえた指先を当てる。

　うん、とイザヤが頷いて、

「突然の話ですまない。これまでは戸隠少尉がわたしの従兵を兼任していたのだが、あまりに彼女の負担が大きいものでね。今後は戸隠少尉と交代制で、会々三水に従兵をやってもらうことになった。よろしく頼む」

「はっ！」

　イザヤから直々に声をかけてもらうだけで、速夫は感激で気を失いかける。さらに艦長リオが舵輪に手をかけたままにこやかに、

「速夫くんって、いつも目をつぶって体操してるよねー。あれどうして？」

　直接そんなことを尋ねられ、全身が硬直する。

　体操中、妙なことを考えないように目を閉じているところをずっとあこがれのリオ姫に見られていたなんて恥ずかしいやら気後れするやら、反応の仕方がわからない。まさか内親王殿下に対して「本能を鎮めるためです」と正直に答えるわけにもいかず、まごまごしながら視線をさまよわせていると、クロトの鋭い眼差しにぶつかった。

　刹那、戦場に存在する万象を読み取り未来を看破するといわれるクロトの天才的演繹能力が速夫の内面にむけられる。

――こころを読まれる……！

心胆が凍えた次の瞬間、クロトの口の端が斜めに切れ上がる。

「貴様らの出来の悪い見本など見たくない、そんなものを視認するよりは暗闇のほうが良い体操ができる……そう言いたいのだ。なかなか気合いの入った従兵ではないか」

全然違う。見当違いも甚だしい。どうしてそんな自信満々の表情で大間違いな答えを発表できるのか、神経の存在を疑う。

「クロちゃん、なんでそんな意地悪なことばっかり言うかなー。そんなことないよね？　なにか他の事情があるんだよね？」

助け船を出してくれたリオへむかって、わずかに小首を傾げるだけで揺れ動くその物体が原因です、と正直に告げたなら大変なことになってしまう。速夫はなんとか機転を利かせ、言い訳の言葉を絞り出す。

「夜間においても変わらず行動できるよう、目を閉じて体操しております！」

とっさの思いつきの言葉を、リオは「わあ」と感嘆と共に受け入れてくれる。

「偉いねー。効果とかある？」

「夜間訓練時、以前より軽快に動けるようになりました！」

開き直って大声でウソを告げると、リオは「そうなんだー」と呑気そうに呟いて、にっこり笑う。

「真面目なんだね。これからよろしくね。ここで一緒にがんばろうね」

「はっ！」

リオが速夫の緊張を解きほぐそうと、言葉をかけてくれていることは理解できていた。日之雄の王族でありながら三等水兵にそんな気づかいをしてくれるなんて、速夫は感激で言葉も出ない。

――おふたかたとも、なんてお優しい……。

一瞬でふたりのファンになってしまった。古参兵たちが両殿下にめろめろになる気持ちがわかる。こんなふうに言葉をかけてくれるお姫様になら、命を捧げても惜しくない。

「あそこが待機所だ。ミュウと交替してくれ」

イザヤは司令塔から外部へ張り出した対空見張所を指の先で示した。艦橋の耳みたいな出っ張りには、戸隠ミュウ少尉がひとり佇み、風に吹かれながら空域へ監視の目を送っていた。

「はっ！」

即座に速夫は三人の面前を横切った。通路が狭いので油断すると身体が触れそうになり、可能な限り外壁側へ身体を寄せて通り過ぎようとして、無理な体勢になる。

リオが笑って、

「ちょっとくらい身体ぶつかっても平気だよー。あたしたちもしょっちゅうぶつかってるし」

「いえ、とんでもありません！　抜けられました……っ！」

タコみたいに身体を無理にねじ曲げて、三人の上官に接触することなく、ひとり用のゴンドラみたいな狭い対空見張所へ足を踏み入れた。

至近距離に、高度千二百メートルに広がる透明な青空を背景にして、戸隠ミュウ少尉が突っ立っていた。

速夫は敬礼を送り、再び先ほどと同じ挨拶の文言を述べる。

「…………」

高空の風に吹かれていたミュウは、音もなく速夫へ顔をむけた。

しかし相変わらずその目は閉じられたまま、ひらかない。これで見張りができるのか不思議だが、古参兵たちはミュウの見張能力を「妖怪」と評して一目置いている。一般の見張員の夜間透視能力は四千メートル、世界一と称される日之雄海軍の見張員が八千メートルとされるが、ミュウは夜間一万五千メートル先の敵艦を発見し、針路、速力、距離を正確に観測するという。その話が本当なら、なるほど確かに妖怪としかいえないが。

ミュウは口をひらかない。答礼もしない。速夫は緊張の面持ちで、ミュウの喉元を見やるしかない。

「………従兵は、わたしひとりで充分なのですが」

しばらく沈黙してから、ミュウは感情のない声でそう言った。

「…………」

速夫には答えようがない。できるのはただ、彼方の空域を見つめながらこの沈黙に耐えることのみ。

ふたり無言で佇んでいると、司令塔内からイザヤの呼ぶ声が聞こえた。

「ミユウ。交替だ。少しは休んでくれ。働きっぱなしではこっちが心配になる」

ミユウはまだ不満そうに速夫へ顔をむけていたが、主の命令に逆らうわけにもいかず、わずかに唇を噛んで見張所を明け渡した。

が——すれ違いざま。

「……両殿下に触れたなら、ここから投げ落とします」

「…………………」

いつも閉じられているミユウのまぶたが薄くひらき、たっぷりと殺気を孕んだ濃紺の瞳に自分が映っていることを速夫は横目で確認した。

「ご承知おきを」

ぼそりと呟き、ミユウは対空見張所から司令塔へと足を踏み入れる。

ミユウがどうやって上官に触れることなく障害物を突破するのかと横目で見ると、ミユウは三人の前を横切ることなく、ドーナツ型通路の後方に回ると、そこにあった昇降口から階下へ降りた。今後はあそこを使えば良いのかと確認して、ゆっくり大きく息をついた。

——戸隠少尉、怖い……。

艦内で最も恐ろしいのは鬼束兵曹長だと思っていたが、ミュウのほうが遙かに怖い。そういえばミュウはかつて両殿下の入浴を覗こうとした鬼束を裸絞めで絞め落としたという。あんなに華奢で小柄なのに鬼束より強いなんて、本当に本物の妖怪なのだろう。

──命がけの職場だ……。

速夫は改めて気を引き締め直し、見張りの目を周辺空域へと送った。

機関の唸りが低く轟き、「飛廉」は雲を切り裂いて西を目指し飛行している。

後方、同位高度には単縦陣を組んだ五隻の飛行駆逐艦。

そして海上には第三海上艦隊が水平距離一万メートルほど後方から海原に数十条の航跡を曳いて進撃をつづける。

海空を圧する連合艦隊の威容を見晴らしていると、混乱して浮き立っていた気分もだんだんと平静に戻ってきて、これからはじまる戦いのほうへようやく意識がむくようになった。

そうだ、これからリングランド極東艦隊との命がけの戦闘がはじまるのだ。自分の仕事をしっかりと果たすことを考えなければ。おのれを駆り立てて、澄み切った高空の大気を肺腑の底へ染み渡らせ、速夫はまなじりに力を込めた……。

航海中はミュウと四時間または六時間交代で見張所に立った。イザヤの言づてを階下の羅針艦橋にいる士官に伝えたり、通達文書を電信室へ運んで後続艦へ送信したり、連絡仕事が多かった。はじめは王族の間近で勤務することに緊張していたが、時間とともにだんだんこの空間になじんできて、気持ちも楽になってきた。

困るのは休憩時だ。

水兵は休憩時、兵員室や甲板（かんぱん）の物陰などで休むのだが、速夫（はやお）が兵舎へ行くとたちまち大勢の古参兵が寄ってきて「殿下の様子は」「姫さまと会話したか」「なにを、どんなふうに話しておられた」と鼻息も荒く問いかけてくる。なかには「盗撮しろ」だの「パンツを盗め」だの無茶苦茶を言ってくる変質者も混じっているため、速夫は懲（こ）りて兵員室には行かなくなった。ちなみに兵員室の壁は市販の両殿下プロマイドやポスターで埋まり、なかでも先月撮影されたリオのビキニ写真はほとんどの兵員の吊（つ）り床に収まって、水兵たちの気持ちを和ませている。

甲板で休んでいても古参兵に見つかってしょうもない質問をされるため、速夫は艦橋から船体部へ降りるのをやめ、艦長から許可をもらって、休憩時は司令塔の直上、つまり艦橋構造物の最頂部にある対空観測所で休むことにした。

戦闘時、敵艦の針路、速力、距離を測距（そっきょ）するための観測機材が設置されている場所で、大型測距儀（そっきょぎ）の後方にわずかなスペースがあり、潜り込んで休むのにちょうど良かった。航海中は他にひともおらず、ゆっくりと羽を伸ばせる。

休憩時間に夕食を取り、対空観測所で毛布にくるまり眠りに落ちて、六時間後、目覚めた速夫の頭上は南洋の星空だった。

司令塔へ降りて、見張所にいるミュウに交替を告げる。

「…………」

ミュウはいまだ不満そうに速夫を一瞥したが、おとなしく船体内の長官室の隣にある女性用士官室へ戻っていった。

司令塔内は闇に包まれ、淡いラジウム光だけが光源だった。ちらりと内部を見ると、イザヤはまだ起きていて、休憩中のリオの代わりに自ら舵輪を握り、ガラスのむこうの星空を監視していた。

ふと不思議になる。

――イザヤ司令は、いつ休んでおられるのだろう……？

少なくとも今日、イザヤはずっと司令塔に立って空域を見張っていた。いつ他艦から電信連絡が入るかわからないから司令官が司令塔にいたほうが良いのはわかるが、専用の司令官室があるのだから少しはそこで休んでも良さそうなものなのにいっこうに休む気配がない。

それに、隣のクロトも。日中はずっと通信連絡を受けながら、その都度、海図台に広げられた作戦図に自軍と敵軍の状況を書き記していた。偵察機からの報告を頼りに、判明している敵情だけを地図に加えていくのだが、敵戦闘機が妨害を加えてくるためマラッカ海峡のむこうがいまだ見えていない。

クロトは作戦図を睨(にら)みつけながら紅眼をぎらりとたぎらせ、イザヤを見やる。

「馬場原(ばばはら)長官は、おれの活躍を恐れている。だからこんな仕打ちを加えてきたのだ」

傲慢(ごうまん)なクロトの言葉を、イザヤがたしなめる。

「憶測で喋(しゃべ)るな。会々(あいあい)三水、他言しないでくれ」

速夫(はやお)は屋外にいるとはいえ、司令塔内と見張所(みはりじょ)には仕切りもなく、ふたりがいる場所からは一・五メートルほどしか離れていない。だから聞くつもりがなくても、話の内容は速夫のところまで届いてしまう。

「はっ！　可能な限り聞きません！」

「聞いて構わん。おれの予言がことごとく当たるさまをここで聞き、兵員におれの天才を告げ知らせろ」

「やめろ。会々三水、聞くなとは言わん。だがここで聞いた話は誰にも話さないでくれ、頼む」

「はっ！　絶対に他言いたしません!!」

速夫は本気でそう返事する。従兵として、秘密厳守は当たり前だし、自分が選ばれたのも恐らく口が堅そうなところを見込まれたのだろうから。

「スラバヤ島の偵察をしなかったことを必ず後悔するだろう。おれのような若造の献策そのものが長官にとって不愉快なのだ。聞いているふりをしながら全くひとの話を聞いていない」

クロトは速夫の存在など全く意にも介さず、腹のなかの怒りをそのままイザヤへ投げつける。

「長官には長官の考えがおありなのだよ。スラバヤに敵艦隊が隠れているというのも、お前の予想に過ぎないだろう？　陸軍は順調に南下をつづけている」

「順調すぎて逆に怪しい。おれがマクラフリン提督ならばあえて敵に侵攻させ、ある程度進ませておいてからコタバルとジットラ・ライン後方を飛行艦隊で強襲し空挺旅団を降下させる。南北から挟み撃ちに遭えば、陸軍は全滅もあり得るぞ」

恐ろしすぎるクロトの予言に、聞いている速夫がゾッとする。リングランド極東飛行艦隊司令官、名将マクラフリン提督は確かいま、メリー半島から遠く離れたフィンドア洋スリランカにいるはずだが、クロトはスラバヤ島に隠れていると睨んでいるらしい。

「陸軍も航空部隊を随伴させている。相手が老朽艦なら空雷機で対処できるはずだ。我々の出番はない」

イザヤの落ち着いた言葉に、クロトが噛みつく。

「昼間、空雷機で飛行艦艇を墜とせるか？　成功事例がない。敵飛行艦隊が出現したならば日之雄は終わりだ。マクラフリンであれば、必ずこちらにとって最悪の時期に最悪の場所へ飛行艦隊を派遣することを考える。教科書的な馬場原長官の頭では、変幻自在のマクラフリンに勝てん。真剣にこの戦争に勝ちたいなら、おれの言うことを聞け」

昼間の空雷が当たらないとされるのは、魚雷と違って空中を飛ぶため目視がしやすく、さらに対空機銃で破壊できるためだ。だからいまだ、飛行機によって轟沈させられた飛行艦は世界戦史にないのだが。

「戦況次第では、指揮官の裁量行動が許可される……と先日の作戦会議で決まった。いまはその決断が必要な時期だ。この国を救いたいならおれに従え」

「あくまで戦闘中に限った話だ。いまはまだ、勝手な行動を起こすわけにいかない」

イザヤの毅然とした言葉に、クロトが逆らう。

「国が滅びるぞ」

「……スマトラに敵艦隊が隠れていると決まったわけではない。我々が単独でマラッカ海峡を渡って、誰もいなかったらどうする？」

「幸いではないか。こんなチャンスを見逃すとは、マクラフリンはそれほど名将ではなかった、以上、終わりだ」

「それで済む話ではない。我らが勝手に戦域を離れている間に、海上艦隊が敵艦隊と交戦したなら、我々だけ逃げたように捉えられるぞ」

「おれたちがいなくても、海上艦隊は勝てる。シンガポールの敵艦隊はたいした数ではない。圧勝を見物するよりは陸地を飛び越すことのできる飛行艦隊の本領を発揮して、万が一の危険を摘み取るべきだ」

無造作に弁を連ねるクロトを、イザヤはしばらく黙って睨みつける。

「いつもいつも、司令本部を怒らせるような献策を……」

「連中がおれの言うことを聞かないのが悪い」

「お前の物言いが悪いからだ。……全く。責任を取らされるのはわたしだというのに……」

イザヤはぶつぶつと愚痴を垂れながら、豆電球に明かりを入れてなにごとかを記したメモをふたつ、速夫へ手渡した。

「これを司令本部宛、こっちは第二空雷艦隊宛で頼む」

「はっ」

託されたメモをうやうやしく両手で頂き、速夫は昇降口に飛び込む。

階下の電信室で電信兵にメモを渡したとき、内容が目に入った。

『発、第二艦隊司令官　宛、連合艦隊司令本部
本文、これより「飛廉」は単独でマラッカ海峡警戒にあたる』

『発、第二艦隊司令官　宛、第二空雷艦隊「川淀」「末黒野」「八十瀬」「逆潮」「卯波」

これより「飛廉」は単独でマラッカ海峡警戒にあたる。指揮艦を「川淀」とし、連合艦隊司令本部の指揮に従え』

速夫は目を見ひらき、息を飲み込むしかない。

艦隊旗艦が単独で艦隊を離れ、敵がひしめくマラッカ海峡へむかうなんて前代未聞だ。下手をすれば後日、更迭もあり得るイザヤの独断専行。

しかしこれは、飛行艦隊の特徴を最大限に生かした針路でもある。

マラッカ海峡への入り口には大小の小島が散在し、各島嶼には砲台群が配置されているため、日之雄連合艦隊はマラッカ海峡へ入ることができない。マラッカ海峡への海上艦隊の進軍は、陸軍がシンガポール要塞を落とし、砲台群を降伏させたあとだ。

しかし飛行艦隊はそうした地形的制約を無視できる。メリー半島上空を横断してマラッカ海峡へ到達し、敵飛行艦隊への備えにあたることができるのだ。海上艦隊と共同して働くよりも、飛行艦隊が独自の行動を起こすほうが、いまこの戦況では有益な行動に成り得る。

暗号文書を作成し、打電したのち、通信長が楽しそうに言った。

「司令本部はさぞかし怒るだろうねえ。これはいわゆるクーデターだよ、ははは」

笑顔の通信長に敬礼だけを返して、速夫は司令塔へ取って返し、通信完了を報告する。

暗闇のなか、クロトがひとり、口の端を吊り上げて悪魔じみた笑みをたたえる。

「長官はひっくり返っただろうな。想像するだに愉快な気分だ」

「お前はな。わたしは胃が痛いぞ……」

ぶつぶつ言いながらも、イザヤは機関指揮所へ通じる伝声管を握る。

「変針する。最大戦速」

『最大戦速、よーそろー！』

元気の良い機関員の返事を受け取り、イザヤは自ら舵輪を左へ回して二十度ほど回頭させる。

「井吹」に比べると「飛廉」は船体が長く大きいため、号令をかけてから舵が利きはじめるまで若干の時間差があった。

その間、第二空雷艦隊後続艦から先ほどの暗号電信に対する返信が次々に届く。

『「川淀」は、旗艦に従う。指揮艦は「末黒野」とする』『「末黒野」、「飛廉」に追従す。指揮艦は「八十瀬」とする』『「八十瀬」、「飛廉」に従う。指揮艦は「飛廉」でよろしい』

麾下の艦長たちが勝手に艦隊指揮権を後続艦に投げ渡して、イザヤと共にマラッカ海峡へ赴くことを伝える。

イザヤは苛立ったように歯がみして、クロトは面白そうに笑う。

「誰の策が最善か、さすがに艦長たちは理解している」

「止めないと大変なことになる。これでは第二空雷艦隊が反乱を起こすようなものだ」

「海上決戦に飛行艦隊が付き合うことが下策なのだ。海岸線を無視できる特性を生かさずしてどうする。付いて来たいものは勝手に来させろ、あとで罰せられるのはお前と艦長だけだ」

無責任な台詞を紡いで、クロトはふんぞり返る。電信室から新たな伝令が駆けてきて、残り二艦の返信を届ける。

『こちら「逆潮」、白之宮殿下に従う』『「卯波」、白之宮殿下に命を捧ぐ』

窓の外をみやれば、七彩の艦首波が五隻分、きっちりと飛廉に付いて来ていた。第二空雷艦隊の六隻が、海上艦隊との共同作戦を放棄し、勝手にマラッカ海峡を目指して進撃をはじめてしまっている。

これはもう完全な反乱だ。イザヤの溜息が深くなる。

「会々三水、電文を頼む……」

イザヤは改めて各艦の艦長に自重を呼びかけるメモを速夫へ握らせ、電信室へ走らせる。

「司令本部からの返答がないな」

他の飛行艦艇とは電信のやりとりが活発なのに、最も怒り心頭であろう「長門」艦橋からはうんともすんとも返事がない。馬場原司令長官は眠っているであろうから、電信を受け取った当直将校が対応に困っているのだろうか。

「おれたちの電信は届いているが、無視しているかもな。下手に怒って、あとでおれたちに成功されたら顔が立たない。かといって、承認したのち失敗されても困る。面倒だから、当直将校が握りつぶした可能性があるぞ」

「まさか……と言いたいが、ないとはいえない」

現在の連合艦隊司令本部の面々は馬場原司令長官のお気に入りを集めていて、軍人というより官僚的な雰囲気が濃い。国家を守ることより、自分のいまの階級を守ることが使命になってしまっている人物もいる。面倒な電信を握りつぶすくらいのことは、やってもおかしくない。

「司令本部が無視してくれるなら好都合。おれたちのやりたいようにやれば良い。罵詈雑言を書き連ねてくれれば、成功したのち、思い切りバカにしてやるのだが」

クロトの攻撃的な物言いを横目で睨んでから、ふう、と今夜何度目かの溜息をついて、イザヤは夜の闇を見据える。

「ともかく、もう後戻りはできんぞ。行こう」

機関の唸りが転調し、「飛廉」の舳先からセラス効果の七彩が吹き上がった。

加速するほどに、虹色の艦首波が大きくなり、七色の航跡も輝きを増す。

速夫が司令塔へ戻って、通信完了したことを告げた。クロトは後方を振り返って、にやりと笑う。

「お前の呼びかけを無視してついてくるぞ。連合艦隊創立以来の蛮行だ、五艦そろって独断専行とはな」

イザヤはこれ以上ないほど眉根に皺を寄せ、

「全くもって胃が痛い……」

ぽつりと愚痴をこぼしたが、それ以上は後続艦に自制を呼びかけることもせず、各艦長の自由にさせた。先ほどクロトが言ったように、戦闘中に限って艦長の裁量行動は認められているから、のちほど糾弾されたなら「戦域への航海も広義の戦闘である」などと屁理屈をこねることもできるかな、などと思考の片隅でさえずりつつ、ともかくこれからの戦闘についてイザヤは思いを馳せることにした。

空中をゆっくりと飛ぶ巨大な飛行艦隊は、対空レーダーにとって格好の獲物だ。

ほどなくして第二空雷艦隊はメリー半島のレーダーサイトに捕捉され、敵はたっぷり時間をかけて準備を整え、航空部隊を進発させるだろう。リングランド領メリーシャには、クアラルンプールとクワンタンに有力な飛行場が存在している。

「敵飛行場はいずれも陸軍航空隊が爆撃し、甚大な被害を与えたらしい。それほどの数はこないと思うが警戒は必要だ」

イザヤは作戦図を睨み、自艦の針路と速度から、敵機との会敵空域をメリー半島沖百五十海里付近と予想した。現在の技術では、飛行機は夜間戦闘を苦手とするので、

「敵機が来るとすれば、朝だ」

クロトに告げた。

「うむ。来てくれたなら、史上初の飛行艦隊と空雷機部隊の遭遇戦となる。マニラ沖につづき、またしても歴史に残る空戦におれの名が刻まれるわけだ、ふははは」

イザヤは硬い表情で頷く。

通説では「空雷機は飛行艦艇に勝てない」とされているが、空雷機も時代と共に発達しており、雷撃方法も洗練されてきているから、もしかすると被弾もあり得る。

ともかく朝から戦闘が予測される。だからイザヤはクロトへむかい、

「日の出と共に戦闘配置を令する。いまのうちに休んでおけ」

「おれは見てのとおり忙しい。貴様が休め」

「いざというとき疲れていては元も子もない。もうずっと働きづめではないか、くだらん意地

を張るな」

「貴様と違っておれのような天才には疲労という概念が存在しない。凡人が天才を真似ると痛い目を見る。凡人らしく布団にくるまり休憩していろ」

ふたり並んで憎まれ口を叩きながら、イザヤとクロトはいつまでも司令塔にいつづける。

――めちゃくちゃ仲いい……。

見張所でふたりのやりとりを片耳で聞きつつ、速夫はそんなことを思った。一聴すると雑な言葉の交換だが、話の中身はつまり、「ここは自分に任せてお前は休め」ということだ。素直にそう言えばいいのに、余計な挑発や罵倒を交えるのはたぶん照れ隠しなのだろう。

「お前みたいなひ弱な男が意地を張ると、いざというとき使い物にならん。さっさと消えろ、いなくなれ」

「貴様のごときバカ女が休まず働けば、バカが加速するだけで被害が広がる。おのれの無能を受け入れておとなしく退散しろ」

そんな罵りあいがだんだん、子どもが水場でぱしゃぱしゃと水を掛け合っているように思えてきて、速夫はバカバカしいようなほほえましいような、不思議な気分になってくる。

――変なひとたち……。

そんなことを思いながら、南海の星空を監視していた。

徐々に東の空の闇が、濃度を落としていく。

もうすぐ朝が来る。

速夫にとってはじめての戦闘がはじまろうとしている……。

東の空の裾が青紫ににじんだそのとき、イザヤは放送マイクに口をあて、艦内へ達した。

「達する。白之宮だ。本艦は現在、マラッカ海峡を目指し飛行している。当該海域へ到達するまでに幾度か、航空攻撃を受けると予想される。諸君らは日頃の訓練の成果を発揮し、互いに助け合いながら勇猛に戦ってくれ」

告げると同時に艦内から古参兵たちの歓声があがり、能天気な呼びかけが伝声管のむこうから響いてきた。

『殿下──っ』『姫さま──っ』『なにもかも殿下のために!!』『我らみな、姫さまのために死ぬ覚悟です!!』

イザヤの傍ら、先ほど起きてきたリオが慣れた調子で、伝声管へむかって明るい声を投げかける。

「みんなで一緒にがんばろうね！　わたしたち、絶対、誰にも負けないからね！」

『姫さま────っ』『姫さま────っ』

「みんなのこと、大好きだよっ!!　終わったらみんなでパーティーしようね!!」

『うお――――っ』『ぎゃ――――っ』『ひ――め――さ――ま――――っ!!』

艦内の熱気は最高潮に高まって、古参兵たちの叫び声はもはや伝声管も必要ないのではと思うほど、船体内にこだましている。

――なんだ、この軍艦。

その熱気を片耳で受け止めながら、速夫はまたしても気圧される。海兵団で教わったノリと全く違う。そもそも古参兵たちは明らかに、国家のためというよりイザヤとリオのために戦っている。

しかしイザヤはそんな雰囲気を咎めることもなく、凜と胸を張って達する。

「砲員、対空戦闘準備！　諸君らの精励に期待する、以上！」

再び伝声管から水兵たちの歓声が返り、艦内各所に待機していた伝令が「対空戦闘準備！」と大声で叫びながら走り回る。

「飛廉」両舷の三連装十五センチ主砲四基に砲員がついて、炸裂弾の装塡が開始され、水平距離三千メートルで炸裂するよう時限信管が調定される。弾庫側には、普段は烹炊所で野菜を切っている主計科員が入って重い砲弾を砲側へ揚げる作業を担う。そして手空きの機関科員は船体底部から垂れ下がった二十五ミリ垂下機銃座四基の支援へ回る。

司令塔にも、蓋のあいた伝声管を通じて、にわかに慌ただしさを増した艦内のざわめきが伝ってくる。

と、ミュウが速夫のいる見張所へ入ってきた。

「戦闘配置です」

あ、と速夫は事前の決まり事を思い出し、見張所をミュウへ譲った。戦闘中、ミュウは見張長として、この場所へ配置されることとなっていた。速夫は恐縮しながらも司令塔へ入り、イザヤ、クロト、リオと肩を並べて空域へ目を送ることとなる。緊急の大事な用件を艦内へ素早く伝えるため、速夫の戦闘配置は司令塔内部に決まっているのだ。

――まともに仕事ができますように……。

そんなことを祈りながら、速夫はイザヤたちの邪魔にならないよう隅っこで小さく身体を縮め、空域の一点にじぃっと目を据えていた。

やがて――

「左二十五度、敵機」

ミュウの不思議によく通る声が司令塔に響き、全員の目が進行方向の左手へむいた。

イザヤは目を凝らす。なにも見えない。クロトとリオにも視認は不可能。レーダーがあれば確認も取れるが、そんな贅沢な兵器はない。

「距離、三万六千。戦空連合」

つづけざま、ミュウのそんな声が飛ぶ。速夫は内心「まさか」と呟く。いくら昼間とはいえ、三万六千メートルも離れた敵機を人間が視認できるわけがない。

しかしイザヤは艦内各所へつづく伝声管の蓋をあけ、ミュウの報告をそのまま伝える。

「左二十五度、敵機！　距離三万六千、戦空連合！」

たちまち伝令が「左二十五度、敵機！」と叫びながら艦内を駆け回り、船体底部の垂下機銃座がレシプロ機関駆動音の唸りをあげて、一斉に左二十五度方向へ旋回する。

本当にいいのか、と速夫は心配になる。敵機が見えているのはミュウだけだ。見間違いかもしれないし、これで敵機がいなかったらイザヤが恥をかいてしまう。

左二十五度へ目を凝らす。

一分経過。なにも見えない。ただミュウだけが詳細を告げる。

「距離、二万八千。戦闘機十二。空雷機三十六」

思ったより数が多い。しかし見えているのはミュウだけだ。他の見張員からの報告がない。

二分経過。いきなり前方見張所と繋がっている伝声管から、見張員の緊迫した声が届く。

『左二十五度、敵機！』

速夫も目を凝らす。なにも見えない。前方見張所の見張員は、空域のかすみに存在する異物を視認しているが、しかしその詳細までは見えていない。

ミュウの落ち着いた声が届く。

「戦闘機群、機速を上げました。敵はすでにこちらを視認し、二群に分かれています」

巨大な飛行艦のほうが、小さな飛行機よりも見つけやすい。速夫はもう一度、言われた方向に目を凝らすけれど、空のかすみが色濃くて、おかしなものはなにも見えない。

二分三十秒が経過したころ、にわかに敵機の発見報告が増えてきた。

『左二十五度、敵群！　戦闘機！』『左二十五度、戦闘機！』

熟練の見張員たちが次々に報告を飛ばしてくる。

「見えた」

イザヤが告げた。速夫にはなにも見えない。しかしすぐ傍らにいるミュウはひとり、

「距離一万六千。空雷機編隊、四つに分かれます」

敵編隊の動きまで報告してくる。本当にミュウには見えているのだ、一万六千メートルも離れた、小さな敵機の動きまでも……！

――このひと、バケモノだ！

内心、驚嘆するしかない。最初の報告を聞いたときはまさかと思ったけれど、時間と共にミュウの正しさが証明される。速夫には敵機さえ見えていないが、おそらく一分後にはミュウの言うとおり、四群に分かれた敵空雷機編隊が他の見張員にも視認されるのだろう。

『敵、戦空連合！　戦闘機の後方、空雷機大編隊！』

『空雷機編隊、四群に分かれます！』

次々に伝声管から見張員の声が伝う。

クロトがいつもの仏頂面をさらに深めて、

「四十八機も可動機があるとはな。陸軍航空隊の爆撃は、全く効いていない」

「報告では、敵飛行場はいずれも被害甚大、なのだが。報告と実情が異なっている」

「報告の際、指揮官機の手柄自慢を上層部が鵜呑みにしたのだろう。迷惑するのは現場のおれたちだというのに。四方向から同時に雷撃されたら逃げ場がない」

　イザヤは敵機を睨みつけながら、頷く。

「砲員にがんばってもらうしかない」

　呟いて、射撃指揮所への伝声管を握る。

「四方向から飽和雷撃が来るぞ。訓練どおり、落ち着いてやれば必ずできる。諸君らの奮闘に期待する」

　伝声管のむこうから、砲術参謀、土々呂大尉の引き締まった声と、伝声管の周囲に集まっている砲術科員たちの声が返った。

『はっ！　必ず全弾、撃ち落として見せます！』『やります殿下ーっ』『見ててください、殿下ーっ』

　四基の十五センチ主砲と、同じく四基の二十五ミリ垂下機銃座に「飛廉」の命運がかかる。配置についた将兵たちは緊張の面持ちで、迫り来る敵機群を睨む。

『砲員、ちゃんと殿下をお守りしろよーっ』『頼むぜ、ヘマしておれたちまで殺すなよー』

　安穏と揶揄するような声は、相手が飛行機では出番がない空雷科員たちだ。上甲板の手すりにみなで並んで、空戦見物としゃれ込んでいる。

イザヤは傍らで舵輪を握るリオを見やり、

「操舵は任せる。撃ち落とされた空雷の射線に船体を潜り込ませることができそうなら、やってみてくれ」

「了解。やってみる」

いつも能天気なリオの言葉も、いまは真剣な色のほうが濃い。艦長の操舵ひとつで「飛廉」全員の運命が決するから当たり前だが。

前方、敵戦闘機はついにその形状まで明らかになった。

「飛廉」よりわずか二十メートルほど低空をまっしぐらに飛来してくる、洗練された流線型の機首。

あの機影は——。

『敵戦、ノートリアス!!』

見張員の報告に、空雷科員たちがどよめきをあげる。リングランド海空軍の誇る名戦闘機が極東にも配備されていたなんて。

緑色迷彩が施された十二機のノートリアスは四つの三機編隊から成り、第二空雷艦隊の正面からまっしぐらに突っ込んでくる。

「戦闘機から飛行艦艇を攻撃するのは難しいぞ。まず無理だろう」

イザヤがぽつりと呟く。

「劇的な技術革新が為されていないことを祈ろう」

クロトが答えたと同時に、敵戦闘機群は瞬く間に水平距離三千メートルの射程距離へ入ってきた。

『てぇ――っ!!』

伝声管から砲術科兵曹長の号令が鳴り響く。

二十五ミリ垂下砲塔が轟きをあげ、迫り来る敵機群へ焼けただれた火箭を送り届ける。

敵機は逃げない。炎の濁流を目がけ、避けるどころか突っ込んでくる。

「飛廉」が吐きかけた炎の川を、敵機両翼から放たれた機銃弾が遡上する。

かんかんかん、と「飛廉」装甲が機銃弾を弾く音。軽巡の装甲であれば戦闘機の銃撃は弾き返す。被害を受けるのは船体下部の見張所や垂下砲塔の機銃員たちだ。

すさまじい前部プロペラの咆吼と共に、「飛廉」の左右舷側すれすれを、十二機のノートリアスが挟み込むように行きすぎて、後続する飛行駆逐艦へ同じ高度から銃撃を敢行する。

はっ、とクロトが笑う。

「すさまじい技量だ。船体と同じ高度を飛んできた。下手をすれば浮遊圏に接触し、失速するというのに」

「リングランド流の挨拶だな。命知らずの勇猛さと、熟練の技量を見せつけている」

これまでの研究では、戦闘機が飛行艦艇を銃撃することは不可能ではないが至難であり、リスクに比してメリットがないため、日之雄(ひのお)航空隊では奨励(しょうれい)されていない。なにしろ船体のすぐ直上には浮遊圏の下層があり、そこに翼が接触したなら飛行機は揚力を失って墜落する。高度千二百メートルであるから失速すれば飛行士が墜死する危険も大きく、どの国の戦闘機もいまのような行動は見せないが。

「日之雄海空軍の師匠はリングランド海空軍。我々に海軍魂(シーマンシップ)を教えてくれたのも彼らだ。大した被害は受けなくても、軍人の魂は見せつけられた」

イザヤは敵機の行動の意味を口述してから、軍帽の鍔(つば)を片手で直した。

「強いのはわかっている、胸を借りるつもりで戦おう」

イザヤはそう言って後方を振り返る。

ノートリアスは失速を恐れることなく、第二空雷六隻(せき)にすれ違いながら銃撃を敢行(かんこう)すると今度は四編隊が東西南北に分かれ、水平距離四千五百メートル離れて旋回をはじめた。

その彼方(かなた)、同じく四群に分かれた空雷機編隊。

「飛廉(ひれん)」はいまや、完全に敵機群に包囲されていた。

「雷撃を支援するつもりだ。次が本番となる」

「あぁ。飛行機に落とされた最初の飛行艦艇にはなりたくない」

呟(つぶや)いて、イザヤは発射指揮所への伝声管を握る。

「敵機に構うな、投弾された空雷を狙え。主砲が斉射（せいしゃ）したのち、転舵（てんだ）する。転舵後も砲は空雷の撃ち漏らしのみを狙え」

『はっ！』

最終確認を終えて、敵空雷機の機影を見据（みす）える。

「ガーフィールドか。これだけの数が相手だと、厄介（やっかい）だな」

リングランド軍空雷機ガーフィールド。海上艦に対する雷撃機は機体の下腹に魚雷を吊（つる）しているが、空雷機の場合、浮遊圏にむかって空雷を「打ち上げる」ため、構造も特殊だ。機体前方、球状の梁（はり）に有機ガラスを張った構造物が搭乗席で、尾翼は双垂直、普通の飛行機なら搭乗席と垂直尾翼があるべき機体上部中心線に、全長六メートルの巨大な航空機用空雷が据え置かれている。

敵機群との水平距離、およそ七千メートル。

高度千百五十メートルほど、浮遊圏の下層ぎりぎりの高度を旋回しつつ、敵機群は雷撃体勢を整えていく。

『三千で撃ち方はじめ！』

伝声管から、砲術参謀土々呂（ととろ）大尉の緊迫した声。

「三千で撃ち方はじめ！」「三千で撃ち方はじめ！」

訓練どおり、伝令が持ち場を走りつつ復唱する大声が、司令塔にまで届く。

彼方、敵機群が一斉に光を反射させた。

緩旋回に伴い、翼が朝日を弾いたのだ。

東西南北全ての敵機が一斉に、第二空雷艦隊へ鎌首をもたげる。

「来るぞ」

四十八機の奏でるプロペラの重奏が、転調する。

『敵機、突撃!!』

悲鳴のような見張員の声と共に、豆粒のような敵機群がぐんぐん、その機影を大きくしてくる。

砲座は撃たない。瞬く間に野球ボール大になった機影たちを沈黙で迎える。

『まだ撃つな、引きつけろ』『早撃ちは相手に舐められる、よく引きつけて撃て』

砲員たちの交わす小声が、伝声管越しに届く。

先頭はノートリアス戦闘機。今度は弾幕の薄い艦首側から反航するのではなく、猛火を浴びることを承知で舷側めがけて突っ込んでくる。空雷機を守るため、自らが囮となって主砲を撃たせようというのだろう。

『戦闘機を相手にするな、狙うのはガーフィールドのみ』

砲術長の声と同時に、敵戦闘機は瞬く間に射距離に達し、機銃弾を第二空雷艦隊の艦列へ送り届け、その下腹を航過する。

六隻は沈黙で答える。そんな囮にのってたまるか、と水兵たちの無言の声が聞こえるかのよう。飛行艦艇が恐れるのは空雷機のみ、戦闘機は無視して構わない。

水平距離四千五百メートル。

ガーフィールド空雷機はまだ撃たない。

隊形は見事なまでの横一線、九機横陣。これが四方向から四隊。技量を見せつけるかのように、翼が触れ合うほどの密集隊形。密に詰まった散布帯を構成されると、躱すのはますます難しくなる。

敵機の隊形からクロトは近い未来を予測する。放たれた三十六射線は、全長二千二百メートルに及ぶ単縦陣の行く手を完全に封鎖している。

「射線は艦列を網羅している。どこへ逃げても当たるぞ」

「あぁ。撃ち落とすしか生き残る道はない」

クロトとイザヤの言葉のうちに、敵機との距離が三千を切る。

『敵機、投弾!!』

ガーフィールドの投射機がシュッと圧搾空気の音を立て、頭上すれすれにある浮遊圏の底面を目がけ、空雷が投射される。

七彩の飛沫が爆ぜる。

第二空雷艦隊の艦列を目がけて死に神の鎌が三十六、四方向から振り下ろされる。

全ての投射を成功させた三十六機は一斉に身を翻（ひるがえ）し、全速で戦闘空域を離脱。

『空雷到達まで、二分！』

計測員の報告が飛ぶ。逃げ場はない。やるべきはひとつ。

『てぇっ!!』

砲術長の号令と共に、第二空雷艦隊全六隻（せき）の両舷（りょうげん）から溶岩流が噴き上がる。

舷側（げんそく）砲から放たれた炸裂弾（さくれつだん）が射距離三千で爆発、詰まっていた数百の弾子が空をずたずたに食い破り、空雷の外殻（がいかく）を貫（つらぬ）く。

凄絶（せいぜつ）な爆発の連鎖。砕け散った穿入機構（ドリル）が細かな銀色の破片を撒（ま）き散らし、その狭間（はざま）を生き残った空雷たちが駆け抜けていく。

状況を見て、リオが声を張る。

『面舵（おもかじ）いっぱい！』

死んだ空雷の射線へ船体を割り込ませる転舵（てんだ）だ。しかし舵（かじ）はすぐに利いてくれない。

敵機は三千メートルという至近距離から雷撃したため、操艦で避けるのは難しい。

垂下砲塔が唸（うな）る。

二十五ミリ機銃弾がオレンジの光を放ち、迫り来る空雷を鉄の幔幕（まんまく）で遮断する。

射線が寸断されていく。

だが火焔（かえん）と煤煙（ばいえん）を突破して、生き残った十三本の空雷がプロペラの重奏を轟（とどろ）かす。

『到達まで一分！』

計測員の緊迫した声。空雷は瞬く間に艦列から千五百メートルにまで迫る。

「飛廉」の十五センチ舷側砲が両舷斉射、一千メートルに調定された時限信管が作動して、再び幾千幾万の弾子が焼けただれた花弁を広げる。

銀飛沫が噴き上がり、五つの空雷が砕け散る。

残り八本。垂下砲塔の機銃員たちが歯を食いしばり、約五十ノット、時速約九十キロメートルで迫り来る空雷へ照準を合わせる。

「なにやってんだ、さっさと撃ち落とせ!!」「殿下を危険にさらすんじゃねえ!!」

そんな怒号が交差するなか、砲員も、弾庫で揚弾作業にあたる主計科員も、全身汗まみれになり、一秒でも早く次弾を装填するため渾身の力を振り絞る。

砲弾や飛行機に比べれば空雷は遥かに飛行速度が遅いし、肉眼で見えているから未来位置も予測しやすい。

生き残った八本へ、艦列の六艦が総力をあげた対空砲火を浴びせかける。

しかしプロペラの音調は鳴り止まない。

かつて世界を統べたリングランドの誇りを載せて、虹色の雷跡はひとつ、ふたつ、断ち切られながらもまだ消え去らない。

残った五本が煤煙の幔幕を突破する。もはや主砲では打ち落とせない、垂下砲塔の二十五ミリ機銃が頼りだ。一本でも浮遊体に当たれば、飛行駆逐艦は轟沈する。

『到達まで三十秒！』

「砲員なにやってんだ、撃ち落とせ!!」「殿下をお守りしろ!!」

空雷科員のヤジの狭間で、垂下砲塔四基が一斉に最後の空雷を目がけ、炎の濁流を浴びせかける。

最後の空雷が爆発したのは「飛廉」浮遊体の直前、わずか二百メートルの距離だった。

砕け散った外殻が浮遊圏に漂うのを視認して、「飛廉」乗組員全員が胸を撫で下ろす。

「危ねえじゃねえか、もっと早く撃ち落とせただろ!?」「新兵が多いから、はじめての実戦でびびったんだよ、次はもっとうまくやるさ」「にしても、当たりかけたぜ、昼間の空雷もバカにはできねえ」

空雷科の古参兵たちがそんな声を交わしながら、緊迫した雰囲気もとろけそうになっていたが。

司令塔のイザヤが艦内放送マイクを握り、通達する。

「いまので終わりではない。二次、三次と航空攻撃はつづく。砲員、そのまま戦闘配置」

『はっ！』

伝声管から届く返事が、さっきまでより若干元気がないような。スイッチを切り、イザヤは「ふぅっ」と一息ついて、傍らのクロトを見る。

「危なかった。航空機の進歩はやはりすごい。もっと対空機銃を増やさないと、そのうち軍艦は飛行機に食われるぞ」

「うむ。我々飛行艦艇はまだいいが、海上艦隊は航空機に苦戦するだろう。魚雷は見えにくいし、対空機銃では俯角が取れず撃てない。いまの調子で雷撃機が海上艦隊を攻撃したなら、非常に危険だ」

昼間、飛行艦隊に空雷を当てるのは難しいが、海上艦隊に昼間の雷撃は通用するのではないか。大量の雷撃機がいまのように四方を囲んで一斉に雷撃すれば、海上艦隊は為す術がない。

リオは海図台の作戦図を見やり、元航海長らしく素早く定規とコンパスで飛行ルートを計算してから、告げる。

「このまま進むと、今日だけであと三回は攻撃受けるね。クアラルンプール飛行場の威力圏にこっちから近づいていくから」

クロトは渋面を作り、

「三度も航空攻撃を受けるのは勘弁だ。ここはやはりこちらから……」

クロトの言いたいことを察し、イザヤはきっぱり拒絶する。

「ダメだ。陸軍航空隊が敵飛行場に攻撃を加えている。我々が砲撃するわけにいかない」

「討ちもらしが多すぎる。マラッカ海峡に着く前にクアラルンプールを空から砲撃していけば、おれたちが安全になる」

「陸軍と海空軍の綿密な打ち合わせで決まった作戦だ！　我らが勝手な行動を取れば全体がめちゃくちゃになる！　いいか、絶対ダメだ、飛行場への砲撃はしない！」

「……おい、よく聞け、このまま航空機の反復攻撃を受ければ、艦隊乗組員が危険にさらされるのだぞ？　いまの攻撃はしのいだが、三次、四次と航空攻撃が繰り返されれば砲員も疲弊する。そのうちに被雷する艦も、死傷するものも出てくる。それを防ぐ方策があるのに、なぜ実行しない？」

クロトは声に真剣みを加えた。

ぐっ、とイザヤは言葉を呑み込む。

クロトの言うことが正しいのはわかる。この戦況であれば、クアラルンプール飛行場に砲撃を敢行すべきだ。しかしその任務を請け負ったのは陸軍航空隊。海空軍の艦艇の役目はあくまで、敵海上艦隊の撃滅であって敵飛行場に関しては陸軍が担当することと決まっている。

しかしクロトはそんな事情に頓着せず、言い切る。

「司令の裁量行動は許されている。行きがけの駄賃で敵に被害を与えてなにが悪い。それで敵機が黙るなら、文句のつけようがないではないか」

ぐぐぐ……とイザヤはもう一度苦悶する。

クロトは容赦なくたたみかける。

「おれたちのやることが命令違反か裁量行動の範疇か、判断するのは後世の学者に任せろ、いま我らがすべきは現時点で出しうる最善手を繰り出すこと、それのみ。違うか？」

しばらくイザヤは恨みがましくクロトを睨み付けて、「は——……」と深く息を抜き、力ない目を持ち上げた。

「……これはたぶん、成功しても更迭されるな」

「それで大勢、兵員が助かるのなら良いではないか」

イザヤは観念したようにうつむき、軍帽の鍔を握った。

「……クアラルンプール飛行場を砲撃する。リオ、ルートは任せるよ」

「はい！　ちょっと待ってね……」

リオは海図台に顔を戻し、クアラルンプール飛行場への距離と針路を計算してから舵輪を握り、大きく左へ舵を切りながら、

「思ったより大冒険になっちゃったね」

「最善と信じる手を打つほど、司令本部の方針から離れていく。……胃が痛くなる一方だ」

途方に暮れた目で、イザヤは行く手の空を見据えた。クアラルンプール飛行場を砲撃する旨を事前に司令本部へ電信連絡せねばならないが、文面はいったいどうすればいいのやら……。

†††

「艦隊を手に入れ、殿下が遊び回っておられるわ」

第三海上艦隊旗艦「長門」羅針艦橋にて、イザヤから届いた電文を読み上げたあと、老山先任参謀は諦めたようにそう言った。

怒りに震える……というわけでもない。「やはりそう来たか」とでも言いたげに『爆撃成果不十分。クアラルンプール飛行場を砲撃にむかう』という文面を馬場原司令長官へ掲げてみせる。

大勢の幕僚が行き交う羅針艦橋内は、イザヤの独断専行を受けて特に大騒ぎするでもなく、みな淡々と周囲に広がる海原を見据えていた。

「四十八機も敵機が残っていたとは、深刻だね」

馬場原長官は学者然とした表情を崩すことなく、それだけ告げた。

その言葉に、戦術参謀、鹿狩瀬中佐が意見を添えた。

「敵にはブルドーザーなる作業機械があるとか。陸軍航空隊は飛行場の滑走路に穴をあけたが、敵はブルドーザーで穴を埋め、我々の常識を上回る速度で航空攻撃を仕掛けた可能性が」

ふむ、と老山は気に入らなそうに目尻に皺を溜めるだけでなにも言わない。

鹿狩瀬は丸眼鏡のレンズをきらりと光らせ、バッタに似た細面に薄い笑みをまとわせた。

「第二艦隊の行動は、決して悪くない、いやそれどころか、飛行艦隊の特性を見事に生かした行動かと。飛行艦隊による砲撃の威力は爆撃機とは比較にならず強力ですから、クアラルンプール飛行場は艦隊到達と同時に機能を失うでしょう。マニラ沖は偶然ではない、やはり白之宮殿下は傑出しています」

四十五才の鹿狩瀬は、親子ほど年の離れたイザヤの采配を称賛する。しかし老山先任参謀は苦渋に充ちた無言を保ち、傍ら、古柳参謀長は声を潜め、

「わかっているだろうが、両殿下は戦意高揚のための雛人形だよ。いつかお国のために死んでいただくのが役目だ。いまはおとなしく、戦列の後方にいてくだされば良い。独断で最前線へ行って万一があったら、我々の監督不足が批判されてしまう」

そんな台詞を当然のように紡ぐ。

鹿狩瀬中佐も、軍令部のその方針を当然知っている。白之宮イザヤと風之宮リオはいつの日にかお国のために立派に死んで、国民から軍神として崇められなければならない。ちなみにこの方針を打ち出したのはリオの父である軍令部総長、風之宮源三郎であり、イザヤもリオも「国のために死ね」という肉親の指示を受け入れたうえで「飛廉」艦橋に立っている。

だから、連合艦隊司令本部が気にしているのは「どこで両殿下を死なせるか」であり、少なくとも連戦連勝で国民が盛り上がっている「いま」ではない。

馬場原が感情のない声で、短く言い切る。

「敵戦力を考えれば、第二艦隊が撃滅されることはない。殿下には好きに遊んでいただこう。メリー作戦が終わったあと、陸軍から苦情が来るだろうから、その際に矢面に立ってくだされば良い。……第二艦隊は、いようがいまいが戦況に関係ないのだから」

「電信の返答は、いかがしましょう」

「しなくて良い。いまの電信は、こちらに届かなかったことにしよう」

司令長官の方針を聞いた三人の高級参謀は「はっ」と短く応答し、イザヤの独断専行に関しては無視の姿勢を貫いた。第三艦隊の戦力があればリングランド艦隊は問題なく撃滅できる以上、第二艦隊は好きに遊んで構わない。結果が吉と出たなら「良い行動だった」と褒め、凶と出たなら「勝手な行動を取るからだ」と叱りつけて、それで終わり。馬場原司令長官の戦歴には、傷ひとつつかない。

しかし。

――それは責任逃れだ。

胸の内で、鹿狩瀬隆人戦術参謀は馬場原を批判する。煮えたぎるようななにかが沸々と、意識の底からたぎってくる。

――軍人ではない。これは官僚のやりくちだ。

馬場原への冷徹な評価が、鹿狩瀬の胸中に鳴り止まない。

――このひとたちの采配では、戦争にはとても勝てない……。

鹿狩瀬は憂う。老山参謀と古柳参謀長は本来、積極的に馬場原司令長官に献策して最善策を実行するべきなのにそれをせず、ただ馬場原長官の打ち出した方針に頷いているだけ、これではまるきり水飲み鳥だ。

——本気で国民を守るために戦っているのは、白之宮殿下のほうではないか……。

そのことを鹿狩瀬は情けなく、悔しくも思う。年端のいかない少女が命を国家に捧げて戦っているのに、ここにいる大人たちはいまの階級を維持するために、責任を回避すること、経歴に傷がつかないことを最優先に考えている。

軍隊も組織である以上、実務ではなく政治に長けた人間が上に立つのは仕方ないのかもしれない。馬場原の意見に賛同しなかった将校が僻地に飛ばされた例は多くあり、古柳と老山が出世したのは馬場原に賛成しつづけたからだ。しかしせめて自分は、階級ではなく国民の安全のために戦おう。最善と信じる策を献策し、馬場原と対立することも恐れまい。それで左遷されるなら、それも自分の運命なのだ。

鹿狩瀬はひとり、そんな寂しい決意を下して、行く手の青い海原を見据えた。

海原は不気味なくらい凪いで、風の気配もなく静止していた。

そのとき——

『軍令部一課より電信っ!!』

いきなり慌てた様子の通信兵が艦橋へ駆けてきて、幕僚に電文を手渡した。

一読した幕僚は顔を青ざめさせ、急ぎ足で古柳参謀長の元へ駆け込む。

電文を読んだ古柳の表情もまた一瞬で蒼白となり、馬場原へ強ばった表情を回す。

「ジットラ・ライン後方に、リングランド飛行艦隊が出現、空挺降下を完了したそうです」

古柳のか細い声が、惨めに震えていた。

馬場原司令長官の表情も、瞬時に固まる。

「……飛行艦隊は、どこから来た?」

かろうじて問うが、電文にそんな詳細が書いてあるわけがない。そして馬場原は問いながら、答えをもう知っている。

礼儀知らずの少年参謀が、この事態を遙か以前に予言していたから。

「……スマトラ島……バリサン山脈の西側、でしょうか」

老山の返答は、どこかわざとらしかった。飛行艦隊が隠れられるとしたらそこしかなく、だがここにいる面々は「そんなところにいるわけがない」と言い張って、いないはずの敵飛行艦隊はいきなり最悪の時期、最悪の地点に出現してしまった。

古柳は電文のつづきを報告する。

「飛行艦隊は現在、コタバル方面を目指し飛行中。陸軍航空隊が対処に当たっているとのことです……」

重い沈黙が司令本部に立ちこめた。

「そんなバカな……」

力ない呟きのうちに、取り返しのつかない失態を犯したことを馬場原はいまさらようやく思い知った。クロトに指摘されたときは一笑に付した内容が現実化してはじめて、ことの重みがのしかかってくる。いまから第三艦隊が最大戦速でコタバルへむかったとしても、敵飛行艦隊が海岸線から三十キロメートル以上離れた内陸部を飛んでいたら艦砲射撃が届かないからお手上げだ。陸軍の山砲は高度千二百メートルを飛ぶ敵にはまず当たらないし、陸軍航空隊は夜間戦闘ができない。

コタバル後方へも空挺攻撃が行われれば、侵攻中の日之雄陸軍は、正面の堅固な防衛陣地群と対峙しつつ、背後に降下した空挺旅団を相手にせねばならない。そのうえさらに、上空には敵飛行艦隊。どうしたって戦闘は長引くし、携帯糧秣は減っていき、陸軍は壊滅的な被害を受ける。そうなれば、自分も責任の一端を取らされるのは確実……。

揺らいだ視線の片隅に、バッタに似た鹿狩瀬の顔が映った。

鹿狩瀬だけがひとり、混乱する「長門」艦橋に悠然と立っている。

「絶望するにはまだ早いかと」

鹿狩瀬は涼やかにそう言って、作戦図上、これよりクアラルンプール飛行場へ到達しようとする第二空雷艦隊のマーカーを人差し指で示す。

「ここに、救世主がいます」

†　†　†

「滑走路に穴をあけても意味がない。施設周辺を砲撃せよ」

クアラルンプール飛行場の滑走路と施設群が夕闇に浮かび上がっているのを視認して、イザヤはそう令した。十二センチ大型双眼鏡で確認したなら、鬱蒼とした熱帯雨林の森を切り開いて造った飛行場は、陸軍航空隊の爆撃のためか、指揮所らしき建物や物見塔があちこち崩れ、いまだ煙をくすぶらせていた。

「破壊すべきは飛行機と、土木作業用機械、それに戦闘員だ。森に炸裂弾をお見舞いしろ。やつらは森に大事なものを隠している」

冷酷なクロトの献策を、イザヤはそのまま実行に移す。

たちまち「飛廉」の十五センチ主砲はもちろん、後続する五隻の駆逐艦の十二センチ主砲も砲撃を開始、赤く爛れた夕闇の底へ紅蓮の火柱が幾つもあがる。

大地が鳴動する。四発に一発混じった焼夷弾が熱帯の森へ火を放ち、炸裂弾が爆ぜるたびに幾百の火箭が森へ走って、掩体壕に入っていた飛行機やブルドーザーが燃え上がり、背中に火を負った戦闘員が転げ出る。

だが火事だけでは不十分。炸裂弾を放って千万の弾子を森のなかへ飛び散らせ、内部に存在する人やモノを破壊せねばならない。

爆ぜる火箭のただなかでいまなにが破壊されているのか、こちらからはなにも見えない。だからこそ。

「……残酷なものだな」

イザヤはぽつりと、そんなことを言う。

「……うん……」

リオもすっかり微笑みを消して、舵輪に両手をかけたまま、自分たちの行為を遠く悲しく俯瞰する。

戦術上、仕方がない行為とはいえ、現地人にとって生まれて以来ずっと当たり前にそこへあった森が、突然現れた異邦人によって焼き払われていく。市街地からは遠く離れているし、民間人を殺さないよう細心の注意を払ってはいるが、誰とも知らぬ異邦人に故郷を焼かれた現地人の痛みは想像に難くない。

イザヤもリオも軍人だ。敵を物理的に排除するためにこの場所にいるし、その覚悟も完了している。そのはずだけれど、この光景を目の当たりにすると良心がうずく。

「余計な感傷は捨てろ。勝つためにあらゆる手段を尽くせ。人道を語るのは、戦争が終わったあとだ」

冷徹なクロトの言葉が、戦場の常識だ。戦場に優しさを持ち込んだなら次の瞬間、こちらが殺される。

「……わかっている。……徹底的にやらねば、水兵だけでなく、陸軍兵士たちも死ぬことになる。味方を救うためなら、悪魔にもなれるさ」

イザヤの覚悟に支えられ、第二空雷艦隊は森を焼き払っていく。

そのとき——

「連合艦隊司令本部より入電！」

緊迫した表情の通信兵が駆けてきて、暗号電信を翻訳したメモをイザヤへ手渡した。

メモを読むイザヤの表情に、だんだん、驚愕が混ざってくる。

そして見ひらいた両目をクロトへ据えて、

「お前、すごいな」

「いまごろ知ったのか」

「リングランド飛行艦隊がジットラ・ライン後方に出現、空挺攻撃を敢行した。現在、敵艦隊はコタバル方面へ飛行中。第二飛行艦隊は至急、敵飛行艦隊を撃滅せよ、だと」

内容を聞いて、ふははは、とクロトは高らかに笑い、

「またひとつ、連合艦隊司令長官の椅子に近づいてしまった」

満足げにつぶやいて、ふんぞり返る。

「ふんぞり返っている場合か。コタバル後方に新たな空挺旅団が降り立ったら、陸軍は全滅してもおかしくないぞ。リオ、ここからコタバルまでどのくらいかかる？」

リオは我に返って、作戦図に目を戻す。定規とコンパスでルートを確かめ、

「最大戦速で四時間半、だね」

「敵は古い船だからそれほど速くもないだろう。陸軍航空隊も足止めするから間に合う可能性は充分ある。……行くぞ、コタバルへ」

イザヤは速夫（はやお）を振り返り、口頭で伝える。

「電信室へ伝令。発、第二艦隊司令官。宛（あて）、第二艦隊各艦、電文、敵飛行艦隊出現、コタバルを目指す。これより電波警戒管制。我につづけ」

速夫は背筋を伸ばし、

「はっ！　発、第二艦隊司令官。宛、第二艦隊各艦、電文、敵飛行艦隊出現、コタバルを目指す。これより電波警戒管制。我につづけ」

復唱して、電信室へと走る。通常は伝声管で伝えるかメモを託すのだが、イザヤは速夫のほうを信頼した。確実だし、速い。

つづけてイザヤは後檣（こうしょう）へ通じる伝声管を摑（つか）んで、信号員へ伝える。

「信号旗！　敵艦隊撃滅にむかう、我につづけ！」

『はっ！　敵艦隊撃滅にむかう、我につづけ！』

信号員は復唱し、すぐにいまの内容を示す信号旗を揚旗索（ようきさく）にくくりつけ、後檣に翻（ひるがえ）す。後続艦が次々に信号旗をリレーして、イザヤの号令が第二艦隊に共有される。

それからイザヤは艦内放送マイクを摑む。

「達する。白之宮（しろのみや）だ。ジットラ・ライン後方に敵飛行艦隊が出現、空挺攻撃を敢行した。我らはこれよりコタバル方面へむかう。最大戦速で四時間半かかる道のりだ。敵が二度目の空挺攻撃を敢行する前に、なんとしても敵艦隊と遭遇せねばならん。これは時間との勝負となる。機関員、長丁場になるが、きみたちの努力に日之雄の未来がかかっている。頼むぞ」

告げると、機関指揮所に通じる伝声管から割れんばかりの応答が返った。

『殿下、お任せくださいっ』『四時間半、最大戦速、承りました！』『やっとおれたちの出番ですね、見ててください、必ず走り抜きます！』

機関科士官とその部下たちが鼻息も荒く、四時間半もつづく最大戦速での釜焚き作業を請け負った。機関部は出力をあげるほど高熱となり、機関員たち全員が、これから四時間半つづく灼熱地獄と戦わねばならない。しかし彼らは辛く苦しい作業を笑顔で受け入れ、機関長の号令一下、むしろ士気を高める。

『機関最大！　行くぞお前らっ、機関科の根性見せろっ!!』『うお――――っ』『おりゃ――っ』『殿下――――っ』『姫さま――――っ』

伝声管からやかましいほどの叫び声が届いたかと思うと、ごおっ、とタービン機関が転調する鳴動、それから徐々に艦速が上がりはじめる。

「面舵いっぱい、針路十度！」

艦長リオは元気よくそう言って、舵輪を右へ勢いよく回す。

セラス効果の七彩が、「飛廉」艦首からひときわ高く噴き上がる。後続する五隻の飛行駆逐艦もまた、虹色の艦首波を夕焼けの空へ撒き散らす。

太陽はすでに没していた。真っ赤な残照を背景にして、第二空雷艦隊は見事な一斉回頭で艦首を北北東へむけると、タービン機関をたぎらせる。

虹の航跡を曳きながら、六隻は大空の騎馬隊さながら、最大戦速四十ノットで空を駆ける。

「手空き総員、戦闘配置付近で警戒待機」

イザヤは警戒態勢を少し緩めた。夜間は航空攻撃を受ける危険がほとんどない。休めるうちに兵を休ませ、食事も摂らせておきたい。命令を受けて兵員たちは、戦闘時の持ち場の近くに集まって楽な姿勢を取る。戦いの前ということで主計科も張り切り、今日の夕食は白飯と野菜の味噌汁、それから魚の干物がついた。

『魚だっ』『今日は干物と味噌汁だぞ――っ』

普段の夕食は白米に漬け物だけだから、兵員の喜びはとても大きい。海上艦の兵員は手空きのときに釣った魚を食べることもできるが、飛行艦では魚釣りもできないから魚肉は貴重なのだ。伝声管から伝う歓声を笑みで受け止め、イザヤは北北東の夜空を見据えていまだ休むことなく司令塔にいる。

「機関、問題は」

定期的に、機関指揮所への伝声管に問い合わせる。

『ありません！　石油で焚くのは久しぶりです！』

機関長の返事は生き生きしている。普段は安価な石炭でボイラーを焚いているが、最大戦速を長時間継続するときは貴重な石油を使って良いことになっていた。

「気分の悪くなったものは極力休ませてくれ。応援が欲しいときは、なんとかする」

『はっ！　みな張り切ってます、問題ありません！』

「頼む。繰り返すが、陸軍三万五千の将兵の命が、きみらの働きにかかっている」

『任せてください殿下!!　このくらいでぶっ倒れるほど、おれたちヤワじゃありません!!』

機関長の笑い声を受け取って、イザヤは深々と頷いた。機関科員たちの献身的な働きにはいつも頭が下がる。窓もない暗い場所で、摂氏四十度以上の高温に耐えてエンジンを動かし、艦内全てに電力を行き渡らせる彼らの仕事は地味だしキツいし日の目を見ないし、命の危険を常に伴う。しかし彼らの下支えがあってはじめて、砲員も空雷科員も敵艦との戦闘に専念できるのだ。

——頼んだぞ、機関のみんな。

——わたしたちを敵のもとへ連れて行ってくれ。

イザヤは祈りながら、前方の空域を見据える。

彼方、空には星が瞬きはじめていた。またしても夜戦になりそうだ……。

二時間半が経過したころ、「飛廉」の機関部は文字通り、地獄の釜と化していた。缶室と呼ばれる区画はなかでも、見上げるほど大きな重油・石炭混焼式ボイラーが、周辺で作業にあたる機関員へ容赦ない熱気を吐き出していた。

金属製の合掌造り、とでも呼ぶべき形状のボイラーは総計九万馬力の高圧蒸気を発生させる。当然、吐き出す熱気もすさまじく、缶室内は常に摂氏四十度以上の高温に閉ざされる。

通常、機関員は四時間交代で一日二回勤務に就けば良いのだが、連続長時間高速運転時は「飛廉」機関科員九十二名が総出で持ち場につき、各員の疲労を見つつ細かく交代を繋ぎながら、エンジンが過熱しすぎないよう、計器、バルブ、通気口やパイプが破損しないよう、計器類の細かな数値に目を光らせて、機関が故障せず、艦は速力を維持できる最適な圧力を維持しつづける。作業を少しでも間違えて配管が欠損したならば高速運転ができなくなり、それは後続の各艦にも影響を及ぼして、戦域への到達を遅らせてしまう。

敵飛行艦隊機関員もいまごろおそらく、必死の作業で釜を焚き、コタバルへ一刻でも早く到達しようとがんばっているはず。

リングランド艦隊に負けないためには、「飛廉」機関員がこの高温に耐えること。各種計器類、蒸気圧、バルブ、パイプの状態を確認しつづけ、問題が発生したなら専門知識を応用して適切な対処をしつづけること。それができなければ、リングランド艦隊が先に最高の降下地点に辿り着き、日之雄にとっては最悪の空挺降下を完了させてしまう。

戦争とは、必要なものを必要な時期に必要な場所へ運ぶレースだ。

いままさに、第二空雷艦隊とリングランド飛行艦隊がそのレースを競っている。

極論すればこれは、リングランド艦隊機関員と、「飛廉」機関員の勝負ともいえる。先に戦場に辿りついたほうが、勝つ。

ひとりひとりが請け負っているのは細かく地味な作業だが、ひとりでも手を抜いてどこかの配管が破れたり、機関のどこかが焼き付いたなら、そのせいで陸軍三万六千人が全滅し、日之雄が滅びる。

「がんばれみんな、殿下が勝利をお望みだ、訓練の成果を見せろ！」

機関科下士官の叱咤激励に、兵員たちは無言の作業で答える。言葉を発するだけで身体の内側が燃えてしまいそうに熱い。熱放射による火傷を防ぐため、機関兵は服を着込み、手首も足首も腰も締め、襟元にはタオルを巻いていた。摂氏四十度以上に達する密室で厚着を着込んで集中力のいる精密な作業を四時間半もつづければ、普通の人間は失神するか精神に変調を来すだろう。しかし機関員九十二名は健常な状態を保ったまま、炎熱地獄を当たり前に受け入れて高速運転を維持しつづける。

南国の星空を切り裂いて「飛廉」は飛ぶ。

機関科が生み出す九万馬力もの高圧蒸気が四基の艦尾プロペラを回転させ、星空に七彩の飛沫をさらに盛大に掻き立てる。

「殿下のために!!　姫さまのために!!　がんばれお前ら、絶対負けんな!!」

機関科下士官の号令に、機関員は無言の作業の継続で答える。

多くが農村出身で、高等教育を受けたことのない機関員にとって、国のために戦え、と言われてもスケールが大きすぎて正直よくわからない。けれど、イザヤとリオのために戦え、と命じられたら、命がけで地味な作業を何時間でもつづけられる。

艦長の人間性によって軍艦の雰囲気は大きく異なり、なかには機関科が差別的な待遇を受けている艦もある。地味な役割だから戦記にはまず載らないし、キツいし暑いし汚いし、仕事場には窓もなく戦闘中もなにが起きているかわからない。艦が沈没寸前となり「総員退艦」が下令されても、船内深くにいる機関科員は兵科より退艦が遅れるため、死亡率も高い。損な役割ばかりを請け負った機関科は「モグラ」と呼ばれて兵科からバカにされがちだ。

だがイザヤは大きな動きがあったときは必ず放送マイクを摑んで、外が見えない兵員のためになにが起きているか教えてくれるし、こちらの大変さを理解して、ついさっきのように伝声管を通じて直接励ましてくれる。そして戦いが終わったあとは、機関科よくやった、きみたちのおかげで最後まで戦えた、と褒めてくれる。一方のリオ艦長は兵科と機関科が仲良く過ごせるようにいつも配慮してくれるし、機関員ひとりひとりの顔と名前を覚えて、艦内ですれ違うときに声をかけてくれる。それだけで機関科は、汗がその場で蒸散するような高熱にも耐えて、九万馬力を維持しようと決意できる。ひとりひとりの小さな決意が積み重なって、その果てに「飛廉」の勝利があるとここにいるみなが信じている。

「殿下の期待に応えよう！」「姫さまが喜んでくださるぞ！」「がんばれみんな、あとひといきでおれたちの勝ちだ！」

機関科下士官がそんな号令をかけなくても、もはや余計な雑念は消えて、九十二名の思いはひとつ、四時間半、機関を故障させることなく高速運転しつづけること、それのみだった。それがイザヤの願いだから、「飛廉」機関科の誇りにかけて叶えてみせる。そんな思いが「飛廉」の心臓を動かしつづけていた。

光が洩れないよう、三方を囲いで覆った海図台から頭を引っこ抜いて、リオが報告した。

「コタバルまで、あと三十分」

うん、とイザヤは腕組みしたまま首肯する。

懐中時計を見る。午後十一時五分。司令塔に照明はないため、窓の外から星空の輝きが目に痛いほど飛び込んでくる。

ごおお……と機関の低い唸り声が靴底に感じられる。聞こえる音はそれだけだ。艦内は静まりかえっているが、蓋の開いた伝声管を通じて、兵たちの緊張感は伝わってくる。

と、後檣艦橋に通じる伝声管が鳴る。

『「逆潮」より信号！　我、機関損傷、先に行かれたし！』

ぐっ、とイザヤは唇を噛む。これで三隻目の脱落だ。やはりこれだけの長時間最大戦速四十ノットを維持するのは機関部への負担が大きい。電波警戒管制を敷いているため電信が打てず、損傷の詳細は摑めないが、機関が真っ赤に焼き付いたり、推進器軸や軸受けが破損していたりすると、曳航して母港へ連れ帰る必要が出てくる。

「信号、返信、『逆潮』はそこで待て」

『はっ』

敵を撃滅した帰り道、曳航するための措置だ。敵地上空で行き脚を止めるのは「逆潮」にとっても怖いだろうが、この場合仕方ない。日の出前に決着をつけて、夜のうちに損傷した各艦を曳航して戦域を離脱したい。

「生き残りは『飛廉』、『川淀』、『末黒野』だけだね」

後方を振り返って、リオが呟く。最初の脱落は「卯波」、次が「八十瀬」、そして「逆潮」。ずっと後続していた虹色の艦首波が、出発時に比してずいぶん頼りなくなってしまった。

「三隻も航行不能にしてしまった。戦う以上に被害を受けてしまったな」

「仕方ないよ。ていうか、もし第三艦隊と一緒にいたら絶対間に合わなかったし。結局、クロちゃんが正しかった、ってことだよね」

リオの言葉に、クロトは「ふふふふ」と悦に入り、

「おれが参謀で良かったな。もうじき、大手柄が転がり込んでくるであろう」

「……油断が早い。まだ終わってないぞ。早く敵を見つけ、針路を塞がねば」

イザヤが戒めた二分後、すぐ近くの見張所に立っていたミュウが唐突に告げた。

「敵発見」

短い言葉を受けて、司令塔の三人がミュウを見やる。

いつも閉ざされている濃紺の瞳が見ひらかれていた。ミュウは泰然と闇のむこうを看破して、よく通る声で告げる。

「左三十度。距離一万九千。針路百度。速力十七ノット。敵飛行艦隊と目される」

イザヤは大きく頷いて、後檣艦橋へ伝える。

「信号。敵発見、我につづけ」

『はっ！　敵発見、我につづけ！』

信号員が復唱し、後檣の信号灯をトン・ツー点滅させて後続艦に伝える。電信で伝えると敵にこちらの所在を教えてしまうため、闇夜では信号灯が唯一の他艦への連絡手段だ。

イザヤは艦内放送マイクを摑んで落ち着いた声を届ける。

「敵艦隊発見。左三十度。距離一万九千。針路百度。速力十七ノット。敵飛行艦隊と目される。総員、第一警戒配備」

たちまち艦内の空気が一気に張り詰め、戦闘配置付近で休憩していた兵員たちは腕まくりして持ち場につく。

クロトは言われた空域へ目を凝らすが、常人の視力ではなにも見えない。

だがミュウの報告が間違っていた例は一度もない。

クロトも無言で、その報告を受け入れる。

「空雷で撃沈しても、空挺部隊が降下する危険があるぞ。近づいて、砲戦で沈めるべきだ」

その献策に、うむ、とイザヤも喉の奥で答える。

空雷が浮遊体に命中してから、浮遊体が割れて轟沈するまで五～十五分ほど時間がかかる。この間に敵空挺旅団が落下傘を背負って降下してしまうと、のちのち厄介だ。直下は熱帯雨林の森だから、地上に降りても集合するのは難しく、旅団としての戦闘力は個人単位に解体されるだろうが、なかには集合し、後方から攪乱してくる部隊も出てくるはず。その危険は最小限に抑えたい。

「この暗闇であれば、五千メートルまでは気づかれずに肉薄できる。相手は装甲の薄いボロ船だ、炸裂弾で砲撃し、船内に空挺部隊を抱え込んだまま爆散させろ」

クロトの冷酷な献策を、イザヤは苦しそうに受け止める。

クロトの言うことが正しいことはわかっている。ただ、残酷であることが喉の奥に引っかかる。徹甲榴弾で砲撃するのが日之雄刀の斬撃だとすれば、炸裂弾で砲撃するのはカミソリで切り刻むようなもの。同じ墜ちるにしてもどちらが楽か、敵の気持ちで考えてしまう。

リングランド飛行艦隊
メリー侵攻作戦開始後に
バリサン山脈を出立、
日之雄陸軍の後方に回り
空挺降下を敢行。
日之雄第三水上艦隊
メリー半島東岸を
遊弋しつつ敵海上
艦隊の出撃を待つ。
日之雄陸軍1
日之雄陸軍2
ジットラ・ライン
コタバル
マラッカ海峡
メリー半島
リングランド防御線
バリサン山脈
クアラルン
プール
シンガポール
スマトラ島
リングランド
極東艦隊
日之雄第二空雷艦隊
独断でクアラルンプール
飛行場を爆撃。

「相手は戦闘員だ。なにをためらう。それをやらねば味方が大勢死ぬのだぞ」

クロトは無感情にそう告げて、闇の彼方の敵艦を見据える。

イザヤは軍帽の鍔を指先でつまみ、深くかぶって目元を隠した。

いま、戦争をしている。

だから、人間性は脇へ置いていかねばならない。

そうしなければ、身近なひとたちを守ることができないから。

イザヤは射撃指揮所への伝声管を摑んだ。

「左砲戦。炸裂弾使用、空雷は使わず砲撃で仕留める」

『はっ！　左砲戦、炸裂弾使用します！』

砲術参謀、土々呂大尉の応答と同時に、三人の背後にある円筒状の射撃指揮装置がレシプロ機関の低い唸り声をあげ、ゆっくりと旋回をはじめた。

指揮装置の直上にくっついている測距儀が回転をはじめ、左三十度に旋回したところでぴたりと止まる。間もなく敵艦が見えたなら、測距儀のなかにいる兵員が距離を計測し、直下の射撃指揮装置内にいる砲術員はその数値を元に射撃諸元を調定する。

イザヤはつづいて機関指揮所への伝声管を摑み、

「機関、第二戦速」

砲戦するなら、最高速度より少し遅いくらいが狙いやすい。セラス効果が輝度を下げ、最大戦速四十ノットから第二戦速二十四ノットへ「飛廉」はゆっくりと行き脚を落としていく。これで機関員も多少は楽になったはず。

機関科が懸命の努力で戦場へ連れてきてくれた。

次は兵科の出番だ。

リオは敵艦と自艦の針路と速力を海図上に記し、顔を上げる。

「十一分で射距離に入るよ」

「吊光弾が安全だが、探照灯もアリだな。そちらのほうが狙いやすい。ミユウ、敵艦の装備は見えるか?」

ミユウはしばらくじいっと闇へ目を凝らし、

「舷側に速射砲とおぼしいものが。口径は十センチ以下と思われます」

常人にはまだ艦影すら見えないというのに、ミユウには艦装まで見えてしまう。ミユウの索敵能力はある意味、レーダー以上だ。

イザヤは相談するようにクロトを見やる。クロトは口の端を吊り上げて、

「照らせ。敵の弾はこちらに当たっても装甲を貫けぬ。距離五千を維持していればおれたちの勝ちだ」

イザヤは首肯を返し、据え付け式の十二センチ双眼鏡を覗き込んだ。

二分、三分、四分、五分——

沈黙が過ぎ去って、呟く。

「見えた」

†　†　†

「もう少しだ、諸君。あと二時間弱でこの五か月半の苦難が報われる」

勝利を確信し、リングランド極東第一飛行艦隊司令官、トラヴィス・マクラフリン准将は周囲の幕僚たちをそう励ました。

母港へ入ることなくスマトラ島バリサン山脈西側に隠れて五か月近くも空中遊泳をつづけ、艦橋に並んでいる将校たちの軍服はいずれもよれて、襟元は黒ずみ、ろくに風呂も入っていないためひどく汗臭い。しかし見飽きた面々の嗅ぎ飽きた体臭とももうじきお別れだ。苦労は報われ、ここにいる面々は英雄となって祖国へ凱旋することになる。マクラフリン司令は万感のこもった言葉をつづける。

「世界海空戦史に残る奇襲攻撃を我らはやってのけた。日之雄軍は我らの忍耐強さを甘くみたがゆえ、数と装備に優りながら敗れたのだ」

司令官の面前に並んだ伝声管の蓋はあいている。彼は幕僚に告げると同時に、これを聞いているであろう下士官と水兵たち、それから乗り合わせている第一空挺旅団員にも語りかけている。彼らひとりひとりの頑張りがあったからこそ、いま、古今未曾有の大戦果がリングランド帝国へもたらされようとしている。

マクラフリン司令の脳裏には、十か月前、ガメリアが対日石油禁輸を実行に移して大公洋戦争が不可避となった日のことが蘇っていた。

その日、マクラフリン司令が立案した隠密奇襲作戦の構想を聞いた幕僚たちは、全員その場で反対した。

敵が出てくるまで何か月間も母港を離れて空中遊泳するなど無理だ。しかも四隻のオンボロ飛行艦には、水兵でもない空挺旅団員四千人も分乗せねばならない。水兵だけでも手狭なのに、そんな兵が乗り込んでいたら寝る場所もなくなる。その状態でいつはじまるかもわからないメリー作戦を待っていたら、一か月後には兵が反乱を起こすであろう。

全員の反対を聞いて、マクラフリンは強く頷いた。

『決行だ。諸君ら全員が今作戦を不可能と断じた。だからこそ敵も読めず奇襲が成り立つ』

結局マクラフリンは二個空挺旅団をスリランカに呼び寄せて艦齢四十年を超す老巡空艦に詰め込み、開戦から二週間後に出港、スマトラ島バリサン山脈の西側に隠れた。

現地人の街にほど近く、登攀にそれほど苦労しなさそうな山肌を見極めて内火艇を送り、工作班に桟橋を作らせて陸地と飛行艦隊を結びつけた。そして兵員が艦内に籠もりっぱなしにならないよう、各員が一か月に一日は陸に降りたって休息が取れるよう細かく休暇の日程を調整した。

ほどなく桟橋には現地人の商人が来るようになった。マクラフリンは気前よく水や食料、日用品を高値で買い取り、到着から一か月も経つころには桟橋周辺が小さな村のようになり、商売女も集まって、日常生活に伴う苦労はずいぶん減った。

敵は「退屈」だった。母港にいればもっと良いものを食べられ、休みの日には大きな街で女の子とデートもできるが、この僻地（へきち）にあるのは山肌と小さな村と見飽きた同僚の顔だけだった。いつ出撃となるのかわからないうえ、ただ配置訓練を繰り返すだけの単調な日々に不満を覚える将兵に対し、マクラフリンはリンググランド海空軍伝統の海軍魂（シーマンシップ）を説いて黙らせた。

大航海時代――

水平線の彼方（かなた）、海図のない海、地図にない島を目指した船乗りたちの時代。

幾多の艱難辛苦（かんなんしんく）を乗り越えて七つの海を制覇したリンググランド海軍の始祖たちは、航海術以上に「忍耐力」を水兵に求めた。嵐のとき、凪（なぎ）のとき、水がなく野菜が腐り壊血病（かいけつびょう）が蔓延（まんえん）したとき、航海の成否を分けるのは忍耐力だった。遠距離航海のノウハウが積み上がるにつれ、忍耐力は船乗りにとって最高の美徳として位置づけられていった。

帆走から蒸気タービン機関に動力が変換した現代においても、その精神は変わらずリンググランド海軍に受け継がれている。

マクラフリンの部下たちは、五か月半あまり、不満を表明すれども脱走も反乱もせず、よく耐えてくれた。彼らの忍耐は二時間後に全てが報われ、海空戦史に長く語り継がれる奇跡の奇襲作戦が完遂するであろう。

日之雄陸軍の侵攻ルートは予想通り、メリー半島東岸と西岸を縦走する二ルート。すでに西岸ルートの後方には空挺旅団員二千名を降下させた。これからコタバルへ辿り着き、東岸ルートの背後に残りの空挺旅団員二千名を降下させれば作戦完了。三万五千の日之雄陸軍は南北から挟撃に遭い、地上から消え去る。そのときマクラフリンは幕僚ひとりひとりと抱擁を交わし、艦隊の水兵たち全員へ、ここまで自分に付いてきてくれたことへの礼を述べ、このオンボロ老朽艦隊の成し遂げた偉業がこれから幾度も書籍化、舞台化、映画化されて子々孫々まで語り継がれることを祝うだろう。

マクラフリンは懐中時計を見た。

現在時刻、午後十一時二十五分。

目標降下地点であるコタバル近郊の田園地帯まで、あと八十二キロメートル。

この速力でいけば、午前二時過ぎには辿りつける。月が出ていて地肌が目視可能、地上に照明筒を投げ落とし、念押しに吊光弾も放ってやれば熟練の空挺旅団員は問題なく無人の野に降り立つだろう。後方連絡線を脅かされた日之雄軍の作戦計画は破綻し、やがて南北からリングランド軍に挟撃されて壊滅を余儀なくされる。

「あと二時間少し……」

祈るような思いで、マクラフリンは星空を見やる。

不安なのは唯一、日之雄第二空雷艦隊の存在のみ。

日之雄連合艦隊はマニラ沖海空戦に勝ったものの、飛行戦艦六隻が轟沈するという大損害を受け、主力は海上艦隊に移行していると聞く。生き残った飛行駆逐艦五隻が第二空雷艦隊として戦列にあるが、いまや海上艦隊の露払い役に貶められたとか。マニラ沖で飛行艦隊の脆弱性が露呈したため、日之雄軍は海上艦隊を主体とした方針に切り替えたようだが、今回のマクラフリンの成功で彼らも考えかたを改めるだろう。

艦齢四十年の老朽艦が今回の奇跡を成し遂げたように、飛行艦隊は使いかた次第で戦局を決定づけられる兵科だ。もしも日之雄連合艦隊司令本部が飛行艦隊の特性を理解して対策を講じていたなら、マクラフリンの思惑は通用しなかっただろう。

「気分はどうかね、生徒諸君」

マクラフリンはいまごろメリー半島沖で頭を抱えているであろう連合艦隊の高級将校たちのことを思い、悦に入った笑みを咲かせた。

元々、日之雄海軍近代化にあたって、教師役を務めたのはリングランド海軍である。

日之雄人は近代海軍の在り方についてリングランドに教えを請い、マクラフリンの先人たちは惜しみなく海軍運用のノウハウを極東の新興国家に教えた。品格と勇気と献身を重視するリングランドの騎士道精神は、日之雄の武士道精神と通じる点が非常に多く、日之雄人はリングランド人の説く「海軍魂(シーマンシップ)」に魅せられ、積極的に取り入れていった。だから日ル戦争で日之(ひの)雄(お)艦隊がルキア艦隊を打ち破ったとき、リングランドは優秀な生徒への称賛を惜しまなかったし、横須賀(よこすか)で行われた戦勝祝賀式典には軍艦を派遣してお祝いした。

月日が流れ、ついに師弟が相まみえることに至った今日、マクラフリンには日之雄連合艦隊を侮(あなど)る気持ちが微塵(みじん)もない。むしろ、いまや師を超える勢いで成長を遂げた、手強いライバルとして認識している。だからこそ強い敵を欺(あざむ)くために大胆な作戦を練ったし、周囲に反対されながらも実行に移した。こうでもしないと強大な連合艦隊には勝てないと、マクラフリンは開戦前から気づいていた。

敵を侮(あなど)ることなく知恵を絞り、真摯(しんし)な努力をつづけた結果、リングランド老朽艦隊はいま巨大な敵に打ち勝とうとしている。小よく大を制す、提督としてこれ以上痛快な瞬間はない。満足げに行く手の空を見据(みす)えた、そのとき――

星空が消滅し、世界が黄金に変じた。

「!?」

とっさにマクラフリンは両目をつぶる。

居並ぶ幕僚も一瞬戸惑い、手で眼前にひさしを作る。

ずっと暗闇に閉ざされていた羅針(らしん)艦橋が、いきなり燃え立つような黄金の光芒(こうぼう)に飲み込まれていた。

膨大すぎる光量を受けて、目をつぶってもなお眩い。直接に見れば確実に網膜が焼けてしまう、このすさまじい光はまさか。

『探照灯!!』

見張員の叫び声。

『敵飛行艦隊!! 探照灯を照射しています!!』

悲鳴に近い絶叫が、船内にこだまする。

羅針艦橋を直撃していた野太い光の束は、ゆっくりと、舐めるように、艦隊旗艦「セント・エルモ」の船体をなぞりはじめた。

闇夜へ、薄いブリキ装甲に覆われた貧弱な船体が浮かび上がる。

「セント・エルモ」だけではなく、後続の飛行駆逐艦三隻もまた、新たな探照灯の照射を浴びて暗闇のヴェールから眩い舞台照明のもとへ引きずり出される。光芒は全部で三条、南南西の空から水平に夜空をつんざき、リングランド第一飛行艦隊の全容を星空に暴き立てている。

「敵影は見えるか!?」

『見えません、光が強すぎて!』

「ともかく撃て、光の根元に敵がいる!」

命令を下すと、戦闘配置に付いていた速射砲の砲員たちが一斉に、七十六ミリ速射砲を探照灯の根元目がけて撃ち込んだ。

しかし届かない。探照灯の先に届く前に、橙色の弾丸が後落してしまう。速射砲の有効射程は約四千メートル、敵はこちらの射程を見切ったうえで、速射砲が届かない空域を飛行している。

「まずい」

マクラフリンは事態の意味を瞬時に悟り、船倉につづく伝声管を摑んだ。

「降下せよ！　いまここでだ、急げ!!」

はっ、と伝声管のむこうで空挺旅団長が応答する。降下は二時間先とあってのんびりしていた団員たちが慌ただしく動き出し、旅団長が現在位置を確認する声が伝声管越しに聞こえてくる。

急げ、急げと祈りながら、マクラフリンはかろうじて目をひらき、網膜を焼かれないよう気を付けながら星空を一直線につんざく探照灯の光条を睨む。

光の先に敵艦がいる。砲撃がはじまる前になんとしても、旅団員を降下させたい。

現在、直下は深い森であり、夜間ここに降下するのは非常に危険だ。そのうえ降下できたとしても、夜間、熱帯雨林の森で集合するのは難しい。まとまった戦力として機能するのは不可能、地に降り立った旅団員は個人単位の戦闘力しか持ち得ないだろう。

だが仕方ない。いつまでも船倉に留まっていれば無駄死にするだけだ。五か月半も不慣れな船内生活に耐えてきた旅団員に、無様な死にかたをさせたくない。いまごろ旅団長が臨時の集合地点を決めて通達しているはずだが、果たして何人がそこへ辿り着けるやら。

「撃つな、まだ撃つな……っ」

血走った目を探照灯の先へ送り、祈った刹那。

耳をつんざく音響と共に、「セント・エルモ」周辺空域に炎の華が乱れ咲いた。

「うわっ」「ぎゃっ」

懸吊索が軋み、いきなり船体が大きく揺れて、マクラフリン司令官も幕僚たちも床へ倒れ込む。伝声管から船内の兵の悲鳴が届き、高圧蒸気の鋭い噴出音がそれに重なる。

『機械室、火災発生！』『缶室、被害甚大っ』

たちまち幾多の被害報告。幕僚が叫ぶ。

「炸裂弾で撃ってやがる！」「くそ、卑怯な猿が！」「ダメだ、このまま飛べば切り刻まれる！」

徹甲弾を撃ってくれれば貫通するから被害は少ないが、炸裂弾を使われるとお手上げだ。バケツと同じブリキ装甲のリングランド飛行艦は、間近で炸裂する数千数万の弾子によって船員も装備も細かく緩慢に切り刻まれつづける。

二分前の浮き立った雰囲気から一転、瞬く間に船内は血肉と火焔の地獄へ変じる。

茫然自失のマクラフリンの周囲で、さらなる炸裂弾が地獄へ通じる花弁をひらく。

焼けただれた幾千もの火箭が船体へ細かな破孔をひらき、内部にある全てを破壊していく。

千万の弾子に貫かれた後続艦がいきなり膨張をはじめ、次の瞬間、火球に変じて星空に砕け散った。弾庫か燃料庫に火が移ったのだろう。このまま一方的に撃たれていれば、いずれ「セント・エルモ」も同じ運命を辿る。

立ちむかう手段はない。主砲の口径に差がありすぎて、こっちの弾はむこうへ届かず、むこうの弾はいくらでもこちらを切り刻む。

マクラフリンは決断した。船は惜しくない。だが乗っている水兵は惜しい。

悔しさを全身でかみ殺し、全ての伝声管の蓋をあけて令した。

「総員、退艦！」

状況からいえば早すぎるかもしれないが、しかしこのままあがいても被害は増える一方だ。敗北を受け入れ、ひとを生かすほうがまだ、こののち希望が残る。

「総員退艦！　総員退艦！」「落下傘をつけろ！　負傷者は健常なものが抱いて飛べ！」「できるだけふたりひと組で飛ぶんだ、降下後は助け合って生き延びろ！」

そんな声を発しながら、伝令が船内を走り回る。その間も敵艦の炸裂弾は船内を縦横無尽に破壊してゆく。

船倉から空挺旅団員が三々五々、真っ暗な森を目指して降下していくさまを見届け、マクラフリンは若い幕僚たちに告げた。

「きみたちも逃げたまえ。今日までよくやってくれた」

幕僚たちも悔しさをこらえてうつむく。五か月半の苦労がもうすぐ報われようという直前に、惨めな敗北を強いられたマクラフリンの気持ちは彼らにも痛いほど理解できた。

「はっ」

五名の幕僚は縛帯を身につけて、めいめい落下傘を背負った。そしてマクラフリンが落下傘はおろか縛帯も身につけていないことに気づき、ひとりが予備の縛帯を身につけさせようとする。

「わたしはいらない」

「しかし」

「いいからきみも行きたまえ」

きっぱり断じる。マクラフリンの覚悟に気づき、幕僚たちは声を失って居並ぶしかない。

「生き延びて、再びこの敵と戦うのが若いきみたちの使命だ。悔しさを乗り越え、今日の教訓を明日に生かしてくれ。それこそが真の忍耐、真の美徳というもの。さあ、行きなさい」

マクラフリンはいつもと変わらぬ穏やかな表情で羅針艦橋の外を指さす。自然な威厳が、若い幕僚たちの反論を封じる。

幕僚たちは唇を横一文字に引き結んで、敬愛する司令官へ最後の敬礼を送ってから、艦の外へ身を投げた。

ひとり艦橋に残ったマクラフリンは、最期の瞬間を待ちながら火焔と煤煙と、しっかりと艦列を捉えて放さない探照灯の野太い光芒を見やった。

そういえば、マニラ沖海空戦で日之雄連合艦隊が勝利したのは、たった一隻の駆逐艦によるものだという。艦長は奇跡的な采配で戦艦五、重巡三を轟沈させる大戦果をあげ、その功績により第二空雷艦隊司令官に抜擢されたとか。

いま「セント・エルモ」へ炸裂弾を浴びせかけているのは、その人物だろう。

新聞で読んだ名前は確か……白之宮イザヤ司令官。

ガメリア海軍は「海神イザヤ」と呼んで恐れているとか。

気高く美しい王女だと聞くが、年端のいかぬ少女に自分の作戦が看破できるとは思えない。

恐らくは、優秀な作戦参謀がイザヤを支えているのだ。マクラフリンの立場に拠って作戦計画を演繹し、今日ここにマクラフリンが来るであろうことを事前に予測していたすさまじく優秀な参謀が。

マクラフリンは苦く笑った。

「素晴らしい、きみは実に優秀な参謀だ」

炸裂弾の弾子が船体を食い破る音を聞き、立ちこめた硝煙に塗料の溶けた有毒煙が混ざっていることを感知しながら、マクラフリンは人生の最期をどこか、すがすがしい気持ちで迎えていた。

幾多の海戦に勝利を収め、名将と讃えられながら軍首脳部と対立して極東の老朽艦隊司令官に左遷されたときは人生の終焉を感じた。しかし本国を遠く離れたこの極東の空で、異国の優秀な作戦参謀と巡り合い、死力を尽くして戦えたことは人生の誇りのひとつとなった。

見知らぬ異国の参謀はマクラフリンを名将と認めるからこそ、マクラフリンの海戦指揮を研究して思考を読み、対応策を講じることができたのだ。もし彼がマクラフリンを侮り、ろくに策も講じなかったならば、日之雄軍はオンボロ飛行艦隊の前に惨敗を喫していたであろう。

勝敗の鍵は名も知らぬ異国の作戦参謀がわたしを侮らなかったこと。敗軍の将として、それはせめてもの慰めだ。

いま、マクラフリンの胸中は爽やかだった。険の取れた表情を、探照灯の先にいる敵国の生徒たちへむける。

「よくわたしの思考を読み切った。完敗だ。きみたちの勝利を祝おう」

爆発音の連鎖を聞き、懸吊索が切れて床が傾き、炎が羅針艦橋を包み込んでいく。有毒煙が思考を痺れさせるのを覚え、すぐそこにある死を見つめる。

「リングランド帝国に栄光あれ」

そんな言葉と同時に、羅針艦橋は炎と煤煙に埋もれて見えなくなった。やがて全ての懸吊索が切れ、「セント・エルモ」の船体は長い炎の尾を曳きながら、地上へと墜ちていった。

†　†　†

イザヤは十二センチ双眼鏡から目を放し、彼方の空で焼け焦げる敵飛行艦隊群を肉眼で見やった。

旗艦とおぼしい先頭の巡空艦は火だるまとなり、浮遊体の下腹を焼いていた。ほどなく懸吊索が切れ、船体は力なく直下の森へと墜ちていく。

新しい炎が星空を焚き、爆風に煽られた船体の破片と引火した炸薬弾が花火みたいに中空を掻きむしった。

「………旗艦が墜ちた。我々の勝ちだ」

イザヤの声に勝利の喜びはない。表情は翳り、沈痛な色のほうが濃い。

リングランド飛行艦隊四隻のうち、残るのは一隻だけだった。二隻がすでに爆散し、先頭の旗艦が燃え墜ちて、残った三番艦も五分ほど前から猛火に包まれている。

白い落下傘が周辺空域を漂っていた。背中に火を背負ったまま、力なく揺られている兵もいる。哀れな敗者たちはばらばらに、暗い森へと飲まれていく。

道なき森で全員が集合することは不可能だ。彼らはこれからひとりひとりの力で、延焼する火と煤煙に追いたてられながら、昼なお暗い森を抜けねばならない。大勢が途中で力尽きるし、運良く森から出られてもまともな戦闘単位にはなり得ない。だから放っておいていい。

「なんか……かわいそうだね」

リオがぽつりとそんなことを言う。

はっ、とクロトが鼻で笑った。

「戦場で敵を思いやってどうする。これは殺し合いだ。善人でいたいなら寺にいろ」

無慈悲な正論で、リオの言葉を否定する。リオはなにも言い返すことなく、黙って燃え上がる敵三番艦を見つめていた。

やがて、三番艦の懸吊索も切れた。炎の尾を曳きながら、艦尾を下にむけて森へ落下、紅蓮の火柱が夜空の底に屹立する。

遠い轟きが爆ぜて、やがて消えた。またたくまに、眼下の森へ細かな赤い網目模様が燃え広がっていく。

「撃ち方やめ」「探照灯、消灯」

砲撃音がぴたりと止んで、星空を照らしていた三条の光域も消えた。

静けさが舞い戻る。燃え上がる森の炎が不気味な明滅で夜空の底を焦がす。夜風になびく煤煙がいつまでも消えない。

南十字星を眺めながら、イザヤが呟く。

「……さすがマクラフリン提督だ。あんなボロ船で半年近くも空中遊泳をつづける困難は想像に難くない。着想もさることながら、開戦からここまで耐えた下士官兵の根性もすさまじい。我々はまだ、リングランド海軍から学ぶべきものがある」

その言葉に、クロトはにやりと笑って答える。

「四十年前の老朽艦隊を率いて日之雄(ひのお)軍を敗北寸前にまで追い詰めたのだ、見事というしかないではないか。マクラフリン提督が生きているといいがな。いつか会えたなら、膝(ひざ)を交えて話を聞いてみたい」

クロトはメリー作戦に先だって、連日連夜マクラフリンの海戦指揮を研究し、彼であればこういうことをしてくるであろうと予測して献策したが、そのことはイザヤには黙っておいた。努力をひけらかすと、天才神話に傷が付く。

「うむ。敵を卑(いや)しむものは味方をも卑しむものだ。敵を侮(あなど)ったそのとき、日之雄は戦争に負けるぞ」

イザヤはそう言って、空を漂う四つの浮遊体を見据(みす)えた。あとであれを曳航(えいこう)し、母港へ持ち帰らねばならない。もちろん、ここに来る途中で機関停止した三隻(せき)の味方飛行艦と一緒に。

「飛廉(ひれん)」はゆっくりと夜空を漂う浮遊体へと近づいていく。落下傘(らっかさん)はすでに全て地上へ降り立ち、空域はかすかに硝煙(しょうえん)が残るのみ。浮遊体同士がぶつかるくらいに近づいてから、水兵たちは敵浮遊体のハーネスへ鉤縄を引っかけ、たぐり寄せていく。空雷を使っていれば浮遊体は砕け散っていたが、炸裂弾(さくれつだん)だけで船体を破壊できたため無傷の浮遊体が手に入った。一年もすればきっと、この浮遊体の直下に最新鋭の船体が吊(つ)り下がっているはず。

四つの敵浮遊体に曳航索(えいこうさく)がかかったのを確認し、イザヤは転舵(てんだ)を令した。

それから恒例の報告を行うため、艦内放送マイクを口に当てる。

「達する。白之宮だ。我々は無事、敵飛行艦隊撃滅に成功した。諸君らの精励に感謝する。見事な働きぶりだった」

　たちまち、いつもの賑やかな歓声が伝声管から返ってくる。イザヤはつづけて、

「今回は特に機関科諸君が頑張ってくれた。長時間の高速運転をつづけられたのは、諸君らが常日頃から真面目に丁寧に機関を点検し整備していたからだ。よくやってくれた。きみたちの実直な働きぶりが国を救ったのだ」

　機関指揮所へ通じる伝声管から、もう一度大きな歓声が返ってきた。いまの言葉に偽りはなく、イザヤは本心から、今日の勝利は機関科のおかげだと感謝している。

「酒保ひらけ。わたしのおごりだ、機関科全員へビールを。今夜は大いに騒いでよろしい」

　今日一番の大歓声が、司令塔内を震わせた。「飛廉」乗員三百四十名の無邪気な喜びが、空域にまであふれるかのよう。

『殿下――っ』『姫さま――っ』『殿下ばんざーい!!』『姫さまばんざ――い!!』

　バカ騒ぎのまま、非番の兵たちは「酒保」と呼ばれる艦内売店へ押し寄せて、酒やつまみを購入し、めいめい勝手なところで飲み食いをはじめる。煤で真っ黒になった機関科員たちも上甲板まであがってくると、星を眺めながら兵科の連中と一緒になってビールを飲み、歌って踊ってイザヤとリオの名前を連呼する。

「おれは殿下のために釜焚くぞ――っ」「おれは姫さまのためにタービン回しま―す」「殿下と

姫さまに褒められたくて生きてま――す」

呑気な叫び声をあげながら、「飛廉」は戦域をあとにして、東を目指して飛行する。

司令塔ではリオが速夫のほうを振り向いて、頼んだ。

「速夫くん、士官室にハイビスカスが生けてあるのね。それ、持ってきてくれない？」

「あ、はいっ」

いきなりそう言われ、速夫は駆け足で昇降口へ飛び込んでいく。

「手向けか？」

「そんな感じ」

リオは悲しそうに口だけで笑んで、イザヤの推測に頷いた。クロトが気に入らなそうに、

「戦場に感傷を持ち込むな。かえって不純だ。自分だけ聖人に見られたいのか」

「ほんっとひどいことばっかり言うよね。わかってるよ、聖人じゃなくて軍人だよ。ただ……敬意だけは、払いたくて」

速夫は二分もかからず司令塔へ戻り、リオへ真っ赤なハイビスカスの花束を手渡す。休みの日、リオが気に入って市場で買ってきたものだ。

「ありがと」

リオはひとり、司令塔から外へ張り出した見張所へ赴いて、花束を夜空へ手向けた。

真っ赤な花弁が空中でほぐれ、星の狭間を泳ぎ抜ける。

赤のハイビスカスの花言葉は「勇気」。リオはリングランド式に額の前で両手を組み、気高く勇敢な異国の戦士たちへ永久の安寧を祈った。

祈りを終えたリオは顔を上げ、イザヤとクロトへむかって、

「あたし、舵やっとくから、ふたりとも休んでおけば？　ずっと寝てないよね」

「まだ平気だ」

「天才に休養は必要ない」

「お願い、少しは休んで。明日からまたなにがあるかわかんないし、二時間仮眠するだけでも全然違うから」

リオは強引にそう言って、渋るふたりを司令塔から追い出した。速夫から見てもイザヤとクロトが三日三晩は不眠不休で働いていることがわかっていたから、休んでくれたことにホッとする。

イザヤが司令官室へ、クロトが士官室へそれぞれ戻ると、司令塔はリオと速夫のふたりきりになった。

速夫はリオから少し離れた司令塔の後方に、黙って突っ立っていた。

リオはなにも言わず、大きな舵輪に両手を置いたまま星空を見つめ、佇んでいる。速夫の位置からは、星空を背景にしてリオが影絵のすがたに見えた。

——なんだか……痛ましい……。

速夫はそんなふうに思ってしまう。一介の水兵が内親王殿下を心配するなど身の程知らずもいいところだが、でも今日一日付きっきりで働いただけで、リオは戦場に不似合いな存在だと理解できた。どう見ても普通の心優しい少女であり、お国のために血を流して戦う軍人にはむいてない。

――このひとを軍艦に乗せるなんて、残酷だ……。

身の丈を超えた思いが、勝手に湧き立ってくる。「飛廉」乗員の全員が気づいていることだがリオとイザヤが軍艦に乗っているのは、国民の戦意高揚のためだ。可憐なお姫さまがふたりも前線で戦っているのだから国民も自らの全てを差し出せ、と喧伝するためにイザヤとリオはここにいる。

きっと日之雄の指導者層にとって、それが必要な措置なのだろう。いまは国家が総力をあげて戦わねば、他国の奴隷にされて財産も人権も奪い取られる残酷な時代だ。八千万の日之雄国民が力を合わせて戦うために仰ぎ見る「偶像」として、イザヤとリオは利用する価値があるのだろう。

なにか釈然としないものが速夫のなかでうごめいていた。

その正体がなんなのか、自分にもわからない。もどかしいなにかが、意識の最奥から湧いてきて収まってくれない。

――なに考えてんだ、おれ……。

おのれを持て余しながら、速夫はリオの斜めうしろに突っ立っていた。

深い静寂のなか、ただリオが舵輪(だりん)を回す音とタービン機関の低い唸(うな)り声が、星の海へ消えていった。ふたりともひとことも発しないまま、黙って七彩の艦首波を見守っていた。


そののち——

リングランド第一空挺(くうてい)旅団の降下を受けて、ジットラ・ラインと対峙(たいじ)していた日之雄陸軍はただひたすら突進することによって危機を乗り越えた。突進は、突進できなくなるまでつづいた。食料は後方に頼らず、ほとんどを現地で調達した。すさまじすぎる日之雄陸軍の勢いに、側背に回ろうとするリングランド空挺旅団員が追いつけなかった。またメリーシャの民が長年の差別的な統治によって反リングランド感情を抱いていたことも空挺旅団員にとって不幸となった。居場所を日之雄軍に通報されたり、現地の義勇軍に捉(とら)えられるケースも相次いで、活動は低調とならざるを得なかった。

年の明けた聖暦一九三九年一月二十五日、シンガポール要塞(ようさい)に日之雄の旗が翻(ひるがえ)った。

メリーシャの民は歓声で日之雄軍の進駐を受け入れ……なかった。

ただリングランドに征服されたときと同じ冷たい目で、新たな支配者の旗が自分たちの国に翻るのを見ていた。

三、鉄底

episode three

青年のころ、歴史とは一部の英雄ではなく、その時代を生きる人間の意志の総体――見えざる「偉大ななにか」が織りなすものだと信じていた。

教科書に載る英雄はその曖昧模糊とした「なにか」の代弁者であり「なにか」が望むことを実行したに過ぎない。英雄の背後にいて彼の行動を支えるのは常に民衆の意志の総体であり、最後は必ず民衆の望んだ方向に社会は形成され、より自由で平等な世界へむかって前進していくのだと。

五十六才になったいま、大公洋艦隊司令官ヴェルナー・W・ノダック大将は自信をもって、青年期の自分へ「それは違う」と告げることができる。

歴史を作っているのは民衆でも見えざる偉大ななにかでもない。

もしかすると過去にはそういう時代があったかもしれないが、現在、民意を無視しておのれの思い通りに世界史を紡いでいるのはガメリア合衆国大統領ウィンベルトという一個人だ。

「なにを焦る必要がある」

ワシントンの海軍省三階から電信で送付された命令書を前にして、ノダックは執務机に両肘をつき、指で疲れた目元を押さえる。

マニラ沖海空戦で陣頭指揮を執ったプリムローズ大将は古今未曾有（ここんみぞう）の大敗北を喫して更迭（こうてつ）された。代わってノダックが大公洋（だいこうよう）艦隊司令官というたいそうな肩書きを手に入れたのが約九か月前。着任以来やっていることは、ウィンベルト大統領とキリング合衆国艦隊司令長官の使い走りだ。ノダックの意志など戦略には関係なく、常に不機嫌な上司と強烈な個性を持つふたりの前線指揮官の板挟みとなって、調整に胃を痛めているくたびれた中間管理職に過ぎない。

いま思えば、プリムローズが自（みずか）ら軍艦に乗り込み指揮を執ったのは、憂さ晴らしだったのかもしれない。戦場に出ればキリングに指図されることなく、おのれの思うままに采配（さいはい）できる。キリングのパシリ、という不名誉な役割ではなく、ガメリア海空戦史に残る名提督として歴史に名を刻むためにプリムローズは前線へ赴（おもむ）いたのではないか。

良くも悪くも昔気質（むかしかたぎ）なプリムローズの気持ちに理解を示しながらも、着任以来ずっとノダックはハワイに留まり、現場の指揮は前線指揮官に委（ゆだ）ねている。飛行機と船舶の進歩に伴い、作戦海域が大公洋全体にまで広がってしまった現代において、司令長官が前線で直接指揮を執るのは時代遅れだと認識しているからだ。自分の役目はあくまで前線とホワイトハウスの調整役、調整のための献策はするが、キリングの意志を戦場へ反映させることが最優先である。

帆船時代の提督は、自ら帆船の後檣（こうしょう）に立って指揮を執ることが栄誉とされた。

現代の提督は、地上のオフィスで胃薬を飲みながら上司と部下のわがままを調整することが職務である。栄誉などなく、求められるのはただパイプ役としての忍耐のみ。

自嘲を送ってから、ノダックは目元から指を離し、窓の外を眺める。

聖暦一九三九年、六月――

ハワイ、真珠湾、ガメリア大公洋艦隊司令本部、艦隊司令官執務室。

常夏の島の陽光のもと、退屈そうに真珠湾に碇泊する海上戦艦群が窓のむこうに居並んでいた。十か月ほど前までその直上には雄壮な飛行戦艦が七隻、セラス効果の七彩を撒いて飛行していたが、いまや影も形もなくなってしまった。

マニラ沖海空戦の手痛い敗北により、大公洋艦隊は現在再建中であるのだ。まだ傷は癒えておらず、艦艇数においても日之雄連合艦隊に劣っているというのに。

『血染めの救世主作戦』

仰々しい作戦名が付けられた命令書をもう一度見やる。

内容は簡潔至極、「ガダルカナル島を奪回せよ」。

半年前、メリー作戦に成功しシンガポール要塞を攻略した日之雄連合艦隊は破竹の勢いで中部太征平洋を席巻、ウィンドリアを支配下に置くとラバウルに大規模な飛行場を設営し、そのままの勢いでソロモン諸島ガダルカナルへ上陸、新たな飛行場の建設に入った。

ガダルカナルに大規模な敵基地が作られたなら、ハワイとコーストダリアの連絡が絶たれてしまう。このままではコーストダリアが日之雄に占領されかねない。孤立したコーストダリアを救うため、大公洋艦隊は総力をあげて、ガダルカナル島を奪回せよ――。

そういう命令なのだが。

「日之雄の国力でコーストダリアを占領できるわけがない」

ノダックはひとり吐き捨てる。広大なコーストダリアを支配下に収め維持するには少なくとも十二個師団と百万トンの輸送船が必要となる。鄯大陸の占領地維持だけで汲々としている日之雄に、そんな余裕があるはずがないのに。

「なぜ、いまなのだ。あともう一年、我慢できない理由はなんだ」

嘆きが止まらない。ほんの一年待てば現在本国の造船所で建造中の軍艦が就航し、物量で連合艦隊を圧倒できるのに。両軍の戦力が拮抗しているいまガ島を攻撃したなら、両軍ともに血で血を洗う攻防になる。なにを焦ってわざわざ「いま」連合艦隊と戦う必要があるのか、ノダックには全く理解できない。

いや、本当は理解している。

——ウィンベルト大統領は、支持率低下を嫌っているのだ……。

開戦から一年が経ち、ガメリアはいまだめざましい戦勝を得られていない。鳴り物入りではじまった大規模公共事業政策の失敗も明らかで、有権者はウィンベルトへの失望を隠せない。そろそろ大きな戦勝報告をあげなければ議会で弾劾決議される危険もある。

そして大統領の意志の軍事的実行者であるキリング提督もまた、我慢の限界に達してしまった。

元々キリングは日之雄人が大嫌いだ。昔、航海の途中に立ち寄った横浜(よこはま)でスリに財布を奪われて以来、目の敵(かたき)のように日之雄人を憎んでいる。この一年、その日之雄人から殴られっぱなしで愉快な気分でいるはずもなく、ノダックはすでに九か月間に三度もサンフランシスコへ呼びつけられ、あの陰気で執念深い老人からネチネチした細かい質問を受けねばならなかった。

——キリング提督は一刻も早く現状を打開したいと焦っている……。

ノダックには痛切にそれが感じられる。頑固で偏屈で他人の意見を聞かないキリングには軍内部に敵が山ほどおり、寝首を掻(か)かれることが怖いのだ。

——だから「いま」はじめる必要のない作戦が、はじまってしまう……。

くだらない、とノダックは内心でも溜息(ためいき)をつく。

合理的に考えたなら、いまは日之雄に好きにやらせておけばいいのだ。戦争開始一年目はボクシングでいうなら第一ラウンド、こちらはガードを固めて敵の出方を見ていれば良い。二年目、第二ラウンドはジャブとフットワークを駆使して相手を疲れさせ、体力差が如実に表れる第三、第四ラウンドで本気の攻勢をかけてノックアウト、さらに馬乗りになって二度と立ち上がれないようぼこぼこに殴る。なにしろこれはボクシングであれば試合自体が成り立たない、ヘビー級とフライ級の勝負だから。体重五十キログラムの人間がどれだけ良いストレートを放っても、九十キログラム超の大男は傷つきはすれど倒れることはあり得ない。時間さえかければ、十倍以上の国力を持つガメリアが必ず勝てるというのに。

——なぜ、まだ敵が元気の良い二ラウンド目に大攻勢をかける必要がある？

それをやれば、こちらも不必要なダメージを受けるというのに。

——哀れなのは、現場で死ぬガメリア兵士だ……。

愛国心に駆られ戦場に赴いた若者の血が、富と権力に取り憑かれた老人の都合で流れてしまう。その不条理がノダックの内面に重くのしかかる。しかし中間管理職の自分にできるのは、せめて最小限の犠牲で命令を遂行できるよう知恵を絞ることのみ。

ノダックは万年筆を手に、意見書を作成しはじめた。

恐らくキリングに良い顔はされないし、いつものように大きな「×」がついた電信が返ってくるだけかもしれない。だがキリングが日之雄人を心底から嫌い、絶滅すら望んでいることを逆手にとって、うまく文言を操ったなら、不可能に思えるこの献策も、鶴の一声で実行に移されるかもしれない。その際は百を超える関係部署を動かして膨大なペーパーワークが必要になるだろうが、大公洋艦隊はソロモンにおいて確実に連合艦隊を圧倒できる。

キリング提督は偏屈な頑固者だが、愚か者ではない。彼の冷酷な知性に、ノダックは一点の光明を見出す。

二時間かかって意見書を作成し、直属の前線指揮官ふたりを長官室に呼びつけて感想を求めた。鉄棒みたいにのっぺりした感情の見えないひとりと、ブルドッグみたいに皺ばんで不機嫌そうな顔つきのもうひとりはゆっくりとノダックの意見書に目を通し、執務机へ戻した。

「……承認されれば、この作戦による被害は半減することでしょう」

鉄棒がつまらなそうに告げた。

「ソロモン海が猿の溺死体で埋まりますな」

上司の前で葉巻を吸いながら、ブルドッグが答えた。

いつも意見が相反し、陰日向でいがみあっているふたりが珍しくそろって賛同を示した。つまりはいけるということだ。

「実に頼もしい。上奏しよう」

ノダックは静かに頷いて、意見書をワシントンの海軍省三階、合衆国艦隊司令本部にいるキリングへ電信で送った。

翌日、大きな「◎」が描かれた返信が、ワシントンからハワイへ届いた。

†　†　†

南半球の星空に、奇妙なかたちをした帆船が群れなして飛んでいた。

船体の長さは二・五〜五メートルほど、ひとが乗り込むようなスペースはなく、船体直下にはいずれも地面へむかって旗竿が突き立てられ、アルミニウムの帆がかけられていた。

帆掛け舟を上下逆さまにひっくり返した形状の、無人小型飛行艇だ。桟橋と飛行艦艇の間を行き来するときに使う内火艇と違って、この小型飛行艇にはエンジンがない。ただアルミニウムの薄い帆に風を受けて、ゆらゆらと空中を漂っている。

おとぎ話の光景だった。

浮遊石というものは、浮遊圏という不可視の海面に浮かぶ軽石のようなもの。空飛ぶ小さな帆掛け舟たちは地上にむかって突き出した銀色の帆に夜風を受けて、セラス粒子の海を漂いながら虹色の航跡を思い思い、星空へ描く。

帆船の船体部に使っている大小の浮遊石は、十か月前のマニラ沖海空戦の際、「井吹」の空雷によって破壊された敵浮遊体の欠片だ。星空に浮遊しながら、風の吹くまま流れていく二十六隻の小型飛行帆船の様子を見やり、黒之クロトは呟いた。

「悪くない」

その傍ら、平田平祐水兵長も飛行帆船の艦尾に繋いでいる複数のロープを手に持ったまま、

「工作班が一生懸命作ってくれました」

「うむ。もう少し帆に風を受ける工夫が欲しいな。できるだけ迅速に艦から離れたほうが効果が出る」

「了解しました。伝えておきます」

ふたりはいま、「飛廉」浮遊体の直上に立って、浮遊圏を漂う小型飛行帆船の様子を見ていた。周囲でも水兵たちがクロトの実験に付き合って、ひとりあたり四、五本のロープを手にし

て小型帆船を見守っている。

「こんなもんがほんとに役に立ちますか」

クロトの右隣に突っ立つ鬼束兵曹長が遠慮なくぼやく。

「チャフはもう通用しない。ガ軍は必ず対応策を練ってくる。ならばこちらも新兵器を用意せねばならん。悲しいことに自腹でな」

クロトは吐き捨ててから、小型飛行帆船の回収を命じた。兵員たちはロープを引っ張ってちりぢりになっていた帆船を浮遊体の直上までたぐり寄せると、帆を畳み、工作班が浮遊体の上部に設置した繋留具に繋ぎ止める。

「新兵器として海空軍技術廠で研究するよう意見書をあげたのだが、老人どもは動かぬ。自分で作って実戦で効果を証明するしかない。だから貴様ら、おれの名声のために必死で働け」

告げると、鬼束は小型帆船をたぐり寄せ、大柄な身体に似合わない器用な手つきで帆を畳みながら、

「これが成功した暁には、白之宮殿下のビキニ写真も是非」

クロトはまじまじと鬼束を眺め、

「欲望に際限がないな」

「マニラでの海水浴の際、黒之閣下は我らの忠誠と引き替えに、両殿下のビキニ写真を確約したはず。手に入ったのは風之宮殿下のみ。半分しか約束を守っていないわけですから、我らの

忠誠心も半分です」

「半分の忠誠心と充分のそれはどう違う」

「半分の忠誠心ですと、危急の際、平気で閣下を見捨てて逃げます」

「最低だな貴様！」

「ですから、命が惜しければ白之宮(しろのみや)殿下の水着写真を」

「脅しか貴様！」

「申し訳ない。なにしろ忠誠心が半分なもので。両殿下の水着写真をそろえて早く充分になりたいと、わたしも願っております」

めちゃくちゃな鬼束(おにつか)の屁理屈(へりくつ)を、クロトはぐぬぬ、と歯がみしながら受け入れる。こいつらの扱いは面倒くさいが、手足のように使役(しえき)するにはある程度、望みを叶えてやる必要はある。

「……確約はできんが検討しよう。励めよ」

浮遊体の上に並んだ水兵たちが「はっ！」「ビキニのためなら！」と返答するのを背中で受け取り、クロトは斜めに張られた縄ばしごを使って上甲板(かんぱん)へ降り立った。

聖暦一九三九年、六月十日、ニューギニア島、ウィルヘルム基地——

マクラフリン提督を打ち破ったメリー侵攻作戦からおよそ半年が経っていた。

あれから日之雄軍は破竹の勢いでスマトラ島、ジャワ島を攻略、二か月前にここニューギニア島へ上陸し瞬く間に東岸のラエ飛行場を占拠。現在はニューギニア島の中央を走るオーエンスタンレー山脈を挟んで、ポートモレスビーのコーストダリア軍と対峙している。

連合艦隊は海上艦隊の拠点をトラック島におき、敵の出方を窺っている。そしてイザヤ率いる第二空雷艦隊はウィルヘルム山中腹に仮設された飛行艦隊の発着基地にここ二週間ほど碇泊中。急ごしらえの基地ではあるが、埠頭に船体を横付けしてクレーンで荷降ろしや積み込みができるし、航空基地のあるラエにも近い。地元の商人も集まってくるので日常生活に不便はなく、問題は退屈だけだった。

「飛廉」はメリー作戦以降、大規模な海空戦に参加することなく、もっぱら輸送船の護衛任務に明け暮れていた。何度か行われた上陸作戦に参加もできず、リングランド海上艦隊やコーストダリア海軍との海戦にも参加していない。命令されるのは哨戒や護衛といった地味な役回りばかりで、だからクロトはこうして新兵器を勝手に開発などして、司令本部に有能さをアピールしようとしているわけだが。

「本部から完全に嫌われまくっている。なにをアピールしようが無駄だ」

「飛廉」司令塔に戻ったクロトを出迎えたのは、イザヤのそんな諦観だった。

クロトは不機嫌さを口元にたたえて、

「全くもって嘆かわしい。どいつもこいつも保身と責任回避しか考えない小役人ばかりだ。これでガメリアが本気で攻勢をかけてきたらとても持ちこたえられんぞ」

「大公洋艦隊が出てきたら、さすがに我々も呼ばれる……と信じてはいるが。司令長官がいくら我らを嫌っていても、艦隊決戦に連れて行かないということはなかろうよ。たぶん」

クロトを諫めながら、イザヤも常になく、言葉に司令本部への不満の色があった。

半年前、メリー作戦終了後。

馬場原司令長官は第二空雷艦隊の行動を咎めることはしなかったが、褒めることもしなかった。日之雄陸軍から第二空雷艦隊へ感謝状が贈られたことに関しても特に言及しないまま、その後は一方的にイザヤたちを作戦から外して後方勤務を押しつけてくる。やりくちが完全に、気に入らない部下を左遷するときの前振りだった。このまま馬場原司令長官がその椅子に座りつづけたら遠からず海軍省への根回しが完了し、イザヤもクロトも酷寒の僻地で事務仕事にいそしむことになるだろう。

溜息混じりに、イザヤがこぼす。

「いまのところ、我々がいなくても連戦連勝だからな。やはり飛行艦隊は不必要、という声が日に日に大きくなっている。閑職に回されるのも仕方ない」

「海上艦隊が連勝しているのはコーストダリア海軍相手の話だ。大公洋艦隊が出てきたらこうはいかんぞ。いますぐに連合艦隊司令長官をおれに代われ。でなければ国が滅びる」

クロトの声音に冗談を言っている気配はなく、本気だった。

「……焦っても仕方ない。出番は必ず来る。それまでは訓練の日々だ」

自分を励ますようにそう言って、リオの意見も聞こうと傍らを見る。

誰もいない。いつも司令塔にいる速夫とミュウのすがたもない。

そういえば。

「リオ、出張だったな。ラエで広報部の取材とか」

「ふむ。全く興味がない」

「ミュウと会々三水が同行している。そういえばそうだった……」

イザヤの言葉尻が、変な消えかたをした。

クロトとイザヤは夜の司令塔でふたりきり、並んで突っ立ったまま南国の星空を見る。

「飛廉」は浮標に舳先を繋いで碇泊しており、機関も停止しているから、言葉が途切れると静寂がやけに深くなる。

いつも休むことなく司令塔にいて、傍らには常にリオかミュウか速夫がいたから、ふたりきりになるということはここ半年間ずっとなかった。

いまこうして久しぶりにクロトとふたりだけで並んで立つと、マニラでの懇親会のとき、特務士官ユーリ・ハートフィールド少尉に言われた言葉が耳の奥に舞い戻ってしまう。

『黒之少佐が日之雄に戻ったのは、カイル氏から白之宮殿下を守るためなのですね』

思い出しただけで、イザヤの鼓動が速くなる。

そんなわけがあるか、と否定するが、しかし状況からいって、そうでないとも言い切れないような。

——ガメリアであれだけ裕福だったのに、なぜ日之雄に戻って軍人になる必要がある？

——クロトの戦う動機がわからない……。

尊大と傲慢と傍若無人を擬人化したようなクロトが軍隊という階級社会に自ら入り、上官の命令に従うしかない生活に耐えているのは、なぜだ。

軍艦での生活は、辛いことのほうが多い。

むさくるしい男にまみれて毎日訓練に明け暮れ、食事はいつもおにぎりと腐りかけた野菜の味噌汁、ろくに眠らず働いて、戦場に出たなら愚かな命令に従って死なねばならない。毎日著名人とパーティーに明け暮れ、それが義務であるかのように贅沢をするフォール街の投資家生活に比べたら天国と地獄の差だ。一生遊んで暮らせる道を捨て、地獄の前線で戦う道を選んだ理由は？

イザヤはふと、クロトが「井吹」に着任した十一か月前のことを思い出した。

あの日、クロトが日之雄に戻った理由をいぶかしんだイザヤは、ミュウと一緒にクロトの敏感肌を弄び、口を割らせることに成功した。あのとき、クロトはこう言ったのだ。

『世の中には、おれの常識では測れない人種もいることをガメリアで知った。おれが日之雄に戻ったのは、その男と戦うためだ』

『おのれの意志ひとつで大国間を戦争に巻き込み、敵味方数百万の将兵が死のうと意にも介さず、馬鹿げた願いを追い求める怪物がガメリアにいる……おれは全ての能力を懸けてこの怪物を止めると誓った。だからここにいる。それ以外に目的はない』

怪物の名は、カイル・マクヴィル。

このときクロトは「馬鹿げた願い」について内容を語らずにいたが、先日の懇親会でのユーリの話によると、カイルが大統領になろうとしているのはイザヤを自分のものにするためであるという。

それは、もしや……。

——わたしのため……？

話を総合すると、そういうことになるのではないか。

——確認しておくべきではないのか？

もしそうなら、クロトを止めねばならない。

カイルが本当にイザヤを狙っているとしても、自分の身は自分で守る。

誰かに守ってもらうなんて、まっぴらごめんだ。

なにより、クロトにはもっと自由に生きてほしいし、戦いなどで死んでほしくない。

——クロトには有意義に自分の人生を生きるために。

——だからもしわたしを守るためにここにいるなら、追い出さねば。

——でもそんなこと尋ねられない……。

そんなことを尋ねたらクロトとの現在の関係を壊してしまうことになるし、艦隊司令官とその作戦参謀として、お互いの個人的感情について踏み込んだ議論になってしまうのもなんだか不適切というか不穏当というか……。

「なにをごにょごにょ言っておるのだ貴様」

いきなりクロトのぶっきらぼうな声が傍らから降ってきて、イザヤはびくりと顔を上げる。

しばらく呆けたようにクロトの横顔を眺め、我に返って、

「……ごにょごにょ言っていたか？」

自覚がないが。

「腐った水がどうだの、身を守るにはどうだの、わけのわからんことを呟いておった」

クロトは気持ち悪そうに横目でイザヤを眺める。

イザヤは心中に冷や汗をかく。知らなかったが、どうやら自分にはモノローグを小声で呟くクセがあるらしい。恐ろしいクセだ、直さなければそのうち割腹ものの恥をかく。

イザヤは顔を前方へ戻し、毅然とした口調で、

「……このところ次の作戦のことで頭がいっぱいでな。知らず呟いていたらしい。やはり疲れているのかな」

ごまかすと、クロトはやや不審そうにイザヤへ一瞥をくれてから、目線を前へ戻した。

「妙な女だ」

「……うるさい。お前に言われたくない」

静けさが戻ってくる。イザヤの鼓動が、またしても速まる。なぜ速くなるのか、自分でもよくわからない。自分の鼓動が自分に聞こえるくらいに、やたら大きく響いている。

——なにを考えているのだ、アホか、くだらないことを。

——わたしは艦隊司令官だぞ。個人的事情なんぞにかまけている場合か。

おのれを叱りつけ、理性と知性を駆り立てて、暴走気味の思考にあてがう。

深呼吸を一度して、冷静さを取り戻し、改めてもう一度問題点を俯瞰する。

つまりは……クロトがなぜわざわざ帰国して軍人になったのか、その動機を検証したほうが良いということだ。もしも万が一本当に、個人的感情を動因にしているのならば、本人のためにもここから追い出したほうがいい。

——うん。自分の身は自分で守るし。

しかし詰問しようが拷問しようがクロトが簡単に本心を吐くわけがない。質問の仕方を考えて、遠回りしながらクロトの本当の目的に迫っていくのがこの場合最善であろう。

イザヤは自然に振る舞うべく、無表情の仮面をかぶり、傍らを見て事務的な感じで、

「そういえば！」

やや声が大きくなってしまった。クロトは若干のけぞって、

「どうした、発作か」

「い、いや、そういえば。ハートフィールド少尉からそののち連絡は」

ユーリの現状を問うてみる。

む？　とクロトは怪訝そうな顔をしてから、思い出したように、

「あのゲス女か。先月、特務の九村から連絡があった。無事にガメリアへ入国したそうだ」

「そうか。首尾は上々だな。ガメリア本国へ潜入工作員を送り込むとは、特務もなかなかやるではないか」

「潜入できたのは上々だが。問題はこのあとだ。あのなにを考えているのかわからん女が命令通りに動くといいがな」

ユーリとのやりとりを思い出したのか、クロトは気に入らなそうに吐き捨てた。

「日之雄移民の強制収容によって、陸海軍がガメリア本国に築き上げていた諜報網は壊滅したと聞く。今後ハートフィールド少尉の役割は重要なものになるだろう。なにしろガメリア本国でなにが起きているのか見聞できる、唯一の日之雄人なのだから」

あの可憐で耳年増な少女の肩に、重すぎるものがのしかかっていることをイザヤは理解している。年端もいかない十代の少女がたったひとり、敵地で潜入工作活動を繰り広げなければならないのだ。

だがクロトは手厳しい。性格に多少おかしなところがあっても、許容したい気持ちになる。

「敵国へ入って二重スパイ化する工作員は珍しくない。あのゲス女の父親はガメリアの送り込んだ残置諜報員だが、九村からカネを積まれて二重スパイ化したらしい」

残置諜報員とは、味方が全員いなくなったあとも敵国に留まって諜報活動をつづけるスパイのことだ。圧倒的な愛国心がなければできない仕事であり、また敵に見破られて二重スパイ化しやすいという欠点もある。

「カネで母国を裏切る父親の娘だ。信用するのは危険が大きい。ユーリからもたらされる情報には、常に精査が必要となる」

「慎重さは必要だろうが、ハートフィールド少尉の人間性を信じたい。やる気は……あるようだったし」

イザヤの言葉尻が、自然にしぼんだ。ユーリが去り際に放ったひとことが、脳裏に舞い戻ってきてしまっていた。

『これよりニューヨークへ潜入し、この命にかけて憎きカイル・マクヴィルを地獄の底へ蹴落としてまいります。おふたかたの未来のために』

動機が不純すぎる。正直、理解が及ばない。というか本気でそんな理由でカイル・マクヴィルと戦うつもりなら、戦わなくていい気がする。情報収集だけで充分では。

イザヤは少しだけ踏み込んだ質問をクロトへ発した。

「……ハートフィールド少尉は、フォール街で投資活動を行うつもりなのか？」

尋ねると、クロトは「うぬ」と一瞬なにかを言いよどみ、しかし再び不機嫌そうな口調で、

「……背後でタクトを振るうのはおれだ。あの女はおれの手先として、おれのメッセージをクロノスの元メンバーに伝えれば良い」

「……そうか。……それは……」

カイル氏を止めるために?

と言葉をつづけようとして、その言葉が出てこなかった。

聞いてはいけない気がした。理由はよくわからない。

「……大変だな」

そんな言葉で語尾を濁した。これ以上踏み込んだ質問をすることが、なにか怖い。

ふたり並んで突っ立ったまま、ぎこちない時間が流れた。司令塔にはいつも通り明かりがないため、星明かりだけが照明だ。暗がりだから互いの表情も見えないが、雰囲気がいつもより明らかにぎくしゃくしている。

——なにか、ダメだ、これ。

——良くない。うん。良くないぞ。

——艦隊司令と作戦参謀が、アホなことで円滑なコミュニケーションを欠いてどうする。

——国のためだ。我々は国のために戦っているんだ。それでいいじゃないか、うん。

強引におのれを納得させて、イザヤは顔を上げる。

「これからの戦争の鍵を握るのは情報の精度だ。ハートフィールド少尉の頑張り如何では本当に、一個艦隊級の戦果もあり得る。彼女の安全を祈ろう」

話を打ち切るようにそう言うと、例によってクロトは気に入らなそうに顔を背け、

「潜入工作員には現場監督がおらんからな。おれたちにできるのはあのゲス女が寄越す情報を受け取り、真偽を見定めることだけだ。あの女の言うことを軍指導部がどれほど真面目に受け取るか、そういう問題も今後出てくるであろう……」

予言するようにそう呟いた。イザヤはなんとなく、いま異国の空でたったひとり、孤独な諜報活動をつづけるユーリを哀れにも思った。日之雄に生まれ、外見がガメリア人であるというだけでスパイとして育てられたユーリ。さぞや選択肢のない、過酷な人生を送ってきたことだろう。これからの潜入工作活動も苦難が予想されるが、せめて彼女の仕事がうまくいくよう、イザヤは南洋の空からニューヨークへ、遠い祈りを送ることしかできなかった。

†　†　†

生まれてこのかた、こんなに自由を感じたことはない。

生きてて良かった、最高に楽しい、なんなら面倒なことなど全部捨てて、このままニューヨーカーになっちゃっても良いのではなかろうか。

にこにこしながら、ユーリ・ハートフィールドは自信にあふれた足取りでブロード・ウェイを歩き抜けていく。

天空を切り刻む摩天楼の狭間、七月の青空。

都会の汚れた青空が、ユーリは決して嫌いではない。

せかせかと早足に行き交うスーツの男性たち。流行の赤いハイヒールを履き、胸元のあいた花柄のワンピースを着て、横並びで談笑しながら通り過ぎる金髪の婦人たち。通りを埋め尽くす自動車、信号を無視して好き勝手に道路を横断する大人と子ども、鳴り止まないクラクションと罵声、路上にうずくまった有色人種の物乞い。彼方の戦争など知らん顔で、世界情勢の震源地マンハッタンは今日も明るい混沌に包まれている。

「全然おっけー」

そんな独り言を呟いて、ユーリは最近お気に入りの露店でソフトクリームを買い求め、ぺろぺろしながら雑踏を歩く。

ウエストのきゅっと締まったチェックのブラウスにフレアスカート、足下は流行のハイヒール。白いサマーベレー帽を少し斜めにかぶり、夏の日差しを金髪の先に散らして歩くと、ニューヨーカーたちが口笛を鳴らし通り過ぎる。

日之雄にいたころは、道を歩くと奇異な目で見られていた。買い物の際に日之雄語を喋っただけで店のものから「毛唐のスパイ」呼ばわりされたこともある。しかし二か月前に潜入したガメリアでは、道を歩いても誰にも怪しまれない。どころか一日四、五回はナンパされる。いまはニューヨークの街歩きが楽しくて、自分から率先してアパートを飛び出し、機密費でショッピングを楽しむ毎日だ。

入国するまでは苦労した。怪しまれないようたっぷり三か月かけて上海(シャンハイ)からカブール、イスタンブール、ローマを経由してマドリードへ入り、潜水艦でレキシオ湾に送られ、洋上で待機していた工作船と合流、五月、レキシオ国境からガメリアへ入った。

ガメリアへ入ってからはひとりきりの活動となり、これ幸いと思い切り羽を伸ばしている。できればずっとこうしてここで遊んでいたいが、あまりに成果がない場合、機密費を打ち切られてしまう危険がある。それは困るので仕事もある程度は真面目(まじめ)にこなさねば。というわけでユーリはいま、ターゲットへ最初の罠(わな)を仕掛けるためにロウアー・イーストサイドを目指している。

ほどなく、とある集合住宅(テネメント)前へ到着。

港湾労働者が多く住まうこの地区によくある縦に細長いアパートメントだ。隣の建物と隙間(すきま)なく密着していて、建物の前面に張り出し階段が据(す)えてある。三年前、この一棟まるごとが少年投資家、黒之(くろの)クロトの仕事場だった。現在は三階だけを、投資家集団「クロノス」の元メンバー二名が事務所として使っていて、今日はここで彼らの講演会が行われる予定。

三階の受付でそこそこ高い受講料を払って、なかへ。

かつてクロトが働いていたときのまま保存してあるという事務所内は、ティッカー・マシンがカタカタと音を立てながらパンチング・テープを吐き出す、昔ながらの投資家の職場の風景だった。

先客は十数名、椅子に座ったり壁に寄りかかったり地面に直接座り込んだり、思い思いに講演開始を待っていた。全員、投資家とおぼしいひとたちだ。身なりを見るにそれほど稼いでいるわけでもなく、なにかのヒントを求めてかつての「東洋の魔術師」黒之クロトの伝説を聞こうとここを訪れた様子。

ほどなくふたりの青年が大きな黒板の前に立って、挨拶をした。

ひとりは地味なスーツに身を包んだ、少しやさぐれた青年だった。彼はＪＪと自らを名乗ると、伝説の投資家集団「クロノス」の会員番号一番であったことを明かした。

「フォール街を揺るがしたあのソーンダーク事件により、クロノスが消滅してもう三年近くになります。今日はクロノスの栄光と失敗の顚末をみなさんにお聞かせし、今後の投資活動の参考にしてもらえればと」

やや自嘲的な口調でそう挨拶するＪＪの傍ら、ぴしりとした七三分けに銀縁眼鏡、知的で清潔で少しばかり貧相な青年が言葉を添えた。

「クロノス会員番号七番、トムスポン・キャリバンです。お集まりいただきありがとう。月に一回この講演会をひらくのは、あの事件を風化させないことと、あとはお恥ずかしながら、我々の資金集めのためです」

　言葉と裏腹に明るい口調でぶっちゃけると、聴衆から笑い声があがった。

「みなさんご存じのように、クロノスはフォール街の歴史に残る大惨敗を喫して消滅しました。いまはぼくとＪＪが、クロノスの名前を残して活動するのみです。負けっ放しで終わるのは悔しいですし、投資の世界でも最後は正しいものが勝つのだと証明したい。現在のカイル氏が象だとすると我々はカエル程度ですが、いつかもう一度、彼に勝負を挑みたいと考えています。二時間後、みなさんが我々の経験を吸収してこの事務所を出たあとも、我々クロノスの活動を応援してくださることを願っています」

　それからトムスポンはクロノスの成り立ちから消滅まで、クロトとカイルのふたりを中心にして講話をはじめた。

　十一才で投資家生活をはじめたクロトがわずか五年でフォール街の頂点近くまで上り詰めた顚末、その相棒にして稀代の相場師カイル・マクヴィルのメソッド、そしてカイルの裏切りによりクロノスが壊滅へ追い込まれたソーンダーク事件……。トムスポンの語り口は極力感情を排した客観的なもので、カイルの人間性を罵倒したりは一切なく、ただひたすらカイルとクロトの対照的なメソッドについて淡々と解説するものだった。

　一時間ほどで講話は終わり、あとは聴衆との質疑応答だった。

　ほとんどの参加者たちが、いまやフォール街の伝説となっている「黒之クロトの錬金術」の詳細について知りたがった。それに関しては、ＪＪがやや誇張した態度で「物理学を応用したオプション価格最適化方程式を開発し運用していた」等々、真偽の怪しい与太話を吹き込んでいた。その傍ら、トムスポンはぴたりと口を閉ざして、ＪＪの話にただ頷きを返すだけ。

ユーリはすぐに理解する。

――ふたりはクロトを伝説化して、日銭を稼いでいる……。

クロトとクロノスの名前にすがっていないと、投資家として生活できないほどふたりは追い詰められているのだ。恐らくはソーンダーク事件の借金を背負い込んでいるのだろう。自己破産して逃げればいいはずだが、それをやればもうフォール街で投資活動を行うことは不可能となる。ふたりは借金を背負い込んでもなお、いつかカイルと戦うためにこんなしょぼい講演会でわずかな収入を得ながら、見果てぬ夢へむかって頑張っているわけだ。

ユーリの瞳がきらりと輝く。

――そういう気持ち、付け込みやすいからステキ。

そんなことを考えながら、ユーリはひとことも質問を発することなく、ノートにメモを取りながら、ただ静かにトムスポンの話を聞いていた。時折、何度か目が合うのを感じたが、ユーリは微笑みもせず、鉛筆を走らせるのみ。

「ではみなさん、今日はご足労いただきありがとうございました。みなさんが今後もぼくたちの活動を応援していただけると、とてもありがたく、うれしく思います」

開始から二時間半ほどで、トムスポンのそんな言葉と共に、講演はおひらきとなった。聴衆たちは三々五々と事務所をあとにし、何名かがまだ残ってJJやトムスポンに個人的な質問を重ねていた。

ユーリは結局、ひとことも発することなく事務所をあとにして、通りへ戻った。あてどなく帰路を辿りながら、今日の収穫を思う。

——かかった。

それを確信する。途中何度か合ったトムスポンの目線が徐々に、変化していくのを感じ取った。去り際にちらりと走らせた目線も無事、トムスポンの目線と衝突した。釣り針はすでに引っ掛かっている、今日はこれで充分だ。

講演会は月に一度開催される。来月また、同じように出向けばいい。再来月も、その先も根気よく何度も通えばいつか必ず、トムスポンが声をかけてくる。懐へ飛び込むのはそのときだ。対人諜報の基本は、相手から接近させること。

ユーリはなんだかうきうきしてくる。

元々、スパイなんてなりたくなかった。でもこれ以外に選択肢もなかったから父親に言われるまま仕方なく、大野学校に入学してスパイになった。はじめは大したモチベーションも抱けなかったけれど。

——この仕事、面白いかも。

うるさい上司はここにはいないし、なにをやるのもさぼるのも自分次第。なにより機密費がたくさんもらえて領収書も切らずに使い放題、あぁ、スパイ最高。

それにイザヤとカイルとクロト、戦う王女と次期ガメリア大統領候補と元王族の天才参謀が織りなす地球スケールの三角関係に自分がくちばしを突っ込めるのがとても楽しい。この手でカイルをやっつけて、結ばれたイザヤとクロトが涙を流してあたしに感謝するところを想像するだけでにまにまできる。

――待っててね。イザヤ。クロト。あたしがこの手で、カイルを成敗してあげるから。

独りよがりな正義感を勝手に抱いて、摩天楼に切り刻まれた空を見上げ――

突然、不吉な音調が舞い降りてきた。

高層建築群が呼応するように、ガラス窓をびりびりと震わせる。

なにかが空からやってくる。

道行くひとたちも足を止め、一斉に手のひらでひさしを作って空を見上げる。

巨大な影が、狭い空を横切った。まるきり空飛ぶ鯨の下腹だ。その物体を確認したニューヨーカーたちが歓声をあげ、指笛を鳴らす。

「飛行戦艦！」「でかいぞ、名前なんだっけ!?」「『ヴェノメナ』だ、大征洋艦隊の新鋭艦じゃないか！」

空を航過していくのは間違いなく飛行戦艦だった。

マニラ沖海空戦で大公洋艦隊の飛行戦艦六隻は全滅した。だが欧州戦線に回された大征洋艦隊にはまだ飛行戦艦が健在だ。そのうちの一隻、飛行戦艦「ヴェノメナ」が舳先を西へむけて、ニューヨーク上空を通り過ぎていく。

「『ヴェノメナ』がなぜ……？」

ユーリはぽつりと呟いて、そういえば今日は七月四日、ガメリアの独立記念日だったと思い至る。偉大なガメリア合衆国の誕生日を記念して、ニューヨーク上空を遊覧飛行、というわけだろうか。

考えるうちに、狭い空のむこうへ「ヴェノメナ」は消えていく。市民たちは戦艦が見えなくなってもなお、その航跡へ歓声を送り、独立記念日を口々に祝う。

だがユーリには、いまのがただの記念飛行には思えない。

飛行に伴う船体の動きや懸吊索の軋みかたが、燃料と爆弾、爆薬を満載している状態のそれだった。たかが記念飛行に、手間のかかる荷物の積み込みを行うわけがない。戦地へ赴くからこそ燃料と爆薬を船体いっぱいに詰め込んでいたのではないか。

もしかすると。

——目的地は、大公洋……？

そう推測する。まさかガメリア本土に日之雄の諜報員が紛れ込んでいるとは夢にも思わず、大征洋から大公洋へ赴くついでに独立記念日を祝おうと茶目っ気を出し、ニューヨーク上空を飛んだのではないか。

海上艦であれば、大征洋から大公洋に赴くにはパナマ運河を通らねばならず、運河の幅の関係上、船幅は三十二メートル以下に制限される。戦艦「長門」の船幅が三十五メートルだから、「長門」級戦艦は南米大陸最南端、ホーン岬を回らねばならず、非常な遠回りを余儀なくされることになる。

だが飛行艦はパナマ運河を通らずとも、ガメリア本土上空を横断し、ロッキー山脈の南端を抜ければ大征洋から大公洋へ出られる。「長門」級戦艦「ヴェノメナ」でも、簡単にふたつの大洋を行き来できるわけだ。

西を見やるユーリの表情が、やや険しくなった。

現在、大公洋戦線においては日之雄もガメリアも飛行戦艦を保有していない。健在な飛行艦隊は事実上、イザヤが統率する日之雄第二空雷艦隊のみ。だから制空に関しては日之雄が有利な状況なのだが、ここに飛行戦艦「ヴェノメナ」が割り込んでくるとパワーバランスは一気に崩れる。なにしろ現在、世界最強の兵器は飛行戦艦であり、飛行戦艦を墜とせるのは飛行戦艦だけだから。

つまり……「ヴェノメナ」の目的地が大公洋であった場合、日之雄は大変まずいことになる。

――本部へ連絡しなきゃ……。

「ヴェノメナ」が単に周遊でニューヨークを訪れた可能性も否定できないが、万が一のために海軍省人事局三課、いわゆる特務機関本部へ告げ知らせたほうが良さそうだ。

だが日之雄への連絡は簡単ではない。ニューヨークから電信など打てばたちまちガメリア防諜機関に捕捉され、潜入工作員の存在がバレる。安全に連絡するためにはレキシオ国境まで赴いて、鉄条網の敷かれた国境を突破、レキシオ湾に浮かんだ工作船に拾ってもらい、そこからマドリードの連絡所へ暗号電信を放つしかない。コストがかかるし、手間暇かかるし、なにより命がけだ。

——見なかったことにしようかな……。

そんなことも、ユーリは真剣に考える。なにしろ潜入工作員の行動は、本国にいる九村をはじめとした上司には見えない。ニューヨークで自由気ままに振る舞って、時折工作船に出向いて申し訳程度に報告をあげ、機密費を受け取って遊んで暮らすことだって可能なのだ。

——うん。絶対に「ヴェノメナ」が大公洋へ行くって決まったわけじゃないし。

——それに連絡したって、本部が真に受けるかわかんないし。

一介の工作員の報告を連合艦隊司令本部が真に受けて、真剣に対策を練るかというと、至極怪しいような。まともに取り合ってもらえない報告のためにわざわざレキシオまで赴くのも骨折り損というか、リスクのほうが高いというか、冒険してまでやる意味がないというか。

——やらなくてもいいよねー……。

そんなことを思い、空を見上げる。

もし「ヴェノメナ」が大公洋戦線に現れて、連合艦隊へ空中から猛射を浴びせたなら、勝てるものは誰もいない。連合艦隊の運命はそこで決し、大公洋艦隊は日之雄近海まで赴いて罪もない女、子ども、老人の頭上に爆弾の雨を降らせるだろう。

万が一そうなったとしても。

――あたしには関係ないし……。

――せっかくの自由だし。危ないこと、したくないし……。

そんなことを思いながら、ユーリは長い間、ニューヨークの汚れた夏空を見上げていた。

日之雄とガメリア。

ふたつの祖国を持つユーリは、どちらの国もそこそこ好きだ。国籍などに縛られることなくみんなが自由に生きられたらいいのにと思う。しかし強者が弱者を踏みつけて正義を自称する世界情勢はそんな呑気な希望など受け付けてくれず、面倒で厄介で命に関わる問題を押しつけてくる。

「仲良くすればいいのに。めんどくさいなー、ったく……」

愚痴をこぼし、目線を前に戻して、ユーリは七月のニューヨークを歩いていった。

✝✝✝

聖暦一九三九年、七月二十四日、ニューギニア島、ウィルヘルム基地——

『「飛廉」艦上で会いたし』と五日前に電信連絡が入り、クロトは怪訝に思いながらも来訪を了承、いま、意外な人物を「飛廉」艦橋の士官室へ招き入れていた。

「突然申し訳ありません。この知らせだけは是が非でも、白之宮准将と黒之少佐の耳に直接入れたいと思い、来てしまいました」

いつものスーツ姿に快活そうな笑顔、しかし瞳の奥にただならぬ冷気を宿して、日之雄 諜報員のリーダー格、九村二郎特務大尉は士官室の肘掛け椅子に背筋を伸ばして腰掛け、速夫の淹れた茶を口に運んだ。

同席したイザヤが世間話からはじめる。

「トラックに『大和』『武蔵』が入ったとか。もうご覧になられましたか?」

「ええ、まさに海上要塞の威容です。『長門』『陸奥』が小さく見えました。ですが船員の慣熟にあと二か月はかかりそうで。乗り物は立派でも、乗っているのは新米水兵ですから」

連合艦隊が待望していた二隻の超大型戦艦がついに先月竣工し、ここウィルヘルム基地でもその噂で持ちきりだった。慣熟訓練も兼ねてトラックまで来たようだが、戦線に投入されるのはもう少しかかるらしい。

イザヤはトラックの連合艦隊の様子を知りたがったが、せっかちなクロトが話を急かす。

「それで、なにをしに来た」

「失礼、ではさっそく。……過ぎる七月十一日、マドリードの日之雄大使館にレキシオ工作船からの暗号電信が入りました。発信者はユーリ・ハートフィールド。内容は、七月四日、ニューヨーク上空を飛行戦艦『ヴェノメナ』が西を目指し航過した、というものです」

九村はひといきに言い放ち、クロトとイザヤの反応を窺う。

ふたりとも、一瞬にして表情が変わった。クロトは興奮の赤、イザヤは驚愕の青。

「どうだ。おれが予言していた通りだ」

クロトはイザヤを見て、口調に興奮をにじませる。イザヤは表情を強ばらせ、士官室のスチール机へ視線を落とす。

「……大征洋艦隊から飛行戦艦を呼び寄せたか。電信内容が本当だとすると、連合艦隊は大変まずいことになる」

ふたりの反応を目の前で確認し、九村も大きく頷く。

「おふたかたとも、この情報は信憑性が高いと見ますか？」

その質問に、クロトがぎらりと視線をたぎらせ、

「真実だ。なぜなら、おれがその事態を遙か以前に予言していたからな」

傲慢極まりない根拠を口にして、いつものようにふんぞり返り、

「キリングならそういうことをやってくる。なにしろやつは合衆国艦隊司令長官、つまり大公

洋艦隊と大征洋艦隊を両方自在に指揮できる。キリングが『飛行戦艦が足りない』と言えば即座に一隻、大征洋から大公洋へ派遣できるのだ。いま、このタイミングで飛行戦艦を大公洋へ派遣したとすれば、近いうちに大攻勢がはじまるぞ。九村、よくぞ知らせてくれた。だがなぜ司令本部ではなく貴様個人がそれを知らせに？」

ひといきに言い放ち、返答を待たずして、九村がなぜひとりでここに来たのか、その原因までも看破する。

「そうか、連合艦隊司令本部のお歴々が情報を真に受けなかったのだな？　独立記念日に合わせた遊覧飛行だ、だの、戦艦が西へ飛んだというだけで目的地が大公洋と決まったわけではない、だの、二重スパイかもわからん女の報告など信じられるか、だの、くだらん理由で報告を握りつぶした。そうだな？」

九村が苦笑いをたたえ、なにごとか言おうとした機先を制して、クロトはひとりでまくしたてる。

「情報は精選して真偽を見定め、生かさねば意味がないのだ。よくおれに知らせてくれた九村、おれならば聞く耳を持つと信じてここまで来たのだな、さすがおれが認めた男だ、その判断だけで貴様は国を救ったぞ」

凄絶に笑むクロトを片手で制し、イザヤは九村に確認する。

「連合艦隊は、ハートフィールド少尉の報告を受けながら、聞き流したと？」

「……はい。信憑性に乏しい、との理由で」

九村の表情に苦渋がにじむ。日之雄軍にはスパイ活動を卑しむ風潮があり「そんなものに頼らずとも実力で勝てる」と言い切る将校が少なくない。せっかくユーリが命がけで伝えた情報なのに、誰にも届かず握りつぶされるなんて間違っている。そう思うから九村はわざわざここまで足を運んで、聞く耳を持っていそうなイザヤとクロトに伝えたわけだ。

クロトは九村へ告げる。

「信憑性は高い。飛行戦艦『ヴェノメナ』が、ニューヨーク上空を東から西へ航過した。ユーリが伝えたのはその一点のみ。ウソをつくメリットがヤツにない。しかもそれを伝えるためだけに危険を冒してレキシオ国境の荒れ地を踏破し、工作船に乗り込んだ。簡単な道のりではない。つまりはユーリ自身が、この情報の重みをよく理解しているということだ」

言い切って、口の端を吊り上げる。

「さすがは貴様が見込んだ人材だ、九村。ゲスな女だと思ったが、能力はなるほどそれなりらしい。たとえ『ヴェノメナ』が大公洋にいないとしても、備える理由ができただけで充分。大征洋艦隊から飛行戦艦が派遣される可能性があるならば、それなりの準備をして迎撃できる」

その言葉に、イザヤも大きく頷く。

「馬場原司令長官に意見書を出そう。ハートフィールド少尉の報告を考慮する必要がある。もし『ヴェノメナ』が出てきたら、『長門』『陸奥』では敵わないのだから」

九村はすっかり安堵し、感激さえした様子で、背もたれに深く身を預ける。

「……来た甲斐がありました。ユーリも喜ぶでしょう。彼女のことだからニューヨークで遊び呆けるかと心配しましたが、存外にまともに仕事しています」

「これから遊び呆けるかもしれんぞ。ただでさえ誘惑の多い街だ」

「それも考慮にいれています。こちらで手綱が取れないほうが、ガメリアの防諜機関も動きを摑みにくいはず。根は真面目で父親思いの娘だから心配いりませんよ」

日之雄に残った父親が人質となって、ユーリの裏切りを抑制する、と九村は睨んでいるようだ。手綱が取れないほうが機密が保たれる、というのは日之雄国内に内通者が存在すると見込んでいるのか。特務機関員の特殊性を肌で感じながら、イザヤは腰を上げる。

「失礼、さっそく仕事にかかります。事態は急を要するかと。司令本部はガメリアの本格攻勢を来年と予想していますが、意外に早いかもしれません」

「感謝します、白之宮司令。ご武運を」

九村は紳士的な態度で早々に腰を上げると、ふたりに礼を告げて、当直兵に連れられて舷門に待つ内火艇へと乗り込んでいった。

イザヤとクロトはふたり連れだって司令塔へ戻りながら、言葉を交わす。

「……本当に大征洋から飛行戦艦が来たな。貴様の予言どおりになりそうだ」

「だが馬場原が真に受けるかが問題だ。真に受けなかった場合……連合艦隊はまずいことになるぞ」

不吉なことも予言して、クロトは急ぎ足で司令塔へ戻った。ソロモン諸島周辺の作戦図を睨んで、ガダルカナルに建設中の飛行場へ目を落とす。

「おれがキリングなら、ここを狙う。だが時期はいまではない。普通に考えれば攻勢をかけるのは戦力が整う来年のはずだが……」

キリング提督個人の思考であれば、だいたいは想像できる。だがキリングの上司であるウィンベルト大統領と、直属の部下であるノダック大公洋艦隊司令官の思惑がキリングの決断にどう影響を与えるか、それを読むのが難しい。さらにいうなら、穏健で確実性に富むノダックの考えをどこまで頭が切れて気性の激しいキリングが採用するのか、読めない。

——キリングは傲慢で陰険で白人至上主義者だが、愚か者ではない。

——だからこそ、ノダックと組んだときが厄介だ……。

キリングとは対照的に、大公洋艦隊の指揮を執るノダック提督は常に冷静で長期的戦略眼に長けた紳士的な提督であるという。日之雄人に対する差別意識は持たず、三十年前、日之雄海海戦に勝利した東原提督を敬愛しており、連合艦隊の練度の高さを警戒し、しきりに大公洋艦隊へ敵を侮らないよう警告を発しているらしい。

クロトにとっては、ノダックの存在が厄介だった。

敵の強さを認めて称賛するからこそ、強い敵に勝つためにあらゆる努力を厭わない。ただでさえ戦力に勝るガメリア軍をこういう提督が統率すると、つけいる隙（すき）がなくなってしまう。

──それに比べて馬場原（ばばはら）は……。

また溜息（ためいき）が深くなる。ユーリが決死の思いで届けた情報を握りつぶし、「敵が出てくるのは来年だ」と決めつけて、「長門（ながと）」艦橋で楽団付きの豪華なディナーを楽しんでいる。これで戦いに勝てるのか。

だが嘆いていてもはじまらない。

せめて第二空雷艦隊だけでも、飛行戦艦が出てきた場合を想定し、戦う準備をしておかねば。

推定される敵戦力とこちらの戦力が、ソロモン海域で激突するさまをクロトはおのれの脳裏に思い描く。

決戦はソロモン海域、ガダルカナル島近辺で生起するだろう。大小の島嶼（とうしょ）が散在する狭い海域で、大型艦を中心とした海上艦隊が砲雷戦を開始したならどうなるか。さらにそこへ敵飛行戦艦が来た場合、第二空雷艦隊はどう対処すべきか。

熟考したのち、クロトはイザヤへ顔をむけた。

「衝角攻撃（ラムアタック）を船員に体得させろ」

その献策に、イザヤの表情が若干強（じゃっかんこわ）ばる。もともと「飛廉（ひれん）」は衝角攻撃をするために生まれた軍艦であり、専用の自爆機構を持ってはいるが。

「例によって山賀（やまが）博士の妄想だぞ。帆船ならともかく、現代艦艇で衝角攻撃など不可能だ」

帆船時代、衝角と呼ばれる突起を舳先につけて、敵帆船の舷側に体当たりし破壊する戦法があった。火砲の発達に伴って廃れていき、ここ三十年ほど衝角攻撃が成功した戦例は存在しない。しかしクロトはいま真剣にそんなことを告げてくる。

「海上艦では難しかろう。だが飛行艦であれば、当日の天候と敵の観測能力次第で成功する」

クロトは真顔でそう告げて、ソロモン海域で想定される天候と戦況を説明し、そのなかで「飛廉」と第二空雷艦隊の果たすべき役割を訥々と説く。

イザヤは考え込む。本当にそれをやるなら、最後の最後だ。絶体絶命にまで追い詰められたなら、最後の手段としてはアリかもしれない。

「……訓練に組み込もう。衝角攻撃による犠牲者が出ないことが前提だ」

「うむ。自爆攻撃ではあるが、船乗りを死なせる必要はない。あくまで勝って生き残るためにやるのだ」

クロトの言葉に、イザヤは口元を緩め、からかってみる。

「大事な仲間たちだからな」

クロトは口元を歪め、けっ、と吐き捨て、

「……勘違いするな。実戦経験のある船乗りは貴重な手駒だ。ここぞというときに喜んで死なせるためにいまは生かしておく。おれの意図はそれだけだ」

感情のないその言葉を、イザヤは鼻で笑って払い落とす。本当に素直じゃない。

「ともかく、衝角攻撃訓練は実施しよう。本当に近日中の大攻勢があるのかわからんが、やっておいて損はなかろう」

「……うむ。むこうの戦力が整っていない現時点で来てくれれば日之雄にとってはむしろありがたい。いまなら大公洋艦隊を打ち破ることも可能だ」

「ともかく何事が起ころうと対処できるように備えておこう。艦隊決戦が起こるとして、我々が呼ばれるかもわからん状況ではあるが……」

イザヤは窓の外へ目を移した。翳りはじめたニューギニアの空はイザヤの気持ちを映したように、嵐の前兆をたたえていた。

†　†　†

よりによって雨の日に来るとは。

いや、あえて雨を選んでやって来たのではないか。

万が一そうだとすれば、これほど危険なことはない。

連合艦隊司令本部付き戦術参謀、鹿狩瀬隆人中佐はそんな予感を抱いたまま、連合艦隊旗艦「長門」艦橋作戦室に他の参謀と共に居並んでいた。

雨飛沫が激しく艦橋の防弾ガラスを叩いている。厚い装甲に覆われたこの場所へも、風の轟きが聞こえてくる。

ガメリア大公洋艦隊、ガダルカナル島に来襲。ガメリア第一海兵団、同島上陸。日之雄守備隊は全滅、できたばかりのガダルカナル飛行場は敵手に落ちる——。

そんな緊急電がトラック島に碇泊していた連合艦隊司令本部に入ったのが五時間前。

いま「長門」をはじめとする第三主力艦隊全二十九隻は二十八ノットの高速で、一路ソロモン海を目指し進撃していた。

聖暦一九三九年、八月七日、午後十一時——。

幕僚たちはずっとソロモン海域の作戦図を前にして、ああでもない、こうでもない、と敵味方のマーカーを移動させて机上演習に明け暮れている。

推定されるガメリア大公洋第三艦隊の戦力は、海上戦艦十、空母三、巡洋艦多数、駆逐艦多数。飛行艦なし。

対する連合艦隊第三艦隊は、海上戦艦六、空母二、重巡四、軽巡一、駆逐艦十二。さらに後方から超巨大戦艦「大和」「武蔵」が四隻の駆逐艦に護衛されて航行しているが、こちらは兵員が船体に慣熟していないため、あくまで後詰め。いわゆる「補欠」の位置づけである。

ついに海上艦隊同士の決戦だ、ということで、居並ぶ幕僚たちの顔つきも自信と興奮で赤らんでいる。まさかソロモン海域で艦隊決戦が起こるとは開戦前は考えていなかったため、いま大慌てで各々が知恵を絞って戦術を検討しているところだ。

決戦予定海域到着は三十五時間後、八月九日午前六時ごろと目される。

それまでになんとしてでも必勝の戦術を構想しようと、エリートたちは日頃の取り澄ました態度もどこへやら、互いに口角泡を飛ばして意見をぶつけあっている。

鹿狩瀬（かがせ）はしかし激論の輪に加わることなく、ただおのれの意見を馬場原（ばばはら）司令長官へぶつけるタイミングを推し量っていた。

細かい戦術など、机上でいくら構想しようが意味がない。ソロモン海のような狭い海域で大型艦と小型艦が入り乱れて戦闘がはじまれば必然的に乱戦となり、結局は各艦長の裁量で行動せざるを得ないのだから、議論する意味さえない。

鹿狩瀬は黙って議論の成り行きを見守る。

ともかく開幕初頭に水雷戦隊が遠距離雷撃を放って肉薄、戦艦戦隊は最大射程で砲撃、徐々に距離を縮めつつ敵火力を漸減（ぜんげん）していく……などと教科書的なところへ話が落ち着いたところで、馬場原司令長官がにこやかに言った。

「見方によれば朗報だよ。よくいま出てきてくれた。戦力はほぼ互角、正面からやりあえば我々が後れを取ることはまずあり得ない」

落ち着いた言葉に、幕僚たちも笑い声を返す。馬場原は満足げに、

「機関を改装しておいて良かった。『長門』『陸奥（むつ）』が二十八ノット出せれば問題ない。戦場に着きさえすれば我々の勝ちだ。呑気（のんき）なむこうさんとは練度が違う」

雰囲気がやや和んだ。司令長官の機嫌も良い。いましかない。

鹿狩瀬は意を決して、問いかけた。

「飛行戦艦『ヴェノメナ』が随伴している危険があります。まずは哨戒機で広域哨戒を行い、飛行戦艦の不在を確かめてからソロモン海へ突入すべきです」

その言葉に幕僚たちが「またか」と苦笑を返す。馬場原の代わりに老山先任参謀が答えた。

「女スパイの世迷い言を信じて、我々は突入を先延ばしにするのかね。『ヴェノメナ』がいたなら墜とせば良い、それだけの話だ」

「正面から飛行戦艦と砲撃戦を挑むのは味方の損害を増やすだけです。万が一『ヴェノメナ』が存在していたなら、夜を待ち、第二空雷艦隊に相手を任せなければ」

真剣な鹿狩瀬の言葉に、幕僚たちは顔を見合わせ、皺を深める。

古柳参謀長がイライラしながら、

「たかが一隻の飛行戦艦をそれほど恐れねばならんのかね。『ヴェノメナ』の主砲は四十センチ、『長門』『陸奥』も四十センチ、口径は同じで練度は我らが遙かに高く、砲撃戦になれば一隻対二隻、数に優るこちらが勝てる」

演習において、海上戦艦は幾度も飛行戦艦に対して勝利を収めている。もちろん実弾ではなく外筒砲射撃という特殊な演習方式での勝利であるが、練度が充分に高ければ多少の不利は覆して、数に勝る海上艦が勝利することもある。

だが鹿狩瀬は言う。

「雲が出ています。雲に隠れられたなら、レーダー照準システムを持つ敵は一方的に我々を砲撃できる。マニラ沖で我々は雲に視界を遮られて痛い目に遭ったはず。ここでまた同じ過ちを繰り返すのですか」

執拗(しつよう)な追及に、老山がついに声を荒らげた。

「いまさら不利な条件を繰り返してなんになる！　レーダーはないが、こちらにはレーダー以上の視力を持つ見張員(みはりいん)がいる！　万が一にも敵に後れを取ることはない！」

言葉通り、これまで何度か日之雄(ひのお)の見張員は敵レーダーより早く敵影を看破(かんぱ)する神業を示しているが、それでも雲が相手ではどうしようもない。鹿狩瀬は辟易(へきえき)としながらも、言葉を継ぐ。

「せめて第二空雷艦隊に出撃命令を。彼らが空から援護することで、我々は遙かに有利に海戦を進められます」

第二空雷艦隊、という名前を聞いただけで、馬場原、老山、古柳の表情に一斉に嫌悪感が表れる。メリー作戦時の独断専行に対する妬(ねた)みが解けていない。どころか彼ら三人は、イザヤとクロト、リオを更迭(こうてつ)すべく軍令部と海軍省に働きかけさえ行っている。この決戦にイザヤたちを呼んで功績をあげられてしまったら、せっかくの工作が無駄になる。

「呼べばまた勝手なことをしでかして、作戦をめちゃくちゃにしてしまう。ソロモンは王女さまの遊び場ではない、国家千年の命運を懸けた戦場なのだ。それに彼らには陸戦隊の護送という重大な任務がある。艦隊決戦も大事だが、上陸支援も同程度に重要なのだ。よって、決戦に参加させる必要はない」

有無をいわせぬ古柳の言葉に、鹿狩瀬は言葉を呑み込むしかない。

今回の作戦において第二空雷艦隊に与えられた役割は、艦隊決戦に連合艦隊が勝利を収めたのちソロモン海へ突入、ガ島へ陸戦隊を上陸させる支援任務だ。重要な役割なのは間違いないが、その役目ではせっかくの飛行戦力が艦隊決戦に参加できない。

「今回の決戦は海上戦艦同士の砲撃戦だ。飛行駆逐艦の主砲では、敵戦艦の装甲を貫けん。それに飛行艦はいずれ消えゆく兵科だよ。目立ちすぎるし、すぐ墜ちる。両殿下は国民の士気を高めてくれればそれでいい。戦争は我々専門家が行うべきだ、違うかね？」

老山参謀の言葉は、イザヤが戦争の専門家ではないと断じるものだった。

――白之宮殿下に二度も救われておきながら……。

マニラ沖海空戦とメリー侵攻作戦。両作戦とも失敗寸前だったところを、イザヤの知勇に救われたのだ。しかしここにいる幕僚たちは、それが面白くない。若者に手柄を横取りされることを恐れている。だからいかに功績のあるイザヤでも、後方へ回される。

――これでは戦争に勝てない……。

鹿狩瀬の胸中が絶望に塗りつぶされる。ただでさえ国力に劣っているのに、連合艦隊の中枢に居座っているのは出世と保身にしか興味のない官僚軍人たち。いったいここにいる誰が真剣に、国家千年を思って戦っているのだ。いったい誰がいま生きる国民のために、これからを生きる子や孫のために戦っているというのだ。

心中に血を流しながら、鹿狩瀬は言葉を呑むしかない。届かないとわかっている言葉を紡ぐほど、幕僚たちの目は冷ややかさを増していく。鹿狩瀬にとって、敵はガメリア艦隊ではなくここに居並ぶ幕僚たちだった。

希望はひとつ。

——この連中の言うことなど聞くな、白之宮殿下、黒之少佐。

——きみたちならきっと、どれほど問題を抱えようが正しい道を選ぶと信じる。

——この戦争に勝ち、生き残るための道を……。

自分にそれができないことを歯がゆく思いながら、鹿狩瀬は遠いニューギニア島、ウィルヘルム基地にいるであろうイザヤとクロトへ希望を託した。もう緊急電は入っているだろう。陸戦隊の護送任務についても言い渡されたはず。与えられた命令に対しイザヤとクロトがどう反応するか、日之雄の未来はその一事にかかっていると鹿狩瀬は思う……。

†††

「案の定、呼ばれなかったな」

いつものように「飛廉」司令塔に佇んで、クロトはぼそりと左側へ告げた。

「来るな、というなら従うしかない。陸戦隊の上陸支援も重要な任務だ、つつがなく完遂させねば」

軍人として正しい返事をするものの、イザヤの口調にも不満は隠せない。

「でもどうせクロちゃん、また無茶するんでしょ」

クロトの右側で舵輪を握って、「飛廉」艦長リオが当たり前のようにそんなことを言う。

クロトはふんぞり返り、

「無茶ではない。勇気をもって正しい行動を選択したなら命令違反だった、それだけだ」

「そうだねー。成功しちゃってるからOKだよ」

「失敗していたら軍事法廷ものだぞ。今回はおとなしくしておこう、また無茶をすれば今度こそ更迭される」

言い捨てて、イザヤは周辺空域を見やる。

八月八日、午後二時、珊瑚海。

太陽は見えない。「飛廉」の八百メートルほど上空、高度二千メートルのところに広い乱層雲が立ちこめ、雨のために視程が悪い。

高度千二百メートルを飛行する第二空雷艦隊全六隻の直下、海原では四隻の輸送船と六隻の護衛艦が約二十ノットで「之字運動」といわれるジグザグの航跡を曳いている。二千名の陸戦隊員と物資を積んだ輸送船団の上空を飛行艦隊が直接掩護、いわゆる「直掩（ちょくえん）」をしているわけだが。

「腹が立つほど足が遅い」

「仕方ないだろ。我々と違って、海上艦は潜水艦を警戒せねばならん」

現在、海上艦にとって最も恐るべきは戦艦でも空母でもなく潜水艦だった。ほとんどの海上艦艇は水中探信儀（ソナー）を装備していないため、潜水艦が見えない。潜水艦からすれば撃って逃げればいいだけなので、狙いたい放題に狙うことができる。輸送船団にできることはジグザグに航路を変えながら航行し、狙われにくくすることだけだ。必然的に、目的地への到着は遅くなる。

「機雷と潜水艦を恐れずに済むのは、飛行艦のいいところだな。空からなら潜水艦の潜望鏡も見つけやすいし」

「うむ。だがイライラする。護衛任務はつまらん。せっかくの雨だというのに決戦に呼ばない理由はなんだ」

「お前の態度が悪いから余計な軋轢（あつれき）を生んでこうなる。今後はおとなしくすることを覚えろ。悪天候時に飛行艦隊を呼ばない件に関しては同意するが……」

イザヤも思わずクロトに同意してしまう。

飛行機は、悪天候時は飛べない。

だが飛行艦は天候に関係なく飛べる。なんなら雷雲のなかへ突っ込んでも、雲中を突破することが可能だ。

ソロモン海は今後しばらく雨の予報だから、敵味方双方ともに哨戒(しょうかい)機を飛ばすことができない。だが飛行艦は雨など気にせず決戦空域を飛行して、高所から戦場を一望できる。恐らくは狭い海域での乱戦になるであろう今回の戦いにおいて、敵味方の位置どりを俯瞰(ふかん)できるメリットを生かさないのは、司令本部の失策だとイザヤは思う。

「でも必要なときは行っちゃうんだよね」

リオがからかうようにそう言って、クロトは不敵な笑みをたたえて頷(うなず)き、イザヤは軽い溜息(ためいき)を返す。

予定では、日之雄(ひのお)第三主力艦隊がソロモン海域へ到着するのは翌朝、午前六時頃。

そのころ、第二空雷艦隊はガ島の西、約四百三十キロメートル離れた海上にいるはず。

輸送船団の船足を考慮すれば、イザヤたちがガ島へ到着するのは決戦開始から十二時間後、午後六時ごろとなる。それからは戦況次第、連合艦隊が大公洋(だいこうよう)艦隊を壊滅(かいめつ)させていれば上陸を決行、逆ならば退散するしかない。どちらにしても、決戦に間に合わないことは確実だ。

「今回、我らは上陸支援に専念する。それでいいな？」

イザヤは確認するようにクロトの横顔を見る。クロトは相変わらず不敵な笑みをたたえたまま返事しない。

「返事しろ」

「ふっふっふ」

「返事をしろと言っている。……全く。また胃が痛くなってきた……」

イザヤは困り顔で、防弾ガラスのむこうを見やる。

雨脚が強くなっていく。

このままだとやはりソロモン決戦は、雨中の戦いになりそうだ……。

†††

薄墨色(うすずみ)をした雨のとばりの彼方(かなた)、水平線のむこうにマストが見えた。

日の出前、紫ばんだ黎明(れいめい)の空を背景にして、二本、三本、四本――瞬(また)く間に新たなマストが生えていく。

見張員(みはりいん)の緊迫した声が、戦艦「長門(ながと)」艦橋に響いた。

『右二十度、敵艦隊!!』

羅針(らしん)艦橋に居合わせた幕僚たちに緊張が走る。

馬場原(ばばはら)司令長官は懐中時計で時刻を確認。

午前五時五十五分。日の出まで三十分少々。

現在地、北をフロリダ諸島、南をガダルカナル島に挟まれた、幅三十五キロメートルほどのインディスペンサブル海峡入り口付近。大航海時代、この海峡を発見した帆船名にちなんだ長い海峡名は、訳すと「不可避海峡」。日ガ決戦の舞台としてよくできた名前だと馬場原は感じ入る。

予想を覆すことなどなにもなく、予定通りの海域で予定通りに会敵できた。ならばこのまま予定通り、この海域で敵を一艦残さず撃滅するまで。

「戦闘旗、掲揚！」

古柳参謀長が厳格な口調で後部信号所の伝声管へ伝えると「長門」後檣に戦闘旗が翻った。後続する五隻の戦艦も次々に、国旗の四隅に赤い斜線を意匠した戦闘旗を翻す。

「歴史的瞬間だね」

馬場原司令長官はそう呟いて、にわかに緊張感を増していく艦内の様子を伝声管越しに感じ取る。これから三十三年前の日之雄海海戦と同じ、いやあれ以上の大戦果をこの狭い海峡であげることになる。今後末永く歴史の教科書に記載され、舞台や映画で繰り返し上演されることになるであろう歴史の転換点、その中心に自分がいることに満足を覚える。

『距離、三万五千！　針路二百九十度、速力三十ノット！　敵水雷戦隊と目されます！』

敵もまた先鋒は水雷戦隊らしい。雨に邪魔されて目視は難しいが、見張員の双眼鏡は確実に敵影を捉えている。

こちらも同じく、先頭を切って疾駆するのは水雷戦隊、軽巡「阿武隈」を旗艦とする駆逐艦十二隻。一週間が八日ある猛訓練で磨いてきた水雷戦術をようやく発揮できるとあって勇み立っている。

敵水雷戦隊との距離、二万八千で「阿武隈」は左十度に転舵、突進してくる敵へ対し斜行しつつ脇腹を見せる。後続する駆逐艦も逐次回頭で「阿武隈」の航跡をなぞり、十三隻が緊密な単縦陣を形成したところで一斉に水雷発射管が圧縮空気を吐き出した。

『水雷戦隊、雷撃！』

見張員の興奮した声が伝声管を震わせる。二万八千メートルもの大遠距離から放たれた日之雄海軍の秘密兵器「九三式酸素魚雷」が航跡も残さず敵艦目がけて疾駆する。

「この遠距離から雷撃が来るとは思うまい」

馬場原は笑む。ガ軍の魚雷の有効射程は雷速五十ノットで四千メートル、対してこちらは同じ速度で二万メートル、雷速三十六ノットに落とせば四万メートルを駛走する。さらにこちらには次発装填装置があり、一度の出撃で二度の雷撃が可能だ。この条件で雷撃戦に負けるわけがない。

弾着まで二十分少々。

戦艦戦隊もそろそろ長距離砲戦に備えたほうが良さそうだ。

「右砲戦、反航！　頼むぞ砲術科、全ての訓練はこのときのため！」

「長門」艦長、篠田大佐が射撃指揮所へ通じる伝声管を摑んで怒鳴った。短い兵で三年、長い兵では十数年、数百回、数千回も繰り返した砲撃訓練は、このただ一度の決戦のために。おお、と雄壮な返答が伝声管から返り、弾庫の主計科員が六式徹甲榴弾を砲側へ揚弾する。

西を目指す大公洋艦隊と東を目指す連合艦隊、すれ違いながらの砲戦になりそうだ。「不可避海峡」が狭いため、かなり近距離の撃ち合いになる。

馬場原たちのいる羅針艦橋は上から見るとドーナツ状であり、穴にあたる部分には「方位盤」と呼ばれる円筒形の砲撃指揮装置が入っている。これが音を立てて回転しながら敵艦を指向し、上部にある測距儀で距離、速力、針路、風向きなどを千分の一単位で計測、集めたデータは主砲発令所へ送られ、射撃盤と呼ばれるアナログコンピュータが一～四番主砲塔の旋回角、俯仰角をそれぞれ個別に決定する。

「取舵十五度、島影を背負え！　レーダーを撹乱するんだ！」

篠田大佐がつづけて操舵室へ怒鳴る。大艦の舵の利きは遅い。令してから二分ほどもかかってようやくのっそりと「長門」は左へわずかに舳先を切る。こうしておけば敵艦から照射されるレーダー波は島影に反射するため「長門」の艦影を捉えられない。海峡の狭さが、連合艦隊の優位を誘う。

『水雷弾着まで十五分!!』

先ほど水雷戦隊が放った水雷の行方を追いながら、計測員が叫ぶ。「阿武隈」を先頭とする水雷戦隊は水雷科員の懸命の作業によりすでに次発装塡を終え、再びのっそりした挙動で艦首を大公洋艦隊へむけようとしている。

『水雷戦隊、突撃!!』

見張員の声が響き、艦内から「行けぇっ」「頑張れーっ」と応援の声が迸る。必中の距離へ肉薄し、我が身と引き替えに敵艦と刺し違えるのが水雷戦隊の本領。白昼堂々、敵艦列へ突撃していく水雷戦隊の雄壮な背中が、戦艦戦隊の勇気を掻き立てる。

『撃ち方、用意!』

砲術長の声と同時に「長門」艦内に長いブザー音が放ち出された。耳を聾する甲高い警告音は、まもなく砲撃がはじまることを告げている。見やれば全ての主砲塔が旋回を完了し、右斜め前方へむけた砲身は仰角二十七度で静止していた。主砲発令所から砲側へ送られた発射諸元の調定が完了したのだ。逃げ遅れたなら発射に伴う爆風で肉体は木っ端みじんに吹っ飛ばされるため、上甲板にいた全ての兵員はブザーと同時に昇降口へ飛び込んで、蓋を閉める。

馬場原は垂下式十四センチ双眼鏡へ目を当てた。

右斜め前方、約二万四千メートル彼方、敵水雷戦隊の艦影。まだ後続の戦艦は見えない。ならば戦艦の巨砲で一方的に小艦を叩くまで。

「逃げんでくれよ」

砲の届く距離にまで敵が来れば、必ず勝てる。それが馬場原の信念だ。なぜならこちらの秘密兵器は酸素魚雷だけではないから。

刹那、発射ブザーが鳴り止んだ。

『撃ち方、はじめ！』

砲術長の号令と同時に、不可避海峡が炎に埋まった。

一万の稲妻が一度に落ちたかのような。

「長門」の巨体が、後続の「陸奥」が、後方につづく戦艦「伊勢」「日向」「扶桑」「山城」が、自らの砲撃に伴う衝撃により、海面を蹴立てて後ずさりする。

砲煙が艦列を包み込む。海原が皺ばみ、白濁する。

重量一トンの徹甲弾はマッハ二・八、音速の三倍近い速度で雨のとばりを引き裂いて、燃えながら飛ぶ。

計六隻の戦艦による一斉砲撃、悪魔の鉤爪さながら数十条の火線が敵水雷戦隊艦列を目指し雨を引き裂く。

羅針艦橋に居並ぶ幕僚たちは、焼けただれた火線を祈るように見送って――

二十秒経過、三十秒経過――

砲術長の傍ら、計測員が叫ぶ。

「用意、弾着！」

同時に、彼方の敵水雷戦隊の周囲へ、巨大な水柱が屹立する。

一本あたり直径八十メートル、高さ百五十メートルに及ぶ大水柱は、水兵たちの猛訓練の精華を誇るかのように、敵艦列を完全に包み込んでいた。

『夾叉ぁっ!!』

感極まった見張員の叫びが伝声管を震わせ、船内から兵科、機関科兵たちの雄叫びが返る。

最初の斉射で夾叉した。きっと敵艦隊は震え上がっているに違いない。さらに連合艦隊の秘密兵器が、敵艦隊の喫水線下へ襲いかかる。

崩れ落ちる水柱から少し遅れて――

いきなり敵二番艦、フレッチャー級駆逐艦の舷側から大音響と共に、新たな大水柱が芽吹いた。

艦影が船体よりも大きな水柱に飲み込まれる。すさまじい水飛沫のただなか、黒い影がふたつにぽきりと折れるのが見えた。敵艦はなにが起きたかわからないだろう。「長門」が放った砲弾は六十メートルほど手前に落ちて水柱をあげたのに、数秒後、いきなり喫水線下を破壊されている――。

連合艦隊だけが秘密を知っている。これは雷撃ではない。一度海中へ落ちた砲弾がそのまま水中を走り、喫水線下を破壊したのだ。

「やった!!」「この長距離で初弾が当たったった、いけるぞっ!!」

普段は取り澄ました幕僚たちが、エリート然とした仮面を脱ぎ捨て快哉をあげる。

六式徹甲榴弾。

酸素魚雷に匹敵する連合艦隊の秘密兵器。

砲弾の軸線と海面の角度が四度以上であれば、海面へ落ちた砲弾は水中を八十メートルほど突っ走って敵艦の喫水線下を破壊、さらには〇・八秒で遅動信管を作動させ、敵艦を内部から爆砕する。

水柱が収まったそのとき、フレッチャー級駆逐艦の艦影もまた水飛沫のうちに消えていた。わずか一発で船体をふたつにへし折られ轟沈したのだ。敵水雷戦隊の動揺は、手に取るように見て取れる。

「いけるぞ、砲術科、どんどん撃て!!」「敵はビビってる、逃げる前に叩きのめせ!!」

弾着の水柱を観測し、発射諸元に修正を加えて、各砲塔が微妙に旋回角、砲身の俯仰角を調整する。

『水雷弾着まで一分!』

計測員の叫び。こうなってくると。

「戦艦相手に水雷を取っておくべきだったかな」

馬場原がそんなことを呟く。敵水雷戦隊は砲雷戦でたたきのめせる。問題はあとから来る戦艦だ。

熟練の「長門」砲術科はわずか三十九秒で新たな六式徹甲榴弾を装塡すると、敵水雷戦隊へ矢継ぎ早の猛射を仕掛ける。

敵艦列が再び十数本の大水柱に包み込まれる。敵の狼狽が見て取れるかのよう。雨と水飛沫が敵水雷戦隊を分厚い銀色の幔幕に包み込み、なにも見えなくなったとき。

『五、四、三、二……弾着！』

水雷計測員の高い声と共に、銀の幔幕のうちに炎が芽吹いた。

『命中多数!!』

前檣見張員の叫び声に、再び船内から歓声が返る。当たったのが砲弾なのか水雷なのかは判別不能。だがともかく敵艦に当たっているのだからそれでいい。

『一番、三番、轟沈確実!!　四番、五番、大破!!』

威勢のいい報告が伝声管を震わせるたび、羅針艦橋の幕僚たちはますます表情に自信をみなぎらせる。

「見たか、やはり敵は大したことないぞ」「戦艦はまだ見えないのか、小さい敵を叩いても自慢にならん、大きいのを沈めねば」

意気揚々とそんな言葉を交わしながら双眼鏡を覗き込み、さらなる敵影を探し求める。

しかし砲雷撃によってますます水蒸気や煤煙が不可避海峡に立ちこめ、視程が極端に悪くなり、海抜三十五メートルにある羅針艦橋からでも遠くまで見晴らすのが難しい。

敵水雷戦隊の生き残り数隻が転舵し、逃げ出すのが見て取れた。その斜め後方、敵重巡戦隊が急速接近しつつあるのが見える。あれを撃ってもいいが、もっと大きいのがいるはずだ。

「重巡の相手は水雷戦隊に任せろ。我々は戦艦を叩かねば」

海の王者は戦艦だ。戦艦は戦艦でしか倒せない。だから一刻も早く十隻いるはずの敵戦艦を見つけたいが。

雨のとばりのむこうにうっすらと、巨人たちの艦影。

ようやく見張員の報告が届き、幕僚たちは一斉に双眼鏡を右二十度へ指向する。

『右二十度、敵戦艦戦隊っ!!』

相対距離、およそ二万八千メートル。

その後檣に高々と翻る旗は紛れもなくガメリア大公洋艦隊の戦闘旗。

「主役のお出ましだ。こののち数時間で勝負が決する」

古柳参謀長が感慨を込めて呟く。

マニラ沖海空戦は所詮、数の少ない飛行艦同士の艦隊空戦だった。

不可避海峡決戦は双方の主力、海上艦隊同士の総力戦。

決着は、ここでつく。

『敵一番艦、アリゾナ級!』

「測的目標、敵一番艦」

「右砲戦、反航。二万四千で撃ち方はじめ」

「距離一万で右直角逐次回頭。敵針を抑え、撃滅する」

艦長と砲術長が伝声管を握り、担当箇所へ矢継ぎ早の指示を飛ばす。先ほどまで敵水雷戦隊へ向いていた方位盤が、上方の測距儀と一緒に敵戦艦戦隊を指向する。

十八センチ大双眼鏡で敵艦列を睨んでいた老山先任参謀が、敵戦艦の砲塔旋回と砲身の仰角を見て呟く。

「敵艦が先に撃ちますぞ」

「構わん。二万六千で当たるものか。お手並み拝見だ」

『敵艦、砲撃っ』

船内に、見張員の叫びが響く。老山の大双眼鏡にうっすら、発射に伴う閃光が見えた。

「この遠距離に加え、レーダー照準もできない。当たらんよ」

島影を背負った連合艦隊に対し、敵は得意のレーダー照準射撃ができない。こちらと同じく、人間が測距する観測砲撃に頼るしかないのだ。それならば練度の差が表れる。主砲の口径が同じだろうと、砲撃の精密さに関しては連合艦隊は世界一を自負している。

ほどなく――

天柱が折れるがごとき轟音が、「長門」を包み込んだ。

「長門」艦橋の四倍ほども高い、高さ百五十メートル、直径八十メートルの大水柱が単縦陣を組んだ戦艦戦隊の周囲を包み込む。

いきなり火山の火口に投げ込まれたような。

沸騰した海水の高層ビル群が一気に「長門（ながと）」周縁に屹立（きつりつ）し、次の瞬間、崩落する。

『夾叉（きょうさ）あっ!!』

見張員（みはりいん）の叫びが、今度は絶望を帯びる。いきなりこちらが夾叉されてしまった。

「なんだ、おい、正確だぞ!?」「なぜ初弾が夾叉する!?」「レーダーは使えないはず……!?」

混乱する幕僚たちへ、鹿狩瀬（かがせ）が落ち着いた言葉を投げる。

「練度に差がある、というのは我々の思い込みにすぎません」

幕僚たちは青ざめた顔を見合わせて、言葉を呑（の）む。鹿狩瀬が静かに告げる。

「マニラ沖から一年。レーダーは日々進歩しています。敵は測距儀（そっきょぎ）も、砲撃機構も、射撃盤も方位盤も、我々より遙（はる）かに進んだ機器を用いている。水兵の練度は互角、精密機器はあちらが上。我々はあらゆる方策を尽くして必死になって戦わねば」

これはいまさら言うことなのか、と心中で嘆きながらも、鹿狩瀬は言葉を振り絞る。だが平時に言っても「腰抜けがなにを言うか」のひとことで片付けられる。

「もちろんやっている。夾叉されただけだ。二発や三発の被弾では『長門』は沈まん。騒ぐことはない」

答えたのは古柳（ふるやなぎ）参謀長だった。その言葉に、幕僚たちも落ち着きを取り戻す。

馬場原（ばばはら）は防弾ガラスのむこうを見やる。

打ち付ける雨と、敵の砲撃による絶え間ない水柱によって視界が全く利かない。

肉眼ではとても、敵戦艦戦隊を捉えることもできなくなってしまった。できるのは各所に配された見張員が雨と水柱の狭間を縫って、敵艦の移動を見定めることのみ。

再び警告ブザー音が船内を包み込む。敵戦艦への砲撃準備が完了したのだ。総員、近くの機器や手すりに摑まって衝撃に備える。

「撃ち方はじめ！」

距離二万四千に達し、砲術長が号令をかける。

刹那、斉射に伴う衝撃が「長門」の巨体を揺るがす。

耳を聾する発射音と共に、悪魔の鉤爪が雨天を掻きむしって敵陣を目指す。

しかし雨と水飛沫と煤煙に閉ざされ、曳痕弾の弾道が視認できない。それどころか敵影も見えない。このままではそのうち弾着観測も敵味方の区別もつかなくなる。

「我が水雷戦隊はどうした。どこにいるのだ」

なにがどうなっているのか、高さ四十メートルの「長門」艦橋最頂部にいるというのに確認できない。

鹿狩瀬が古柳に言う。

「高所から戦場を俯瞰すれば、状況を把握できます」

「そんなことはわかっとる！」

「第二空雷艦隊を呼び寄せましょう。彼らなら、高度千二百メートルから不可避海峡を俯瞰できる」

鹿狩瀬の進言に、古柳はますます野太い血管をこめかみに浮かべ、

「奴らの任務は上陸支援だ！」

「ここへ呼び寄せ、敵を打倒したのちにやればいい。彼らをここに呼ばない理由はなんです」

落ち着いた鹿狩瀬の言葉へ、まさか「若造に手柄を取られるからだ」と答えるわけにもいかず、古柳が黙り込んだその刹那。

ぐしゃあ、と鉄骨がへし折れた破砕音。

「うわあっ」

足下が大きくぐらつき、幕僚たちは床へ倒れ込んだり、近くの観測機器を掴んだり。

『直撃っ!!』

見張員の叫びと同時に、「長門」艦尾付近に芽生えた火球が火柱へ変じ、爆轟が上部構造物を飲み込んだ。

機銃員たちの悲鳴。血肉と硝煙の香りが船内へたなびく。「長門」は右へ左へ大きく船体をぐらつかせ、巨大な煤煙のキノコ雲が雨中にたなびく。

「くそっ、ガ人の分際で……っ！」「被害状況を確認しろ、火が出ているぞ、さっさと消せ！」

怒号が飛び交う。内務班が慌てて船体後方へ走り、消火活動に入る。

「砲撃に支障はない、撃て、負けるな、先頭を撃てっ!!」

篠田(しのだ)艦長が伝声管を摑んで、砲術科を励まし、砲撃を続行させる。

——このままでは双方ともに壊滅(かいめつ)に近い打撃を受ける。

鹿狩瀬はそんな不吉なことを思う。痛み分けは日之雄(ひのお)の負けと同じだ。敵は工業力を使ってすぐに新たな軍艦を投入できるが、貧しい日之雄はいまある戦力を修復し使い回すしかない。

——ここに飛行艦隊がいれば、我々が優位に立てるのに……。

そんな悔しさを改めて鹿狩瀬は嚙(か)みしめる。不幸中の幸いは敵にも飛行艦がいないことだ。もしそれがいたなら、この戦いに勝つすべはなかっただろう。

「接近すれば敵が見える。見えてしまえば問題ない、こちらには六式がある、このまま砲撃戦をつづければいずれ勝つのだ……!」

老山(おいやま)が表情を猛(たけ)らせながら、自(みず)らへそんなことを言い聞かせている。そのように進めばいいが、と祈りながら、鹿狩瀬もまたガラスのむこうへ双眼鏡(そうがんきょう)をむける。

「……ん?」

敵戦艦がいるはずの方向、その直上。

相対距離、二万メートルほど彼方(かなた)の空。

見間違いでありますように、と祈ってから、もう一度、海原ではなく上空に立ちこめた乱層雲を見上げる。

高度ちょうど千二百メートル付近。浮遊圏にかぶさるように、嵐の海面を逆さに貼り付けたような、底部が毛羽立った鼠色の雲が立ちこめている。

毛羽だち、ささむけたその表面に、なにか一瞬、黒い豆粒がよぎったような。

「まさか」

悪寒が鹿狩瀬の背を撫でる。

飛行機ではない。一度双眼鏡から目を外し、肉眼でそれが見えた空域を視認する。

刹那――

雲のただなかから、四つの火球がいきなり芽吹いた。

「!?」

火球はすぐに火箭となり、雲の上方へ消えていく。

雲が蓋をしていて、火箭の行方を目で追えない。だが、いまのはまさか――

「砲撃……?」

訝しげに呟いた次の刹那。

『曳痕弾、本艦にむかうっ!!』

見張員の叫び声。

しばたいた鹿狩瀬の目線の先、いきなり雲が破れ、炎の投擲槍が四つ、「長門」目がけて一斉に降り下りてきた。

転瞬、海面が煮え立つ。

沸騰した水柱が火の色を孕んで、「長門」艦橋の四倍の高さへ屹立すると、そのまま中央の「長門」めがけて崩れ落ちる。

『夾叉っ!!』

艦内の悲鳴へ、見張員の叫びが重なる。

海上戦艦からの砲撃ではない。いまのは天空から撃たれた。だが、敵影が見えない。いつどこから何者が撃ったのか、わからない。

『右二十度、雲のなかに飛行戦艦……っ!!』

後檣見張員が、艦橋へ通じる伝声管へそう告げて、空を指さす。

幕僚たちが一斉に双眼鏡を差しむけた空域が、もう一度真紅に染まる。

『曳痕弾!!』

天空の投擲槍が空へ向かい放たれた。

高度千二百メートルに分厚く立ちこめた雲に遮られて弾道が見えない。

いまこの瞬間、雲中から放たれた徹甲弾は灼熱の放物線を描きながらこちらへむかって伸びているのだろう。しかし、その弾道が見えない。

「うわあっ!!」

悲鳴と同時に雲が破れ、いきなり四本の野太い投擲槍がまたしても「長門」めがけ降ってくる。幕僚たちの表情が一斉に絶望に閉ざされた直後、槍の一本が「長門」船体後部に突き立った。

『直撃!!』

すさまじい破砕音、乗員の悲鳴、絶叫、爆発音の連鎖。伝声管が地獄へ通じたかのように、絶望に繋がるあらゆる音響が羅針艦橋を包み込む。

『第三兵員室全損、火災発生!!』『後部甲板中破っ!!』

たちまち硝煙が船内に立ちこめる。後方を見やれば四番主砲の傍らの甲板がめくれ上がり、ひらいた穴から炎が噴き上がっていた。

「まずい、撃ち返せ!!」「敵が見えません、雲が邪魔です!!」

混乱する幕僚たちが敵飛行戦艦をかろうじて視認し、狼狽を隠さず言葉を粟立たせる。

馬場原は十八センチ大双眼鏡を、閃光の走った空域へむける。

雲の破れ目に、「最悪」がかたちを為していた。

「『ヴェノメナ』……!!」

見たこともないほど巨大な繭型浮遊体。数百の懸吊索に吊された船体は全長二百五十メートル、重量四万五千トン超。舷側から突き出した四十センチ主砲塔は両舷六基十八門。

大征洋艦隊でエルマ艦隊と戦っているはずの最新鋭飛行戦艦が、なぜいま大公洋において連合艦隊と対峙しているのだ。

「キリングめ、飛行戦艦を呼び寄せたか……」

戦艦を一隻(せき)引き抜いて他艦隊へ再配属させるのは、並大抵の手間ではない。役所仕事が関わってくるし、引き抜かれた艦隊司令官は怒りを忘れないし、通さねばならない書類は恐らく三百をくだるまい。だからこそ馬場原は、その可能性を否定していたのだ。

しかし、キリングは面倒な仕事をやってしまった。

なぜならそれが連合艦隊にとって最悪の一手となることを確信したから。

「まずいな」

馬場原の独り言に、老山(おいやま)参謀の声が重なる。

「測的目標、敵飛行戦艦っ!!」

「恐れるな!!　飛行戦艦は無敵ではない、我らが全力を発揮すれば勝てる!!」

古柳(ふるやなぎ)も言葉を震わせて混乱する幕僚たちを叱咤(しった)し、砲術長へ砲撃を急(せ)かす。

敵海上戦艦群も、「ヴェノメナ」の出現に勢いづいたかのように、さらなる猛射を浴びせてくる。

その砲撃は正確極まりない。島影を背負おうが、船体だけを識別するレーダーを備えているのだろうか。連合艦隊戦艦戦隊はいまや、敵から一方的に夾叉(きょうさ)されていた。

すでに二発の直撃弾を受けた「長門」は長い炎の尾を曳(ひ)きながら、それでも突進をつづける。

「目標『ヴェノメナ』、撃ち方はじめ!!」

ようやく砲撃諸元調定を終えて、砲術長の号令一下、六隻の戦艦全てが「ヴェノメナ」を照準して曳痕弾を放ち出す。

雨のとばりを引き裂く、数十条の焼けただれた火箭が、雲を目がけて駆け上がり、雲のむこうへ消える。

雲が邪魔で弾道を目視できない。

それどころか目標の「ヴェノメナ」さえ、毛羽だった雲のなかに見え隠れするのみ。

戦場の女神がガメリアへ味方しているかのように、雲の出方がむこうに都合良すぎる。

『弾着まで十！　九！　八……！』

幕僚たちは計測員の声を頼りに、いま雲のうえで放物線の頂点を越え、敵飛行戦艦目がけて降り下りているであろう数十発の曳痕弾の弾道を予測する。

『三！　二！　……弾着!!』

声と同時に、二万メートル彼方の空域が不規則に破れた。

真っ赤な火箭が、黒い豆粒のような飛行戦艦の周囲を広く取り囲み、落ちていく。

あまりに一瞬のことで、どの弾が遠く、どの弾が近かったのか、全くわからない。左右のブレは視認できるが、遠近の判定は難しい。

海上艦が相手であれば弾着の水柱が立つため遠近の判定はそれほど難しくない。しかし飛行戦艦相手では、外れた弾は空間を通り過ぎるため遠近を判別しづらい。さらにこれだけの遠距離、しかも雨天となれば観測は困難さを増す。そのうえ切り札である六式徹甲榴弾は、飛行戦艦相手には意味をなさない。

しかし敵は。

再び、雨雲のただなかに炎が芽生える。

見えない弾道が雲の上からこちらを目がけて放物線を描き——

『夾叉ぁっ!!』

見張員の叫びと共に、「長門」の周囲が沸騰した水柱に包まれる。

確実に散布界が狭まっている。敵はこの水柱を見て弾着を確認し、発射諸元に修正を加えつづけるから、時間が経つほどこちらが不利になっていく。

「おい、まずいぞ」

幕僚のひとりがようやくそんなことを言いはじめた。視界の利かない雨天時に飛行戦艦と砲撃戦を繰り広げる愚かさを、いま悟ったらしい。

「四発に一発、炸裂弾を混ぜて弾着を確認するんだ、急げ!!」

砲術長がそんな指示を砲側に伝えるが、いまから弾庫員が給弾ベルトに炸裂弾を載せたとしても、それが発射されるまで少なくとも四斉射を要する。弾着観測の困難な斉射を四回もしているうちに、撃沈されるのはこちらだ。

——本気で事態を打開する気があるのか。

鹿狩瀬（かがせ）は心中に吐き捨てて、馬場原（ばばはら）へ詰め寄る。

「第二空雷艦隊を呼ぶべきです、飛行艦は飛行艦でなければ墜（お）とせない！」

馬場原は青ざめた唇を震わせて、

「空雷戦隊だぞ。昼間の空雷は当たらん。雷撃しても対空機銃で墜とされるだけだ」

「それでも呼ぶべきです、彼らはマニラ沖で奇跡を起こした、もう一度、彼らに託すしかないではありませんか！」

「…………」

「上陸を中止し、不可避海峡（かいきょう）を目指すよう、彼らに電信を打ちます。よろしいですね？」

「ダメだ。すでに上陸を令している。撤回はできん！」

ことここに至ってもなお、面子（めんつ）が大事なのか。そんなもの、国家の命運と等しく天秤（てんびん）に載せるべきものなのか。心中に血を垂れ流し、鹿狩瀬は告げる。

「では飛行戦艦出現だけを彼らに知らせます。知らせるだけなら長官の面子も問題ありますまい」

「…………」

無礼とも取れる鹿狩瀬の言葉へ、馬場原は唇の痙攣（けいれん）で応える。その無言を了承と介して、鹿狩瀬は電信室へ通じる伝声管を握った。

「第二空雷艦隊へ電信!!　我、敵飛行戦艦と遭遇っ!!」

叫んだと同時に、艦橋が横倒しになるほどのすさまじい衝撃が走り、幕僚たちはひとり残らず吹っ飛んで側壁に身を叩きつけた。

『直撃っ!!』『二番砲塔に直撃弾っ!!』『中央甲板破損、火災発生!』

悲痛な叫び声に、羅針艦橋の誰も応えることができない。あるものは頭から血を垂らし、あるものは床に倒れ込んだまま動かず、折り重なった彼らの上へ硝煙が覆いかぶさっていく。

「長門」は血のように炎を噴き上げながら、雨のなかを走る。

長い煤煙の尾がたなびき、後続の戦艦群へ覆いかぶさっていく。

絶え間なく夾叉され、次々に直撃弾を喰らい、連合艦隊は満身創痍となりながらそれでも突進をやめない……。

†　†　†

「猿の頭の中身を想像するだけで汚らわしい。だれかワシの質問に答えてくれるか」

双眼鏡で日之雄連合艦隊の被害状況を確認しながら、ブルドッグに似た小男は傍らの幕僚たちへ問いかけた。

「マニラ沖で活躍した第二空雷艦隊がここにいないのはどういうわけだ?　小便臭い『海神イザヤ』はどこにいる?」

ブルドッグの問いかけに、幕僚たちは顔を見合わせて肩をすくめるしかない。

「呼ばなかったのでは？」

双眼鏡(そうがんきょう)から目を外し、ブルドッグは奥まった瞳を答えた幕僚へ差しむける。

「……飛行艦隊を決戦に呼んでいない。……なぜだ？」

幕僚は黙考(もっこう)し、首を左右に振る。

「なにか問題が起きたのでしょう。もしくは……甘く見たか」

「……国力に劣る連中が、なぜ十倍以上も巨大な我々を舐(な)める？」

「……それは……理由が想像できません」

ふむ……とブルドッグは五秒ほど黙考し、再び双眼鏡に目を当てた。

「……猿の考えだからな。理解する必要もないだろう。我らがやることはひとつ」

短く吐き捨てて、大公洋(だいこうよう)艦隊水兵に訓示した名文句をぶつぶつひとりで呟(つぶや)く。

「猿を殺せ(キル・ヤップ)、猿を殺せ(キル・ヤップ)、もっとさらに猿を殺せ(キル・モア・ヤップ)」

ガメリア大公洋第三艦隊司令官、ゾーイ・ドゥルガ。

キリング提督が評して曰(いわ)く、このブルドッグによく似たドゥルガ提督の特徴は「極端に頭が悪い」ことである。語彙(ごい)が少なく、直情的で、同じ言葉を何度も何度も繰り返す。しかしながら敵を撃滅(げきめつ)する執念にかけて右に出るものはなく、特に日之雄(ひのお)人に対する憎悪はガメリア軍人のなかでも突出している。

飛行戦艦「ヴェノメナ」、底部羅針艦橋から不可避海峡一帯を見晴らしながら、ドゥルガ司令官はこれからいよいよ有効射程距離に入ろうとする両艦隊の航跡を俯瞰していた。

雨雲はドゥルガに味方するかのようにちょうど高度千二百メートル付近に立ちこめ、敵からは雲に隠れて見えにくく、こちらからは海面を見晴らすことが可能だ。

「戦場の女神がワシに股をひらいておるわ」

低俗な表現も、幕僚たちはすっかり聞き慣れてしまった。二言目には下品な言葉が出てくるドゥルガだが、戦術眼の確かさは居並んだ幕僚たちが知っている。敵を撃滅するためにはあらゆる周到な準備と入念な計画を欠かすことなく、戦場では恐れ知らずの大胆さで敵を殺して殺して殺し尽くす。それができるから、語彙が少なく下品で醜いこの小男がこの場所で指揮を執れるのだ。

砲術参謀が、ドゥルガに確認する。

「もうじきに射距離一万に入ります。針路はこのままで？」

四十センチ砲であれば、一万メートルが確実に有効弾を放てる射程であるが。

ドゥルガは海原を見下ろす。

飛行戦艦「ヴェノメナ」の放ち出す砲弾は、射程一万八千メートルでも夾叉をつづけている。「長門」への直撃弾はすでに三発を数えた。「長門」級戦艦を同型艦が沈めるには上部構造物へ二十発の着弾が必要とされているから、もうしばらく叩く必要があるだろう。

いま、連合艦隊は北西から南東を目がけて進み。

対する大公洋戦艦艦隊は南東から北西目指して進み。

互いに反航しているからこのままならふたつの艦隊はすれ違うことになる。

では連合艦隊にとって、こちらがどう動くのが最悪か。

すぐに答えに辿り着き、ドゥルガは幕僚に告げる。

「連合艦隊はこちらの針路を塞ごうと、距離一万で右直角九十度の回頭を行うだろう。三十年前の海戦も、先のマニラ沖海戦も、連中は最後まで徹底的に打ち合うことを望む。そういう習性なのだ。ならばそれに付き合おうではないか。ただし、こちらに有利なかたちでな」

日之雄人を皆殺しにするための執念にかけて、ドゥルガは誰にも負けない。この二十年あまり、いつか来る日之雄との決戦にむけて連合艦隊の歴史、戦績、理念を研究し、その攻撃一辺倒な性質を理解している。この大一番において、彼らは必ず、大公洋艦隊の最後の一艦まで撃滅するために至近距離で回頭してくる。誰よりも連合艦隊を研究してきたドゥルガには、それが見える。

ドゥルガは通信参謀へ、海上戦艦戦隊旗艦「サウスダコタ」への電文を口頭で伝える。

「戦艦戦隊は距離一万で左直角九十度、逐次回頭。連合艦隊と併走せよ。『ヴェノメナ』が背後から支援する」

はっ、と敬礼を返し、通信参謀は無線通信システムを使って即座に打電。「サウスダコタ」

司令官から了解を取り付ける。

ドゥルガはつづけて「ヴェノメナ」艦長へ、

「雨雲に隠れたまま、フロリダ島上空へ移動。やつらが回頭に入ったところで、島の上空から連合艦隊の回転軸へ猛射を浴びせる。猿どもは背後と側面を同時に相手にせねばならん。さぞかし混乱することだろうよ」

「はっ！　フロリダ島へ移動します！」

「ヴェノメナ」は砲撃を続行しつつ右へ転舵(てんだ)、厚い雨雲に隠れたまま、連合艦隊がレーダーを攪乱(かくらん)するためずっと背負っていた島影の直上を目指しつつ、不可避海峡(かいきょう)を俯瞰(ふかん)する。

日之雄水雷戦隊は独立運動をつづけ、ガメリア重巡戦隊と砲雷戦を繰り広げている。なかなか勇猛で、ガメリア重巡が何隻(せき)か大破した様子も見受けられる。敵味方の巡洋艦と駆逐艦(くちくかん)は互いに入り乱れて乱戦に入りつつあるが、互いの戦艦戦隊はこれから距離一万メートルに達しようとしている。ここで互いに転舵して同航となってからが、両戦艦戦隊が雌雄(しゆう)を決する砲撃戦のはじまりとなる。

「我々の勝ちは動かんがね」

ツラギ島上空へ占位して、ドゥルガは顔の皺(しわ)を深くする。はじめのころ、幕僚たちはこの表情の意味がわからなかったがいまはわかる。深くなった皺の底で、ドゥルガは笑っているのだ。

「飛行艦は海岸線の制約を受けん。海峡の狭さも関係なく移動できる。思い知れ猿ども、これが飛行艦の使い道だ」

「ヴェノメナ」の位置からは、これから右へ転舵しようとする連合艦隊の回転軸を悠然と見下ろせた。

回転軸への射程距離、一万八千。

やや遠いが、一点へ照準を据えておけば問題ない。

さらに敵は回頭後、「ヴェノメナ」へ尻をむけたまま遠ざかるしかない。

こちらは島の直上から一方的に、火力の薄い敵艦後部へ猛射を浴びせることができる。

「古来から戦争は高所の奪い合いだ。敵より高い位置を取ったほうが勝つ。猿どもはなぜか飛行艦隊を持ちながら、戦場に連れてこなかった。それゆえに、これから皆殺しとなる」

ドゥルガは満足げにそう言って、大征洋艦隊から「ヴェノメナ」を引き抜いて大公洋艦隊へ編入させるという大技を献策した大公洋艦隊司令官ノダックへ無言の感謝を届ける。この海戦の勝敗を分けたのは、ガメリアは存在しないはずの飛行艦を手間暇かけてこの場所へ送り込み、対する日之雄は存在する飛行艦隊をなぜかこの場所から遠ざけたことだ。

水兵の質は同等、もしくは連合艦隊のほうが上かもしれない。

しかし馬場原とノダック、両艦隊司令長官の質の差が、この海戦の勝敗に繋がった。

後世、この海戦を研究する軍学者たちは一様に「馬場原司令長官はなぜ第二空雷艦隊を呼ばなかったのだ」と首をひねるだろう。その答えは、おそらくただの個人的感情だ。海戦の勝敗とは、得てして無能な司令官の身勝手で決まる。

　その結果――

「地球の大掃除だ。汚い猿をこの世界から駆逐しろ」

　ドゥルガの号令一下、飛行戦艦「ヴェノメナ」は連合艦隊の回転軸へ照準を据え、四十センチ主砲の砲門をひらいた。

†　†　†

「回頭やめろ!!　回頭やめるんだ!!」

　血を吐くような絶叫が、伝声管へ叩き込まれる。

　しかし応答はない。伝声管が途中で断ち切られたか、報告を受けるべき操舵員が死亡したか、わからない。

「信号旗おろせ!!　このままではマニラ沖の二の舞だぞっ!!」

　航海参謀のかすれた叫び声も、後檣からの連絡が返らない。すでに八発の直撃弾を浴びた「長門」は燃え上がりながらなおも航行していた。

「主砲発令所、全滅!!」

　自力で羅針艦橋まで駆け上がってきた血まみれの伝令が、血と炎と硝煙に染まった羅針艦橋内へそう伝える。顔中を血と煤で赤黒く染めた参謀たちは無言で報告を受け止め、次の指示を送ることもできない。

馬場原司令長官は壁に叩きつけられた衝撃で気を失い、いま担架に乗せられたところだ。古柳参謀長は頭から血を流して先ほど医務室へ運び込まれ、老山先任参謀は呆然自失で唇をわななかせるのみ、なにを言っても返事がない。

いまや連合艦隊の中枢が機能不全に陥っていた。

このまま戦いを継続するのか、一度撤退するのか、決断できる人間がいない。

「まずいぞ、戦場を離脱すべきだ」

鹿狩瀬も頭から血を流しながら、しかしかろうじて戦況を確認している。

敵戦艦戦隊との射距離が一万に達し、右へ回頭したところでいきなりフロリダ島上空から猛射を受けた。

雲に隠れた「ヴェノメナ」がいつのまにか、島の上空へ移動していたのだ。飛行戦艦は海峡の狭さなど関係なく行動できる。海上艦隊の常識外の位置から、回転軸の一点へ照準を据えて浴びせかけられる徹甲弾に、「長門」は滅多撃ちに撃たれた。

八発の直撃弾を受けながらかろうじて回頭を終え、敵大公洋艦隊と同航、つまり併走しながら撃ち合いできる状態になったわけだが、回転軸で浴びた砲弾が多すぎて統制された砲撃が不可能。このまま敵海上戦艦戦隊と砲撃戦を挑んでも、発揮できる火力は平常時の四分の一以下。はじめはヘビー級同士の勝負だったが、いまはヘビー級とフライ級の勝負になってしまっている。

「やられるために回頭するのと同じだ」

もはや「長門」は撃ち返すこともできないまま、併走にはいった敵戦艦十隻から面白いように撃たれつづけている。なかでも新鋭戦艦「サウスダコタ」「ワシントン」の砲撃は正確極まりなく、「長門」は抵抗もできないサンドバッグだった。後続に回頭をやめさせようと手旗信号、信号旗、暗号電信、信号灯、あらゆる手段で連絡を送っているが、鹿狩瀬の意志はいまだ届かず、「陸奥」と「伊勢」が次々と飛行戦艦「ヴェノメナ」の濃密極まる砲弾散布界へ自ら飛び込み、完膚なきまでに撃たれつづけている。

「『ヴェノメナ』をなんとかしろ……っ!!」

鹿狩瀬の悲痛な祈りが虚しく響く。だが雲のなかの敵艦が相手では弾着が確認できず、測距儀が全損したいまの「長門」が砲撃を命中させることは不可能。

――第二空雷艦隊がいてくれれば……。

「ヴェノメナ」を墜とせるのは彼らしかいないというのに。

――先ほどの通信文は打電されたのか？

鹿狩瀬はそのことを思う。第二空雷艦隊への通信文を伝声管で電信室へ伝えた直後、直撃弾を浴びて伝声管が断絶してしまった。あの通信は第二艦隊へ届いたのか、確認ができない。

――届いてくれ。

――でないと、日之雄が滅びる……。

鹿狩瀬の祈りに、敵戦艦戦隊旗艦「サウスダコタ」から放たれた九発目、十発目の直撃弾が答えた。

砕け散った装甲板が蒼穹に舞い散り、銀飛沫へ兵員たちの血潮が塗り重なる。

火災発生を告げ知らせる伝声の声。機関部に通じる伝声管から、浸水を知らせる機関員の叫び。先ほど直撃弾を受けた右舷タービン軸がへし折れ、使用不能になった。もはや「長門」は直進さえ満足にできず、斜行しながら砲側が独自の判断で応射をつづけるのみ。

このまま戦闘をつづければ、第三艦隊はここソロモンで消滅する。

しかし撤退を告げるべき馬場原も古柳も重傷を負い、指揮権三位の老山は虚脱していて健常な指揮を執れない。

――わたしが撤退を令さねば。

指揮権四位、鹿狩瀬は頭から血を垂れ流しながら、よろける足取りで昇降口へ身体を滑り込ませ、電信室を目指した。

†††

「命令されたのは上陸作戦だっ!!　もう勝手は許されんというのにっ!!」

イザヤの怒声が、「飛廉（ひれん）」司令塔に響き渡った。荒く息をつきながら、つい先刻「長門」から届いた電信を片手で掲げる。

「飛行戦艦が現れた、と書かれているだけだ！　どこに我々への応援要請がある!?　上陸作戦を中止してただちに駆けつけろなどと、この電信のどこにも書かれていないぞ！」

イザヤの声は真剣で、紅眼がなおさら血走って爛々（らんらん）と輝いていた。

対するクロトも極めて真剣な表情で、落ち着いた言葉を紡（つむ）ぐ。

「飛行戦艦が現れた。それで充分ではないか。いまごろ連合艦隊は敗北の瀬戸際にいるぞ。天候は雨。雨雲の高度は千二百メートル。飛行戦艦の独壇場（どくだんじょう）だ。なにより発信者不明の電信など前代未聞（ぜんだいみもん）。それだけ事態が逼迫（ひっぱく）している証左ではないか」

クロトはなんとなく、電信を打ったのは戦術参謀、鹿狩瀬中佐ではないかと思う。何度か言葉を交わしたことがあるが、理知的で視野の広い参謀だった。

しかしイザヤは譲らない。

「その報告だけで上陸作戦を中止することはできない。我々は命令に従う。作戦を中止するのは馬場原司令長官がそれを命令したときだけだ」

「長官がまだ無事でいる保証はあるのか。わかっているだろうが、こちらから確認はできんのだぞ。いまごろ連合艦隊は飛行戦艦からタコ殴りにされている、論拠はこの一報以後、知らせがなにもないことだ」

第二空雷艦隊は現在、電波通信管制を敷いている。受信はできるが送信ができない。こちらから問い合わせの電信を馬場原司令長官へ打ったなら、逆探知されてここに上陸部隊がいることが敵にバレる。

「話は終わりだ、クロト。なにも言うな。これ以上言えば営倉へ送る」

イザヤは本気でそう言った。これまでに何度も独断専行してきたが、明確な命令違反とはいえない、かろうじて裁量行動の範囲に収まるものだった。だが今回は命令された作戦の規模が違いすぎる。一個艦隊が出撃して二千名の陸戦隊員の上陸を支援する、立派な一大作戦なのだ。命令が撤回されていない以上、続行するしかない。

クロトはしばらくイザヤを睨んだ。

そして言葉を継ぎ足す。

「命令を破らなければ、国が滅びる。貴様の役目はこの国を守ることではないのか」

そのひとことに、イザヤは目線をたぎらせる。

「その言葉、気を付けろ。立派な抗命罪だとわかって言っているのか?」

しかしクロトはひるまない。

「飛行戦艦に勝てるのは我々だけだ。貴様の決断は死にゆく兵員を見捨てるのと同じだ」

イザヤは口調に静けさと威厳をたたえる。

「もう黙れ。次は本当に罪状を突きつけねばならなくなる」

クロトはしばらくイザヤを睨む。

イザヤが本気なのはわかっている。

だがそれでも、クロトは命令を破り捨てねばならない。

——勝ちつづけるためにな。

——勝ちつづけねば、お前が不幸になる。

さらに言葉を継ぎたそうとしたとき。

「助けに行こうよ、イザヤ」

舵輪を握った艦長リオが、イザヤへ告げた。

「命令破っても、責任取ればいいだけでしょ？　なら取ればいいじゃん。わたしたちじゃないと勝てない相手なら、行こう。あとで後悔しないために」

イザヤは盟友の大胆すぎる意見を受け取り、わずかに動揺する。

「だが、上陸作戦をわたしの独断で中止はできない……」

「中止しよう。味方が苦戦してるところに輸送船が突っ込んでいったら、陸戦隊のひとたちもみんな死んじゃう。上陸するのは敵艦隊がいなくなってからでいいし。まずは飛行戦艦をやっつけよう。このまま命令を守っても、損害が大きくなるだけだから」

リオが珍しく、静かな口調で道理を説いた。

イザヤは面食らっていた。これまで一度も作戦に口出しをしたことのないリオが、いまこの大事な場面ではじめて自分の意見を述べてきた。しかもこれほど明晰に、筋道立った論理で。

クロトがにやりと笑う。

「道理が通っている。そのとおり。連合艦隊が壊滅したところに輸送船団が突っ込んでいったなら、陸戦隊員が全員死ぬぞ。おれたちの役目は彼らの上陸支援。ならば第二空雷艦隊だけが増速して戦場へ接近し敵をたたくのも、広義の上陸支援といえるではないか」

屁理屈をこねくり回し、イザヤへ決断を迫る。

リオの意見を受けて、イザヤはためらった。確かにリオの言うとおり、命令を守りつづければ上陸部隊が壊滅的な被害を受ける可能性は高まる。

「責任はお前が取ればいいだけの話。ならば安いではないか、貴様が左遷されることで大勢の兵士の命が救われるのだ。安心して僻地へ飛ばされろ」

無茶苦茶なクロトの言葉だが、いまこの状況でそう言われると、なにかしらの説得力は持っている。

――わたしひとりが貧乏クジを引けば、国が救われる……。

――ならば引けばいい。わたしは国を守るために戦っている。

――わたしの立場を守るために戦っているのではないのだから……。

イザヤは自分をそう慰めて、毅然とした表情を持ち上げた。

そしてクロトを睨み、

「……屁理屈をこねおって」

「正論を述べたまでだ」

「……貴様も一緒だぞ。……リオも。みんなで一緒に左遷されるんだ」

リオは笑顔で頷いて、

「いいよー」

「おれはされんぞ。参謀だから責任はない。されるのはお前だけだ」

身も蓋もないクロトの言葉をこれ以上ないほどイヤそうな顔で受け取って、イザヤは軍帽の鍔を指先で握り、整える。

「……責任は取るさ。……行こう。不可避海峡へ」

覚悟を固めたその言葉に、リオは笑顔で、クロトは不敵な笑みで応えた。

「本隊が敵の奇襲を受けたため上陸作戦中止。輸送船団はいったん母港へ返し、当該海域の安全が確認でき次第、改めて出撃する。信号員、信号灯で連絡を」

イザヤはつづけて後檣へ指示を出す。

「信号旗あげ。本文、上陸支援作戦中止。これより最大戦速にて不可避海峡を目指す。第二空雷艦隊、我につづけ」

『はっ！』

唐突なイザヤの司令を、後檣の信号員はうれしそうに受け取る。イザヤが無茶をするたびに「飛廉」の部下たちは喜ぶクセがついてしまった。

ふうぅ……と長く息を吐き出し、心胆を整えてからイザヤは顔を上げ、艦内放送マイクを手に取った。

「達する。白之宮だ。〇七三〇、不可避海峡に敵飛行戦艦出現の報告が入った。緊急事態につき、我が艦隊は上陸作戦を中止、輸送船団を母港に返し、我々は戦場を目指す」

たちまちいつものように、伝声管を通して艦内各部から歓声が返る。

『殿下──っ』『殿下────っ!!』『どこまでもお供します、殿下─────っ!!』

いつも能天気で明るいこの歓声に、イザヤは心底慰められる。

「機関科、またしてもきみたちの出番だ。わたしたちを一刻も早く敵の元へ連れて行ってくれ。一分でも一秒でも早く戦場へ辿り着くことで、大勢の兵士たちの命が救われる」

すぐに機関指揮所へ通じる伝声管から、元気の良い歓声が届く。

『お任せください殿下っ!!』『こういうときのためにおれたちがいます!!』『どんな命令でもこなします、なんでも命じてください!!』

いつも船内の奥深くで煤と重油にまみれ、外気を吸うこともできず四十度以上の高温に耐えて仕事をしている機関科員たちは、イザヤやリオの優しい心遣いを忘れたことはない。それに報いるために、辛く苦しい連続高速運転へ喜々として立ちむかっていく。

イザヤは大きく頷いて、行く手の空を見据えた。

なにごともなく連合艦隊が勝っていてくれればそれでいい。どうか慌てて駆けつけた自分たちが笑いものになりますように。

——頼む、無駄足であってくれ。

そう祈り、凜とした言葉をマイクへ放つ。

「令する。針路百度、最大戦速。これより敵飛行戦艦撃滅のため、不可避海峡へむかう」

もう一度、空域を震わせる鯨波が「飛廉」船内にこだまする。

混焼式ボイラーに重油がくべられ、缶室はたちまち熱気に包まれる。

高圧蒸気が噴出し、タービン機関が唸りをあげ、四基の艦尾プロペラが高速回転をはじめる。

セラス効果の七彩が、「飛廉」の艦首に砕け散る。虹色の航跡が珊瑚海の上空にたなびく。

『我につづけ』

後檣に掲げられた信号旗を、つづく五艦が次々にリレーし、あうんの呼吸でイザヤの意志を酌み取った艦長たちは自らもまた最大戦速を令し、彼方の戦場を目指す。

——勝っていてくれ、第三艦隊。

上陸作戦を中止して戦場へ駆けつけ、味方が圧勝を収めていたならイザヤの立つ瀬はなくなるだろう。それならそれでいい。連合艦隊が大公洋艦隊から一方的に撃たれるような情景だけは見たくない。それはここにいる兵員だけでなく、三十年以上に及ぶ臥薪嘗胆に耐えて連合艦隊を生み落とした日之雄(ひのお)国民までもが打ち据えられる情景だから。

――無事でいてくれ、「長門(ながと)」……。

行く手の空は依然、ちょうど高度千二百メートル付近を底にする雨雲が立ちこめていた。海上艦隊と砲撃戦を繰り広げるには、飛行艦にとって都合の良すぎる雲だ。最悪の情景が脳裏によぎり、イザヤは無心でそれを払い落とした。イヤな予感がやまない……。

†††

人生の五分の四は行く先々でバカにされた。幼年期から四十代の終わりまで、他人から侮蔑(ぶべつ)され、疎(うと)まれ、嫌われるだけの存在だった。

ただでさえ醜い容姿に加え、会話が下手(へた)で同じ表現を何度も使い、士官学校の成績も下から数えたほうが早かった。皺(しわ)ばんだ不機嫌そうな表情をいつもたたえて、上司に媚(こび)を売ることもできず、ケンカを売るほうが得意だった。軍隊内に友達もおらず、周りは全て敵ばかり、どれだけ成果をあげようが見向きもされず、常に閑職(かんしょく)に回されていた。

日の目を見たのは五年前、四十九才のときに現大公洋艦隊司令官、ノダック中将に見出(みい)だされてからだ。異常なまでの戦闘意欲と、敵撃滅にかける執念、そして骨身に染みついた日之雄人への憎しみが評価されて、こうして大公洋第三艦隊司令官の座に就くこととなった。

「全て今日のための試練であったな」

ゾーイ・ドゥルガ少将は五十年に及ぶ屈辱の日々を振り返りながら、満足げに眼下の不可避海峡を見晴らしていた。

なぜ自分だけがこんな苦しい目に遭わねばならないのだ。なぜ神はこのような試練を飽きもせず投げつけてくる？　世界に存在する不幸という不幸が、まるで自分だけを目がけて舞い降りてきているような。

そんな感覚さえあった五十年間だったが。

「運を溜めていたのだ。今日のために」

見下ろす光景から至上の幸福がこみあげてくる。人生で経験する全ての歓喜をこの一刹那に圧縮したのではなかろうか。肉体が許容しきれず、張り裂けてしまうのではないかと心配になるくらいな多幸感。

「猿を殺せ、猿を殺せ、もっともっと猿を殺せ」

小学生じみた単調な号令を、ここ数時間飽きることなくドゥルガは繰り返している。

四十センチ舷側砲の発射音も、発射に伴う衝撃も、もうすっかり身体に馴染んでしまった。

放ち出された砲弾がむかう先、不可避海峡の海面は逃げ惑う連合艦隊艦艇の航跡が入り乱れて、へたくそな抽象画みたいだ。

連合艦隊の戦艦は頑丈だった。上部構造物に二十発以上の直撃弾を浴びながら、沈むことなくめちゃくちゃに走り回っている。その頑丈さゆえに、沈めない苦しみが艦内に長くつづいているであろうことが、ドゥルガを満足させる。

「まだ沈むな。苦しみながらあがきつづけろ。無様に這いずり逃げ回ってワシを楽しませるのがお前たちの役目だ」

顔の皺を深め、ドゥルガは葉巻をくわえ、優越感と共にゆっくりと吸い込む。

「長門」は緩く右に傾斜したまま、脚を引きずるようにして北西を目指し逃げている。「アリゾナ」と「オクラホマ」が面白がって、二艦で「長門」の後ろを追いかけながら、尻を蹴り上げるように直撃弾をくらわせつづける。「長門」は反撃さえできず、ぐしゃぐしゃに破壊された上部構造物から炎と煤煙の尾を曳いて海峡の空を汚すのみ。

「陸奥」は舳先から沈みかけていた。

前のめり気味に艦首十五メートルほどがすでに浸水し、艦速も十五ノットほど。逃げようとしているのか、舳先をトラック島のある北西にむけてはいるが、これも「ワシントン」「サウスダコタ」から容赦なく尻を蹴り上げられ、折れて砕けた砲身は力なくうなだれ、艦橋から細い煙をあげながら、絶え間なく直撃弾を受けつづけていた。

「伊勢」もすでに大破、砲塔は完全に沈黙し、舳先を北西に回しているものの機関損傷したのか行き脚が乏しく、現在は「ヴェノメナ」が空から追いたてながら直撃弾を浴びせつづけている。

こうなると戦艦の頑丈さは艦内の悲惨を増すだけだった。おそらく船内は流入する海水と火焔と有毒煙の支配する地獄だろう。機関が生きているから船員は退艦するわけにもいかず、反撃手段を持たないまま地獄のなかで艦を動かしつづけねばならない。

四隻あった重巡のうち、三隻はすでに撃沈した。彼らは「長門」「陸奥」を守ろうと勇敢にガメリア戦艦戦隊に立ちむかい、鎧袖一触に撃破されたのだ。勇敢だが猿にふさわしい愚鈍な死に様だと、ドゥルガは心中で嘲笑う。戦艦に重巡が真正面から立ちむかうなど、ライオンに立ちむかうガゼルと同じだ。

現在、残った連合艦隊艦艇はこれ以上の進撃を諦め、舳先を百八十度回頭させて、母港トラック島へ逃げ戻ろうとしている。大公洋艦隊はこれを追いたて、なんならこのままトラック島まで攻略しようかという勢い。

「全滅させるぞ。殺して殺して殺し尽くせ」

ドゥルガはTBSで海上艦隊へそう指示を出し、二十七ノットで飛行しながら、逃げる連合艦隊へ追い打ちの猛射を浴びせつつ、葉巻をゆったり楽しむ。人生最高の一服だ。勝ち戦ほど楽しいものはない。こうして一方的に逃げる敵を追い回すなんて特に最高。大公洋艦隊は口笛を吹きながら、逃げる連合艦隊の尻をただ蹴り上げていれば良い。

ただし――油断大敵。

ドゥルガは抜け目なく、まだこの戦域に残されている脅威を感じ取る。

「第二空雷艦隊が駆けつける危険がある。レーダー探知を怠るな」

レーダー・プロット室へ念押しの連絡を入れてから、葉巻をくわえなおす。マニラ沖でプリムローズ提督が屈辱を舐めたのは、飛行戦艦戦隊を全滅させたことに満足し、敵空雷艦隊を軽くみたことだ。プリムローズの失敗は、わざわざ夜に空雷艦隊とやり合ったこと。敵の土俵にあがって戦うなど言語道断、戦艦は昼間に戦うものだ。

太陽は中空にある。海戦がはじまって六時間が経過、現在時刻、正午十二時。まだまだ、この楽しい時間はつづきそうだ。

「許しを乞いながら這いずって逃げろ。もうしばらくワシを楽しませるのが貴様らの役目だ」

ドゥルガはゆったりと紫煙を吐き出し、敗残の連合艦隊が描き出す乱雑な航跡を満足そうに俯瞰した。

†　†　†

作戦で負けたうえに、天にも見放された。

連合艦隊はここで終わりだ。

戦力は拮抗していたはずなのに、これほど一方的に敗れるなんて。

——我々は、あらゆる点で劣っていたのだ。

鹿狩瀬はそんな思いを噛みしめながら、あちこち破損した「長門」上甲板に佇んで最期のときを待っていた。

二時間前、麾下の各艦へ「作戦中止。トラック島へ撤退せよ」という電信を暗号化もせず電信室から送った。そして馬場原と古柳、それに老山をはじめとする重傷の参謀たちを内火艇に運び込み、近くを走る健在な駆逐艦へと移乗させた。艦隊指揮権は現在、指揮権四位の鹿狩瀬のもとにある。

主だった将校を全員退艦させ、ひとり残った鹿狩瀬はぼんやりした表情で、あちこちに破孔がひらき、炎と煤煙を噴き上げ、よろめきながら逃げる「長門」の上甲板を見渡した。

折れた旗索やマスト、焼け焦げた鉄柱、砲身の吹っ飛んだ対空機銃座では、爆竹のような音を立てて引火した炸裂弾が防楯に跳弾している。それらの狭間に原形を留めない水兵たちの亡骸が引っかかっていた。「長門」にもう戦う力は残っていないが、機関はかろうじて生き残っているから「総員退艦」を令するわけにもいかない。このまま、敵から一方的に撃たれながら逃げるしかないのだ。

またしても「ふるるる」と口笛のような音を立てながら、徹甲弾の束が降り下りてくる。このどこか間の抜けた音を聞くたび、敵兵から小馬鹿にされている気分になる。頭を両手で抱える気にもならず、鹿狩瀬はただ直撃を待つ。

二発が「長門」の舳先と第一砲塔脇へ着弾。

身体が一瞬宙に浮く。くぐもった爆発音が船内から届く。敵弾の遅動信管が作動して、「長門」を内側から食い破る。装甲板が膨れあがり、弾け飛んで、野太い火柱が天にむかってそびえ立つ。爆風のなかには機関員たちの砕け散った肉体が混ざっており、それらがばらばらと音を立てて海原へ落ちる。

奇跡的にまた鹿狩瀬の周囲に着弾はなかった。だがここで待っていればすぐにそのときが来る。苦しみからの解放を待ちわびる思いで、鹿狩瀬は黙ってじっと座り込んでいる。

――悔しいな……。

ぼんやりしたまま、そんなことを思った。

アジアを侵略する白人から身を守るために、日之雄は歯をくいしばって富国強兵に取り組み、世界第三位、総排水量百万トンを誇る連合艦隊を築き上げた。有色人種は白人の奴隷ではないと、有色人種も人間なのだとわからせるために、高みを目指して懸命にここまで這い上がってきたのだ。

しかし、先人たちが積み上げてきた長い祈りはいま、この海で潰えようとしている。

確かに思い上がっていた。充分に敵を研究することを怠って、呼ぶべき艦隊を呼びもせず、勢いのままここへ来てしまった。たったそれだけの失策が、国民の七十年に及ぶ臥薪嘗胆を灰燼に帰し、有色人種が自由に生きられる未来への道を閉ざしてしまった。

――戦争に負けるとは、こういうことか……。

負けてはじめて、取り返しのつかない失態を犯したことを骨身で悟る。

戻れない道へ踏み入ってはじめて、ああすれば良かった、こうすれば良かったと遅すぎる反省がはじまる。ガメリア人が見下すように、やはり日之雄人は野蛮で軽率で直情的な、猿のように劣った人種だったのだろうか。

――違う……。

疲れ切った鹿狩瀬の奥底が、それでもまだかすかな声で運命を拒絶する。

――まだ、終わっていない……。

茫漠としたままの意識で、鹿狩瀬は海峡の空を見上げる。

連合艦隊の噴き上げる火の粉と煤煙でどんよりと霞んだ空。

いまだ降り続ける雨のとばりのさなか、きらりと光るなにかを彼方の空域に見つけた。

「…………?」

薄墨色をした乱層雲の下腹あたりに、なにかがきらきら光っている。

ひとつではない。

五つ、六つ、九つ――

光を弾きながら、不可視の水面へ銀の花弁を投げたように、それらは風にのって海峡の空へ拡散していく。

鹿狩瀬は呆然と空を見上げたまま、銀色のそれへ目を凝らす。

「……帆船……？」

漁師の乗る帆掛け舟を上下さかさまにひっくり返したような形状の、不思議な物体だった。おそらくは浮遊石の欠片に鉄棒を突き立てて、帆の代わりにアルミニウムを張ったもの。地上にむかって突き出したアルミの帆に風を受けて、その物体は浮遊圏一帯へ拡散していく。

鹿狩瀬はすぐに、帆掛け舟の用途に気づく。

——レーダー波の欺瞞……？

あのアルミの帆がレーダー波を弾いたなら、本物の艦艇と見分けがつかない。敵飛行戦艦のレーダー員はきっといまごろ、飛行艦艇の大群が襲来してきたと錯覚していることだろう。

さらに、海上決戦がはじまったころから高度千二百メートル付近に立ちこめて飛行戦艦「ヴェノメナ」を隠していた邪魔な雲が、きっといま、不思議な帆掛け舟のすがたを敵の目から覆い隠している。海上から見上げる鹿狩瀬には空飛ぶ帆掛け舟の帆の部分が見えているが、飛行戦艦「ヴェノメナ」からは水平位置に当たるため、雲が邪魔して目視は難しいだろう。

「まさか」

鹿狩瀬はこの不思議な帆掛け舟を放ったのが誰なのか、推察する。

——来てくれたのか。

雲のなかへ目を凝らす。帆掛け舟の他にはなにも見えない。

だが、いる。きっと雲のなかに潜り込んで、戦場へ突入する機会を窺っている。

これだけ抜け目のない真似が出来る司令官が誰なのか、これだけ周到に準備を整え最高の時期を待てる参謀が誰なのか、鹿狩瀬にはもうわかっていた。

「『飛廉』……!!」

呟いた言葉のむこう、雲のさなかに薄く、銀鼠色の船体を認めた。

†　†　†

「機関科、よくやった！　諸君らは世界一の機関員だっ！」

艦内マイクでそう呼びかけるイザヤの声には、涙さえ紛れ込んでいた。本当の気持ちだった。自分は世界一の機関員に恵まれたのだとこころから思える。

『殿下――っ』『殿下――――っ!!』『このくらいなんてことありません!!　あと一日だって釜焚けますっ!!』

消耗を極めているはずの機関員たちは、しかし平気なふりをしてそんな返事を寄越してくる。平気なわけがない。常人なら失神して当たり前、大半は精神が崩壊するであろう高熱地獄に彼らは五時間以上も耐えに耐えて四十ノットの高速を維持しつづけた。身体中の汗が出尽くし、全身からからにひからびながら、配管が高圧蒸気に負けて破損しないよう、連続高速回転をつづけるタービン軸が欠損しないよう、細心の注意を払って圧力を一定に保ち運転をつづけてくれたのだ。人間の限界を遥かに超えた彼らのがんばりに応えなければ。

「第一戦闘配備!!　出番だ兵科、機関科に負けるな!!」

イザヤの号令を受けて、自らの担当する舷側砲、垂下機銃座、空雷発射管のすぐ近くで待機していた砲術科、空雷科の水兵たちが戦闘配置に就く。兵科員はみな、機関科のおかげで戦闘に間に合ったことを理解している。敗色濃厚な空なのはひとめでわかるが、機関科員の働きに負けないよう最善を尽くすことを心中に誓う。

イザヤの傍ら、クロトが周辺空域を見回してぶっきらぼうに、

「ここからだと雲に遮られて水平方向が見えんぞ」

「うむ。ちょうど浮遊圏に薄い雲が覆いかぶさっている。飛行艦にとっては最高、海上艦にとっては最悪の雲だ。ミュウ、そこから『ヴェノメナ』は見えるか」

イザヤに問われて、司令塔の側面から出っ張りのように突き出た見張所に立っているミュウは目を凝らす。

「……見えません。雲が邪魔をしています」

「参ったな。ミュウの視力が頼りなのだが、さすがに雲は透視できぬし」

眼下の海原は見晴らすことができるが、前後左右は雲に閉ざされて見えない。相手にはレーダーがあるため、雲があってもこちらを感知できる。

「敵はおれの放った偽装船をレーダーで感知し混乱している。偽装を見破られる前にできるだ

け接近しろ」

先ほどクロトが放ったアルミの帆を持つ偽装船二十六隻は雲に紛れたまま空域へ拡散している。雲のために目視できない敵は、レーダーに映った二十六隻の艦影を見て仰天していることだろう。

「うむ、だが接近しようにも相手のいる位置もこちらから見えん……」

「ミュウ、前檣の前方見張所へ行け。あそこのほうが水平方向の見晴らしが利く。『ヴェノメナ』の砲撃に伴う閃光を測距するのだ、急げ」

クロトに命じられ、ミュウは若干気に入らなそうに口元を歪める。「飛廉」船体の前方底部から地上にむかって斜めに突き出た「前檣」の突端に、前方見張所がある。クロトの言う通りそこには雲がかかっていないから、前後左右と眼下を見晴らすことが可能だが。

「しかしわたしがここを離れては、両殿下の身の安全が」

「お前がいようがいまいが、戦いに負ければ死ぬ。勝つためにその視力を役立てろ」

身も蓋もないクロトの言葉に反論を投げ返そうとしたミュウだが、イザヤに「頼む」とひとこと言われ、

「……わかりました。前方見張所へ行きます」

仕方なく応じて、司令塔の後方に控えた速夫へ閉じた瞳をむける。

「……両殿下を頼みます」

「は、はいっ!!」

背筋を伸ばして返答する速夫を頼りなさそうに一瞥してから、ミュウは昇降口へ飛び降りていった。司令塔にはイザヤ、リオ、クロト、速夫の四人が残る。

クロトは眼下の海原に広がる航跡を視認。

一方的に追撃しながら猛射を仕掛ける大公洋艦隊と、足を引きずるようにして逃げる連合艦隊の位置を確認し、見えない「ヴェノメナ」のいる位置を予想する。

「おそらくはフロリダ島の上空あたりにいる。陸地の上に占位すれば連合艦隊は背後と側面を同時に相手せねばならん。雲に隠れたままフロリダ島へ忍び寄れ。偽装船がレーダーを攪乱しているうちにな」

献策をそのまま受け取り、イザヤは頷く。

「うん、やろう」

「後続艦はついてきているか？」

「雲のために確認できん。電信も打てぬ。何隻残ったかはわからんが、ついてきていると信じよう」

浮遊圏にかぶさったこの雲のために、敵味方の飛行艦が全く見えない状態だ。所在確認のために電信を打てば敵に電波を傍受され、ここに隠れていることがバレる。全艦脱落することなく、不可避海峡上空にいると信じるしかない。

ともかく、たとえ単艦でも進むしかあるまい。この雲があれば昼間の雷撃も当たるかもしれない。可能な限り「ヴェノメナ」に肉薄し、気づかれることなく空雷で仕留められたら最高だ。

「機関、第三戦速。面舵十五度。海峡を渡るぞ」

いま「飛廉」は八千メートルほど前方に大公洋艦隊を見据え、彼らに接近していくかたちだ。「飛廉」の下腹と前檣、後檣は雲から出ているため、いつ肉眼で捉えられてもおかしくない。

頼むから気づくな、と祈るようにして、「飛廉」は南から北へと海峡横断へ乗り出す……。

†　†　†

『敵飛行艦隊出現、三十二隻っ!!』

レーダー・プロット室からの報告を電話で受け取ったドゥルガは、訝しげに問い直した。

「チャフではないのか」

『違います、飛行物体が海峡上空へ散開していきます！』

言われてドゥルガは水平方向、高度千二百メートルの空域を眺め渡すが、雨雲に遮られてなにも見えない。ただレーダーだけが、雲中に存在する三十二隻の艦影を捉えている。

だが日之雄の国力で、いきなり三十二隻もの飛行艦隊を編成できるわけがない。存在しているのは第二空雷艦隊の六隻のみ、あとはなんらかの仕掛けによるものだろう。

しかしその仕掛けが、雲に遮られて看破できない。決戦がはじまってからずっとドゥルガに味方していた雨雲が、いまは疎ましい。雲が晴れてくれたなら、敵の小細工に惑わされることはないのに。

「戦場の女神よ。もう一度、股をひらけ」

五十年間、ワシに侮辱と辛酸だけを与えつづけた女神さま。今日は一日、ずっとワシだけに微笑みかけていろ。五十年分の恨み辛みは、それできれいさっぱり忘れてやる。

ドゥルガは祈る。

考えられる限り最も低劣な言葉を並べて、戦場の女神へ下品な祈りを繰り返す。

ほどなく——風が周囲を吹き抜けた。

ずっと不可視海峡上空に立ちこめ、飛行戦艦「ヴェノメナ」のすがたを隠しつづけていた雲が、その風に押しのけられる。

雲間が破れ、陽光が差し込む。

乱層雲がちぎれていき、断雲の群れに変わって、隙間から陽光が海面まで斜めに差し込む。

雨雲に隠れていた全てが、ドゥルガの目に飛び込んでくる。

ドゥルガの頬に、眉根に、目尻に、ますます深々とした皺が刻まれる。

「女神さまはワシにメロメロらしい」

欲しいときに雲が出て、いらなくなったらすぐに消える。やはり五十年間の苦労は全て、今日一日の幸運のために溜め込まれていたのだ。

「あれは……偽装船です！　浮游石の欠片に、アルミの帆を張っただけだ！」

幕僚のひとりが、断雲の狭間をただよう小さな帆掛け舟を指さして言った。彼のいうとおり、突如現れた三十二隻の大半は、レーダーを欺瞞するための偽装船だ。やはりこんなくだらない仕掛けだった。

さらに戦術参謀が、南西の空を指さす。

「いました、敵飛行艦……二隻!!」

ドゥルガはすぐさま双眼鏡を覗き込む。海峡上空の雲量は七。断雲の群れが高度一千～一千五百メートルの間に立ちこめ、その隙間を縫って敵飛行艦の艦影がわずかに見える。群れ飛ぶ断雲のせいで艦型の識別が難しい。だが後檣に翻るのは日之雄の戦闘旗。

「殺せ」

「はっ！　プロット室、目標、敵一番艦」

作戦参謀がレーダー・プロット室へ伝え、「ヴェノメナ」艦長は指令を受け取ってＰＰＩスコープを確認するが。

『偽装船が多すぎて照準できません！』

苦しい返答をするしかない。ＰＰＩスコープは、「ヴェノメナ」を中心にした半径三十キロメートル以内の空域に存在する飛行物体を輝点で表示する。現在、三十二の輝点が表示されているわけだが、数が多すぎてどの輝点が敵艦でどの輝点が偽装船なのか判別できない。

ぐぬぬ……とドゥルガは低く唸る。科学兵器というのは便利なものだが、融通が利かない欠点もある。人間にはひとめでわかる駆逐艦と帆掛け舟の違いが、レーダーにはわからないのだ。やはりまだ現段階の技術力では、戦況に応じて昔ながらのやりかたと併用するしかない。

「観測砲撃で殺せ」

苛立ったドゥルガの指示を、参謀は慌てて発射発令所にいる砲術長へ伝える。

そのとき。

『敵艦、雷撃!!』

見張員の声が伝声管から飛ぶ。

見やれば、断雲の隙間にいた二隻の敵艦はこちらが砲撃するより早く空雷を発射して即座に反転、空域から逃げに入っていた。

『雷跡八つ！　本艦にむかっています！』

ドゥルガのこめかみに血管が浮き立つ。

「回避しつつ撃ち落とせ。撃った猿を逃がすな。追って殺せ」

こちらの砲撃より早く雷撃するなど生意気な。いまの猿は必ず殺す。

『左十五度、二隻!!』

そのとき再び、後檣の見張員からの報告が飛ぶ。舌打ちをして、ドゥルガは言われた方向へ双眼鏡を回す。

反対方向から先ほどと異なる飛行艦が二隻、「ヴェノメナ」へ舷側をむけていた。そしてその上甲板からまたしても七彩の航跡が爆ぜる。

『左方向からも雷撃!!　囲まれました!!』

先ほどの八本とは別方向からさらに六本、新たな雷跡が「ヴェノメナ」を目指して伸びてくる。生意気にも阿吽の呼吸で気を合わせ、最も逃げにくい方向から雷撃を仕掛けてきた。やはり日之雄艦隊の練度は高い。だが。

「昼間の空雷が当たってたまるか、機銃で撃ち落とせ。撃った四隻を逃がすな、戦艦へ勝負を挑んだことを後悔させろ!!」

ドゥルガの怒声と共に、船体全周に配置された対空機銃座が針鼠さながら焼けただれた火線を吐き出した。

飛行戦艦「ヴェノメナ」の周囲が、半球状に焼けただれる。

すさまじすぎる濃密な対空砲火は、炎の幔幕となって周辺に存在する全てを射貫く。

右舷側から接近しつつあった八本の空雷は、瞬く間に火線に撃ち抜かれ、次々と空域で爆砕していく。左舷側を襲った六本の空雷もまた砕けた外殻を空域へ散らす。魚雷と違って空中をゆっくり進む空雷は、対空機銃で簡単に撃破できる。

雷撃した四隻の飛行駆逐艦は、用は済んだとばかりに尻をむけて海峡上空から逃げていく。

だが距離一万七千は充分に「ヴェノメナ」の四十センチ主砲の射程内。

「罰をくれてやる」

ドゥルガの血走った目が、四隻の艦尾へむけられて——

『砲撃開始!!』

砲術長の号令と同時に、四十センチ主砲が咆吼（ほうこう）する。

彼方（かなた）の空域へ、曳痕弾（えいこんだん）の弾道が伸びてゆき——

敵飛行艦のかなり遠方の空間を虚（むな）しく掻（か）いて海原へ落ちる。

ドゥルガは低く唸（うな）りながら歯がみする。飛行艦相手に観測砲撃は当てにくい。レーダー照準射撃に慣れてしまっているため、観測砲撃の練度は低いのだ。あの邪魔な偽装船がなければ、すぐにぼこぼこにできるのに。

と、TBS（船舶間通話）を通じて海上艦隊旗艦「サウスダコタ」から連絡が入った。

『敵空雷艦隊を視認。海上からも砲撃しますか？』

ドゥルガは即座に却下。

「海上艦隊は敵海上艦隊を仕留めろ。飛行艦は飛行艦が落とす。相手はたかが駆逐艦だ、問題ない」

了解、の返答を受け取って、ドゥルガは逃げゆく四隻の打倒に本腰を据（す）える。砲撃が当てにくいのは確かだが、むこうもこちらを仕留めるすべがない。昼間の飛行戦艦と飛行駆逐艦ではライオンとネズミの勝負だ。夜にならない限り、必ずライオンが勝つ。

「偽装船は片っ端から対空機銃で落とせ。邪魔がなくなったところでレーダー照準に切り替えれば良い。いまやるべきは奴らを逃がさないことだ」

そう告げて、用心深そうに周辺空域へも目をむける。

と、通信室から連絡がはいった。

『敵飛行艦隊、盛んに交信しています！　空域に他の艦が存在する模様！』

雲が霧散して隠れ場所を失った敵は、空雷艦隊内部で電信連絡を行い、連携して攻撃する腹らしい。生意気な。

「まだ雲の隙間（すきま）に隠れているぞ。第二空雷艦隊は全六隻（せき）。厳重に見張れ。不意打ちの雷撃に気をつけろ」

ドゥルガは血走った目を海峡（かいきょう）周辺の空へむける。

隠れられそうな場所はもうないか。断雲の隙間は？　フロリダ島の上空にいまだ立ちこめている雨雲のなかは？

雲をついたてにして隠れられる場所は、この空域にいまだ充分残っている……。

† † † †

「敵は風を自在に操るのか？　さっきから雲が完全にガメリアに味方している。こっちのすがたは丸見えで、むこうはどこにいるのか見えづらい……」

ぼやきを入れてから、クロトは横目でイザヤを見やる。

「空雷はやはり途中で墜とされる。あの対空砲火は火山の爆発だな。『飛廉』の砲撃力では戦艦の装甲には歯が立たんことだし……。やはり例のアレしかない」

イザヤはむっつりと黙り込んで、戦闘空域へ目を送る。

海峡上空の雨雲は強風により霧散して、いまは切れ切れになった断雲が群れ飛んでいる。この雲に完全に身を隠すのは難しいが、いまのところ「飛廉」は折り重なった断雲をついたてにして敵飛行戦艦「ヴエノメナ」の目を逃れ、海峡の真ん中あたりまで忍び寄っている。

「昼間だぞ。衝角攻撃を実施しようにも、接近したなら見つかって四十センチ主砲で撃たれる。一発当たれば『飛廉』は轟沈だ。この気象条件でどうやって忍び寄る？」

クロトは周辺を睨む。

現代艦艇で衝角攻撃が困難なのは、火砲の射程と破壊力が帆船時代とは桁違いだからだ。敵艦に体当たりするために接近していく間に、戦艦の主砲を喰らって轟沈するのは目に見えている。先刻までのように雲がたっぷりあれば接近は可能だったが、いまは風が分厚い雲を吹き飛ばしてしまい、断雲の群れに変わってしまった。

——偽装船によるレーダー撹乱も、長くは持たない。

——頼りの雲も、むこうの味方。

——この条件で、目視されないためにはなにをすべきか。

戦闘空域に存在する諸条件を、クロトは全ておのれの思考のうちに溶かし込み、最終的に衝角攻撃へ帰納するべく演繹する。

目的を達成するために、まずやるべきは論理に徹し感傷を捨てること。

いかなる非情な手段であろうと、それで勝てるなら断固として選択すること。

クロトは導いた答えをイザヤへ届ける。

「『川淀』『末黒野』『八十瀬』『逆潮』『卯波』、以上五艦を全て囮に使い、敵の目を引き付ける。『飛廉』は『ヴェノメナ』の発砲に伴う閃光を目途に雲に紛れ接近、衝角攻撃を実行する」

イザヤは黙って献策を受け止める。

簡単に決断できない。

空域と海域を同時に見渡す。

海上では連合艦隊がサンドバッグにされ、瀕死の体で逃げ切ろうとしており。

空中では雲を味方につけた「ヴェノメナ」が第二空雷艦隊の殲滅に乗り出している。

生半可な手段では逆転できない。そのことはわかっている。だがしかし、クロトの献策はあまりに血も涙もない。

「……ずっと一緒に訓練してきた仲間だぞ。メリー作戦のときも、命令違反したわたしたちについてきてくれた。そのひとたちを生け贄にしろと？」

クロトはまっすぐに、フロリダ島の上空に立ちこめている分厚い雨雲を見やっている。

あのなかに「ヴェノメナ」がいる。

「感傷を捨てろ。悪魔になれ。後世の歴史家から今日の采配を人道的に批難されろ。貴様の役目はそういう役目だ」

いまのクロトはいつものような、不敵な笑みを示さない。

ずっと真顔で、敵がいる雲を睨み付けている。

「ここで連合艦隊が敗れれば、日之雄は海を守ることができなくなり、敵飛行艦隊が日之雄本土を爆撃する。やつらは戦闘員も非戦闘員も無差別に爆弾の雨を降らせるぞ。罪もない人間たちが何十万人、何百万人、死ぬことになる。そんな未来を貴様は望むか」

「………………」

「ここであの戦艦を墜とさねば、その未来は現実になる。止められるのはおれたち第二空雷艦隊だけだ。ならば艦も命も全てを捨てて戦え」

蒼氷色のクロトの瞳がイザヤを捉えた。

イザヤの紅眼が、その眼差しを受け止める。

クロトの冷たい言葉がつづく。

「仲間にむかって『死ね』と命じるのがお前の仕事だ。日之雄に生きる女、子ども、老人を守るために、お前の仲間をいまここで死なせろ」

イザヤはまっすぐ下ろした両拳を握りしめる。

血が流れるほどに、強く、強く。

うつむいて、歯を食いしばり、心中だけで仲間たちへ詫びて、それからたぎらせた紅眼を速夫へむける。

「従兵」

「はっ！」

「電信室へ伝令。発、第二空雷艦隊司令官　宛、第二空雷艦隊各艦長　本文、これより『飛廉』は敵飛行戦艦へ衝角攻撃を実施する。各艦、我の囮となり、敵の目を引きつけよ」

「……はっ！」

大事な命令を託されて、速夫の足が震える。イザヤが伝声管を通さずに速夫にメッセージを託したのは、そのほうが確実だと信頼したからだろう。身を翻し、速夫は司令塔後部の昇降口へ飛び込んでいった。

イザヤはクロトへ顔を上げる。

「……仲間を犠牲にした。もう戻れないぞ。行くしかない」

毅然と言い切るイザヤへ、クロトは口をへの字に曲げる。

「死ににいくような顔つきだな。勝つための手段を実行するだけだ。勝って生き残るための衝角攻撃であることを忘れるな」

その言葉に、イザヤは頷きだけを返す。

クロトの言うとおりだ。この戦いに勝つために、あらゆる手段を尽くそう。それが例え、仲間を死地へおいやる決断であったとしても。軍人の存在理由とは、命を賭して国民を守る、その一点なのだから。

おのれの中枢に決意を刻印したとき、速夫が電信室から戻ってきた。

「全艦から返答が届きました！　こちらです！」

速夫は送られた通信メモをイザヤへ手渡す。いずれも第二空雷艦隊各艦の艦長からイザヤに宛てられた返信だった。

『艦内、大盛り上がりです。白之宮殿下のために頑張ります』『これより一世一代の囮役を務めます』『その程度で良いのですか？』『生きて帰ったらデートしてください』『なんなら我々も体当たりを敢行しますが』

そんな返信たちを、イザヤは黙って受け取る。この過酷な戦場にあって悲壮感などどこにもない、冗談めかした言葉たち。きっと過酷な命令をくだしたイザヤの胸中を思いやって、各艦の艦長はこんな気軽な返信を寄越したのだろう。本当はみんな、帰れない道だとわかっているくせに。

ぐずっ、とイザヤの涙腺が緩んでしまう。

泣くわけにもいかないのでそれを飲み干し、返答をくれた艦長たちへこころから感謝を送り届ける。そしてひとりでも多くの兵たちが生きて帰ることができるよう、祈る。

それからイザヤは艦内放送マイクを手に取る。

帰れない道を共に行く仲間たちへ、これからすることを伝えなければ。

大きく息を吸い込んで、「飛廉(ひれん)」三百四十名の仲間たちへ告げた。

「達する。白之宮(しろのみや)だ。これより『飛廉』は『ヴェノメナ』に対し、衝角攻撃(ラムアタック)を決行する」

端的にそう言い切ると、艦内から「殿下――っ」「姫さま――っ」といつものやかましい歓声が返ってきた。

「諸君らも知ってのとおり、これは自爆攻撃だ。だが死ぬための攻撃ではない、勝って生き残るための最終戦闘配置である。無駄死には不要。負傷者は率先して助け、ひとりでも多く生き残ってくれ。諸君らの技量と経験は、国の宝なのだから」

この一か月近く、毎日のように衝角攻撃の訓練を繰り返してきた。これ以上ないほど危険な攻撃であることはこの艦に乗り合わせた三百四十名が誰よりも理解している。しかし全員、明るく元気な声でイザヤの言葉に応じてくれる。

『やります殿下――っ』『お任せください殿下ーっ』

イザヤの涙腺がまた緩む。

「井吹(いぶき)」時代からずっと付き添ってきた古参兵も、「飛廉」ではじめて会った新兵たちも、もうすっかり家族同然、大切なひとたちだった。

　こうして死地を目の前にしても、いつもと変わらず明るく元気に振る舞ってくれる水兵たちが、イザヤは本当に好きだった。もしかするとこの先の数十分間でこのなかの何名か何十名か、最悪の場合は全員とお別れせねばならないかもしれない。それでもいまこの場にこのひとたちと立てていることを、イザヤはとてもありがたく、そして誇らしく思った。

「リオも、ひとこと」

　イザヤは傍らのリオへマイクを渡した。

　リオは片手でマイクを握ると、いつもと同じようににっこり笑んで、

「風之宮だよ！　いつも通りやれば絶対できるからね！　あたしたちにできないこと、なにもないからね！」

「飛廉」の偶像としての振る舞いを理解しているから、死地の真っ只中にいるいまも、リオはことさら明るく元気にそんな言葉でみなを励ます。

『姫さま――っ』『姫さまぁぁ――っ』『ひ――め――さ――ま―――っ!!』

「みんなのこと、大好きだよっ！　終わったらみんなでパーティーしようね!!」

　いつもの能天気なコールに、地獄の戦場にありながら兵員たちはいつものようにレスポンスする。

『いえ――っい!!』『ぎゃ――っ!!』『ひーめーさーまー――っ!!』

船内を震わせる歓声を聞きながら、イザヤはリオからマイクを受け取り、それから、こっそり小声で付け加えた。

「……実はわたしも、みんなのことが大好きだ」

刹那、船体内に真空が発生した。

ゼロコンマ三秒後、空域を焼き尽くすようなすさまじい叫喚が「飛廉」内部を高圧蒸気さながら駆け巡る。

伝声管が壊れるほどの歓声が司令塔に充ちる。なにを言っているのか、うるさくてよくわからない。殿下ー、とか、姫さまー、とか、いつもの声に混じって、大勢の声がふたりの姫宮を励まし、最後まで共に行くことを誓っていた。

『最後まで一緒です!!』『地獄の底までもお供します!!』『これからもずっとずっと、両殿下とともに戦います!!』

言葉が入り乱れすぎて、個々人がなにを言っているのか判別は難しい。けれど「飛廉」乗員がひとつに結束していることだけは、骨身に沁みて理解できた。

『殿下のためにっ!!　姫さまのためにっ!!　行くぞお前ら、死ぬまで戦えぇぇ――っっ!!』

ひときわ大きな鬼束兵曹長の蛮声が、伝声管が不必要なほど船内に響く。

『うお――っ』『ぎゃ――っ』『でんか――っっ』『姫さま――っっ』

すっかりなじんでしまった叫び声を聞いて、不覚にもぽろぽろ、涙がこぼれおちてしまった。

母親から「戦場で死ね」と言われてこの艦に乗った。父親である皇王とは幼少期に引き離されたから、家庭的なぬくもりなど、味わった記憶がない。だからイザヤにとって、いまは「飛廉」が家であり、乗員たちが家族だった。

この仲間たちと一緒にここまで来られたことが誇らしい。

これから「飛廉」は消えてなくなってしまうけれど、「井吹」と同じ特別な居場所に、これからずっと居続けてくれる。いまこの瞬間共にいた記憶を、きっと永遠に忘れることはない。

ごしごし、何度も腕で目元をぬぐって、涙をぬぐい去ってから、イザヤは顔を上げた。

折り重なった断雲のついたての彼方、相対距離八千メートルほどむこうの分厚い雨雲の表面に、発砲に伴う閃光が走る。

そのたびに雲を突き破った曳痕弾が燃えながら飛び、味方の艦艇や偽装船へ襲いかかっていく。敵からはこちらが見えるのに、こちらから敵が見えない。

船体は視認できないが、あそこに「ヴェノメナ」がいる。

これから、「川淀」「末黒野」「八十瀬」「逆潮」「卯波」、五隻の飛行駆逐艦が囮となって敵の目を引きつける。

その間に見つかることなく、この八千メートルを突破して雲中の「ヴェノメナ」に辿り着けば「飛廉」の勝ちだ。

無謀な勝負であることはわかっている。

しかしそれができなければ連合艦隊はここで全滅する。

連合艦隊が全滅すれば敵飛行艦隊は日之雄本土上空へ飛来して、大勢の罪なき民が家や財産や家族を焼かれることになる。ガメリア人は相手が日之雄人なら老人だろうが女、子どもだろうが爆弾の雨を浴びせかけ、決して悪びれることはないだろう。

——そんなこと、させてたまるか。

決意して、告げる。

「最終戦闘配置！　衝角攻撃、即時待機!!」

この一か月、毎日訓練で繰り返してきた戦闘配置を令する。たちまち艦内各所へ通じる伝声管から、応答の声が届く。

『機関科、最終戦闘配置よし!!　手空き員、上甲板!!』『空雷科、最終戦闘配置よし!!』『第一弾庫、最終戦闘配置よし!!』

衝角攻撃は最終手段だ。特別な配置と措置が各所で必要になってくる。全ては余計な犠牲を出さないためにイザヤとクロトが頭を絞って考案した、水兵を死なせないやり口。

各所が配置に就いたことを確認し、イザヤはリオへ顔を戻し、

「取舵十度。味方が囮になっている間、敵が隠れているあの分厚い層雲にうまく紛れこめば、近くまでいけるはず」

先ほどクロトが示した雲へ、「飛廉」の舳先をむけさせる。

「でも大丈夫かな？　あんな分厚い雲に入っちゃったら、こっちも『ヴェノメナ』が見えなくなるけど」

舵輪を握ったリオの懸念へ、イザヤは頷きを返す。

「わたしが誘導しよう」

その返事に、リオは一瞬小首を傾げてから、すぐに察する。

「あれ、やるの？」

「うん。視点を切り離して『飛廉』を最適な位置へわたしが導く。上空から見下ろせば、良い隠れ場所も見つけやすいし。指揮はその間、クロトに託す」

ふむ、とクロトは頷く。

皇王家には、まれに異能の血を引くものが生まれる。クロトの異常な演繹能力もほとんど異能と呼べるものだが、イザヤの場合は肉体から視点だけを切り離して自在に戦場を俯瞰できる特殊すぎる異能があった。

ただし、常に傍らで信頼できる人間がイザヤと手を繋いでいる必要があり、それができるのはクロトとリオだけ。

「リオは両手が塞がってるからお前に頼む」

ふん、とクロトは鼻息を鳴らし、右手をこっそり、イザヤの左手へ近づけて、握る。

「絶対に放すなよ。戻れなくなる」

「わかっている」

「……いままでと違って今回は視点を離してから戻るまでに、場所を移動しなくてはならない。それが不安だ」

「うむ。一度ひどい目にあったな」

クロトはイザヤの言いたいことをすぐに察する。

確か八才のころ。

御学問所内でイザヤと手を繋いで、視点を切り離して遊んでいたとき。

クロトはイザヤの手を引っ張ったまま、校舎の外へ連れ出してしまい、イザヤの視点は戻る場所を見失って、身体に戻れなくなったことがある。あのときは一週間近くもイザヤは昏睡状態に陥って、体温が低下、死ぬ寸前まで追いやられた。視点を切り離した位置から大きく移動するとイザヤは戻れなくなってしまうことをそのとき知った。クロトは昏睡するイザヤの手を取って、必死に謝った。ごめん、謝るから、なんでもするから戻って、と何度も何度も懇願し、イザヤの手を額に擦りつけた。イザヤの意識が戻ったとき、クロトは安心して大泣きに泣いた。泣いたのは確か、あのときが人生最後だと思う。

約一年前、マニラ沖海空戦で視点を切り離したとき、「井吹」は機関停止状態だったためその場所を移動していなかった。だからイザヤは間違えず、クロトのいる場所へ戻ることができた。

今回、イザヤが視点を切り離すこの場所と、これから衝角攻撃を実施して、視点を肉体へ戻いのだ。

す場所は大きく移動している。その場所移動がイザヤにどう影響するのか、本人にもわからな

イザヤはクロトと繋いだ手に力を込めた。

「わたしが戻るための道しるべは、体温と鼓動と言葉だ。もしわたしが戻らなければ、わたしに……その……」

なにか言いかけて、イザヤは頰を真っ赤にして言いよどむ。クロトはつづく言葉を察した。

「体温と鼓動と言葉だな。理解した。つまりはおれの体温と鼓動と罵声をお前に浴びせていれば、お前はそれを道しるべに戻ってこられるわけだ」

「……だいたいそんな感じだ。だが……」

イザヤは真っ赤な顔を持ち上げて、なにか言いかけ、やめる。

「……なんでもない。ともかく必死こいてわたしを呼べ。必死で呼ぶんだ、わかったか」

「わかった、必死で罵倒してやる。お前の嫌がる全ての単語を並べてやるから安心して行ってこい」

クロトがいつものように憎まれ口を叩くと、いつもなら罵声を返すはずのイザヤが黙ったまま、若干頰を薄紅に染めてクロトを見上げる。

「……なんだ。言いたいことがあるならはっきり言え」

イザヤは口をもごもごと決まり悪そうに動かしてから、うつむき気味になって、ぽそりと、

「……本当の気持ちのほうが、聞こえやすい」

「ぬ？」

「……ウソの気持ちは言葉にしても聞こえにくいのだ。なぜかは知らん。本当の気持ちを言葉にすると、視点だけの状態のわたしには届きやすいらしい。八歳のとき、視点を切り離したまま戻れなくなって暗い場所をさまよっていたとき、泣きながら謝ってるお前の声がはっきり聞こえて、それで戻れたから」

「…………………」

「だから、もし万が一、わたしが戻ってこなかったとき。本当に罵倒(ばとう)したいならしてくれ。それがお前の本当の気持ちなら、わたしに届く。声が届けば、戻るための道しるべになる」

「……けったいな能力だ」

「……仕方ないだろ。わたしだって、どうしてこんな力なのかよくわからないのだ」

　イザヤは空域へ目を戻した。あまりぐずぐずしていられない。後続の五艦は「飛廉(ひれん)」の囮(おとり)となるべく、すでに独立行動を起こしている。

「では、ここを頼んだ。行ってくる」

　イザヤはクロトと手を繋(つな)いだまま、目を閉じた。

　肉体をこの場に残したまま、イザヤの視点だけが肉体を離れ、空の高みを目指して昇っていく……。

†††

空の青と雲の白が入り乱れる空域へ、黒薔薇色の花弁が咲き乱れる。

タコの足のように四方八方へ伸びゆく煤煙は、飛行戦艦「ヴェノメナ」が吐き出した炸裂弾の痕跡だ。

観測砲撃の練度が低いため、徹甲榴弾による直撃を諦め、敵飛行駆逐艦の周囲へ炸裂弾を放って、薄いブリキ装甲を幾千の弾子で食い破る作戦に変更したのだが。

「小癪なネズミどもが、ちょろちょろしおって鬱陶しい……！」

ドゥルガはイライラを表情に隠すことなく、白眉の下の奥まった瞳を血走らせ、嗄れた言葉をレーダー・プロット室へ送る。

「レーダー照準はまだできんのか。偽装船はあと何隻残っている？」

『まだ十数隻、空域を漂っています……！』

「ぐずぐずするな。あと二十分で識別をつけろ、こちらも見つけ次第叩き落とす」

電話を叩き切り、吸いかけの葉巻を床で踏みにじると、もう一度戦況を確認する。

敵飛行駆逐艦を四、五隻ほど視認しているが、こちらを幻惑しようとしているらしく、隊形を組むことなく単艦が独立行動を起こし、あたかもハイエナのように雲に隠れ「ヴェノメナ」

の周囲をうろついている。

敵の目的が見えない。

「こいつらはなにを狙っておる。空雷は通用せんと証明したはず」

ドゥルガの自問に、傍らの戦術参謀が応えた。

「ここで身体を張って本艦を食い止め、海上艦を逃がそうとしているのでは」

「うぬ……」

雲の狭間から不意に現れたり、また潜ったりしながら、日之雄の飛行駆逐艦は「ヴェノメナ」に付かず離れず移動しつつ、しかし有効な攻撃手段は持てていない。

「……しょせんは猿だ。考えを読もうとしても、ない考えは読めん。個別に狙うな、一艦ずつ狙いを定めて順繰りに墜とせ。まずは一番近いあいつだ」

ドゥルガが示したのは、水平距離七千五百メートルほどを飛ぶ飛行駆逐艦だった。砲術参謀が確認し、主砲発令所へ「左三十度、敵駆逐艦、呼称α」と伝える。

『測的目標アルファ。距離七五。炸裂弾装塡、時限信管十二秒。砲戦開始』

主砲発令所から返答があり、ほどなく「ヴェノメナ」の左舷砲三基九門がすさまじい閃光と共に炸裂弾を放ち出す。

秒速六百三十メートルの砲弾は吠え猛りながら雲をつき破り、霧散させ、十二秒後——

敵駆逐艦の周囲に、九輪の黒薔薇が咲き乱れる。

「やった!!」

参謀たちが快哉をあげる。見事に敵艦の周辺空域を夾叉した炸裂弾は、何千という弾子を放ちだして駆逐艦の内部を食い破る。

駆逐艦の装甲はバケツと同じブリキだ。炸裂弾の弾子でも貫通して船内の乗員を殺傷できる。さすがに弾火薬庫は分厚い装甲が施されているので爆発はしないが、夾叉するだけで船内の水兵や配管、設備類に深刻なダメージを与えることが可能だ。

「殺せ、殺せ、殺せ」

ドゥルガの小学生じみた呟きと同時に、容赦ない炸裂弾の嵐がアルファと名付けた敵駆逐艦を食い破る。装甲は破れ、炎が芽吹き、懸吊索が切れて、アルファは黒煙を吹きはじめる。装甲の破れ目から炎を背負った兵がこぼれおちていくのが垣間見え、ドゥルガの口の端が吊り上がる。

「いいぞ。炸裂弾を直撃させて内側から食い破れ」

アルファはのたうちながら、血のように黒煙の尾を曳きながら、なぜかそれでも逃げない。いやそれどころか、舳先をこちらへむけて突っ込んでくる。

「舵が壊れたらしい。むかってくるぞ」

ドゥルガはせせら笑う。

「いかれているのか。派手に死なせてやれ。副砲、速射砲、アルファを照準するのだ」

飛行戦艦「ヴェノメナ」の上甲板（かんぱん）と船体底部に配置された二十七センチ副砲三基と七十六ミリ速射砲四基も一斉に、突っ込んでくる駆逐艦（くちくかん）アルファを照準する。

『てぇっ（ファイア）！』

号令と共に、火焰（かえん）の濁流が空域の一点を目がけ迸（ほとばし）る。

天空の巨人が投げつけた炎の投擲槍（とうてきやり）は、一瞬にして駆逐艦アルファを飲み込む。

装甲が砕け散る。内部燃料に引火したのか、派手な爆発が船内で発生、懸吊索（けんちょうさく）が千切（ちぎ）れ飛び浮遊体と尾部だけで繋（つな）がった船体が前のめりとなる。

兵員がこぼれおちていく。しかし敵艦はまだ砲門が応射している。なぜ戦いをやめないのか理解できない。

「死にたいのだ。殺せ（キル）、殺せ（キル）、殺せ（キル）」

血走った目で令するドゥルガの視界の端に、もう一艦、こちらへ肉薄してくる艦影が映る。

「!?」

断雲のついたてに身を隠し、いつのまにか水平距離三千メートルにまで敵駆逐艦が接近していた。ふと気がついたなら「ヴェノメナ」の激烈な砲撃が雲を霧散させ、こちらの船体が空域に露出してしまっている。

伝声管から見張員（みはりいん）が叫ぶ。

『右九十度、敵艦、雷撃!!』

吹きすさぶ風の彼方、必中の距離へ肉薄していた敵艦から空雷八射線が射出される。

——アルファを囮に接近したのか。

ガメリア軍では考えられない戦法だ。その勇猛さは讃えよう。だが。

「対空機銃、右九十度！」

たちまち船体全周に配置された二十ミリ対空機銃座十八基が、「ヴェノメナ」に火箭の鎧をまとわせる。

あたかも天を統べる神龍が、全身から炎の鱗を射出したような。

蒼穹を疾駆する空雷はたちまち火焔の濁流に呑まれ、爆砕していく。空雷の速力はたった五十ノット、目視されてしまえば造作なく濃密な対空砲火に墜とされてしまう。

『右九十度、測的目標β。右砲戦、時限信管四秒に調定』

目標アルファは放っておいても墜ちる。「ヴェノメナ」の右舷砲門は直接照準で右の飛行駆逐艦ベータを狙う。

「死にたがりが。望みを叶えてやれ。殺せ、殺せ、殺せ」

ドゥルガの嗄れ声と共に、破壊の黒薔薇が再び敵駆逐艦を包み込む。

紙風船の周辺へ爆竹を撒いたかのような。

瞬く間に装甲がひしゃげ、幾千幾万の破孔がひらき、炎が芽吹く。だがそれでもベータは逃げない。全体に爆煙をまといながら、あろうことか舷側の十二センチ主砲塔をこちらへむけて、応射してくる。

駆逐艦の主砲では戦艦の装甲を貫けないことなどわかっているはず。

なのに、なぜ、そこまでして戦いをつづける？

「くるっている」

ドゥルガは思わず吐き捨てる。クレイジーな連中だと知ってはいたが、ここまでとは知らなかった。

だが、さらに。

『ひ、左百度、新たな敵駆逐艦!!』

『右十度、距離四五、また別の駆逐艦!!』

裏返った見張員の叫びが、羅針艦橋にこだまする。

幕僚たちは意味がわからない。

「囲まれている!?」「昼間だぞ、囲んでなんの意味がある？」「そこまでして死にたいと？」

驚愕するもの、呆れるもの、それぞれの反応を受け取って、ドゥルガは声を荒らげる。

「左、呼称γ、右、呼称δ！　狙いはバカのひとつ覚え、肉薄雷撃だ！　対空機銃、雷撃に警戒せよ！　空雷は全部叩き落とせ!!」

マニラ沖海空戦において、日之雄空雷戦隊は夜間肉薄雷撃で大公洋艦隊戦艦戦隊を全滅へ追い込んだ。あの戦果をこの空で繰り返そうというのだ、連中は肉薄雷撃を信仰している。

そう確信し、ドゥルガは主砲発令所へ指示を出す。

「まずはガンマ、次にデルタに砲火を集中するのだ。アルファとベータは捨て置け。連中の狙いは雷撃にある、撃った艦にはもう構うな、どうせ対抗手段はない」

『現れた順に撃滅すると？』

「そのとおり、恐らくあと二艦、雲中に隠れておる。出てきた順に撃滅せよ」

『はっ』

電話を切って、ドゥルガは一度大きく息をついて呼吸を整え、改めて空域を見渡した。

恐れることなどなにもない。雷撃さえ警戒していれば連中に対抗策はないのだ。むしろ夜ではなく、昼間に戦いを挑んでくれたことに感謝しよう。これが空雷を視認しづらい夜であれば、いかに「ヴェノメナ」でも危なかった。

「勇猛さは認めるが……」

相対距離三千五百の空域に、すさまじい火焔の華が芽吹いた。

連鎖するように、七つ、八つ、九つ、紅の花弁が飛び散って、その中心にいた駆逐艦ガンマが船体を大きくのけぞらせる。

船体に直撃した炸裂弾が内側から爆発したのだ。破壊力はいうまでもない。船内は砕け散った鉄骨と鉄板と機器類と人間がまとめて火焔に焼かれていることだろう。

弾け飛んだ装甲板の隙間から赤黒い炎を立ちのぼらせつつ、しかし駆逐艦ガンマは突進をやめない。ささむけて毛羽立ち、傷ついた横腹を「ヴェノメナ」へむけて、火焔のただなかから空雷発射管をこちらへむける。

「なんだと……!?」

虹色の航跡が八つ、伸びてくる。あれだけやられながら、まだ撃てるのか? なぜ逃げない、もう墜ちるのはわかっているだろうに。

空を飛ぶ神龍は、再び全身から幾千万の炎の鱗を全天へ放ち出す。

祈るような虹色の八射線が、空を埋める火箭のさなかで断ち切られる。

四十センチ主砲が唸る。駆逐艦ガンマへふたつ、みっつ、新たな直撃弾が食い込んでいく。よっつめが胴体を直撃し、いきなり船体が河豚みたいに膨らんだ。

マイクロ秒後、弾庫に引火した駆逐艦ガンマは火球と変じた。

一瞬、世界を閃光が包む。

それから雲が千切れ飛ぶ。烈風が駆け抜ける。立ちこめていた雲が吹き飛ばされ、「ヴェノメナ」のすがたが空域へ曝け出される。

まるで自らの命と引き替えに、「ヴェノメナ」を隠していた雲を吹き払ったかのようなガンマの最期。ガメリア兵までが思わず息を呑み、戦慄を覚える。

「なにがしたい。どうしたいのだお前たちは」

ドゥルガは動揺している自分に気づく。この敵の意図がわからない。なんのために死ぬとわかっていて突っ込んでくる？　勝てないことはわかっているのに。この敵が命を捨ててまだ空を飛ぶ理由はなんだ？

『み、右百十度、さらに敵艦……!!』

五隻目の駆逐艦、呼称εが現れた。仲間たちの壮絶な死に様を目にしても、全く逃げる気配がない。それどころか、我もつづけとばかりに押し寄せてくる。仲間が死ぬほどに、戦意を高揚させているような。

「やめろ。なんなんだお前たちは」

ドゥルガの両足が、いつの間にか震えていた。

こんな戦場を経験したことがない。圧倒的な戦力差を目にした敵は、普通逃げるものなのに。

いまここにいる敵は、踏み込んでくる。

ひるむどころかさらに猛り、自ら寄せてくる。

冷たい汗が、ドゥルガのこめかみを伝う。

空域をさらなる黒薔薇が埋め尽くす。

「ヴェノメナ」はくるったように火焔の束を吐き出し、空域一帯を焼き尽くす。

空が煮え立つ。雲が乱舞する。飛び交う弾子たちは幾万の火箭で空域を鉤裂き、乱れ飛ぶ炎たちが烈風を呼ぶ。

神龍のごとき「ヴェノメナ」の周囲を、四隻の飛行駆逐艦は傷ついた鷹のように飛びつづける。「ヴェノメナ」の吐き出す炎に焼かれ、幾万の火箭に貫かれ、全身を炎に包まれながら、それでも飛ぶことをやめない。神龍を墜とせないことがわかっていても、血にまみれた鷹たちは破れた翼を広げ、肉薄し、無駄と知りながら硬い鱗へ爪を突き立てようとする。

「殺せ、殺せ、もっと殺せ!!」

ドゥルガの裏返った叫び声が空域へ木霊し、さらなる火焔と硝煙が空を埋め尽くす。自らが放ち出す炎と煤煙で、「ヴェノメナ」は自らの視界を閉ざしていく。

煤煙と雲が混じり合って、雷雲と化したのだろうか。表面に稲光をたたえた、巨大な雲がいつの間にか「ヴェノメナ」の背後へ忍び寄っていた……。

傷ついた鷹に気を取られ、神龍は雲に気づかない。

なにものかの意志を孕んだかのように、その雲は「ヴェノメナ」の背中ぎりぎりにまで近づいて——

『百八十度!!!!』

見張員の絶叫で、ドゥルガは血走った目を真うしろへむける。

転瞬、どす黒い乱層雲が視界を圧した。

表面に稲光をたたえ、あたかも戦場の神のように「ヴェノメナ」を見下ろす巨大な雲。

吹きすさぶ風が、真っ黒な水蒸気の束を目の前に投げかけた。

ドゥルガはなぜかその風のなかに、美しい少女を認めた。

銀色の長い髪、紅の瞳、きりりとした顔立ちの少女は、空に身体を透過させ、空中に浮かんだまま真剣な表情でドゥルガを見つめている。

『辿り着いた』

少女のそんな声が、ドゥルガの耳に届いた。

『ありがとう、みんな』

少女の片方の瞳から、涙が一粒、ぽろりとこぼれた。

『あなたたちがくれた勝利だ』

言葉と同時に、少女を透過して、巨大な舳先がドゥルガの眼前に出現する。

幾千の稲妻を身にまとい、黒雲をぶち破って、巡空艦がのっそりと「ヴェノメナ」へ突起のついた舳先をむける。

機関の咆吼。

烈風が渦を巻き、踊りくるう。

銀鼠色の船の舳先が、最大戦速四十ノットで突進してくる。

その舳先には銀色の鋼鉄塊。

まるでいにしえの帆船の衝角のような。

相対距離、百五十メートル。

敵船内に反響する日之雄語の叫び声を、ドゥルガは聞く。

『「飛廉」、行っけぇぇ――――っ』

『ぶっ壊せぇぇ――――っっ!!』

この敵の真の狙いを、ドゥルガは察する。

五艦は全て囮。

本命は――衝角攻撃。

「退避ぃぃぃぃぃぃっっっ!!」

裏返ったドゥルガの叫び声が、戦闘空域に響いた。

†††

泣くな、バカ。

泣いている場合じゃないだろ。

死んでいったみんなの気持ちに応えるために……飛べ、『飛廉』!

視点となったイザヤは高度三千メートルから戦闘空域を俯瞰し、泣きながらそんな言葉で自分を励ましていた。

肉体がないのに、視点だけなのに、見えない涙が止まらない。

空域から、いま目の前で砕け散っていく仲間たちの思いが伝わってくる。

炸裂弾に全身を切り刻まれ、細かくひらいた破孔から炎と煤煙と命のかけらを噴き上げながら、飛行駆逐艦たちは飛ぶことをやめない。

艦長、士官、下士官、水兵たち、みんなの思いがひとつになって、個々の飛行駆逐艦は気高い鷹となり傷つきながら飛びつづける。

折れた翼で、もげた爪で、傷ついた身体から血を流しながらそれでも彼らは飛ぶことをやめない。

あるものは自らの誇りのため、あるものは共に戦う仲間のため、あるものは故郷で待つ家族のため。命を捨てても守りたいものがあるから、彼らはこの空を命の限り飛びつづける。

その気高さが、想いが、いまのイザヤの内側へ直接流れ込んできて、魂を震えさせる。見えない涙が、止まってくれない。

——泣いている場合か！

——応えるんだ、彼らの想いに……っ！

みんなは「飛廉」の囮となって死んでいる。

分厚い雨雲に隠れた「飛廉」はもう「ヴェノメナ」のすぐ近くまで迫ってきている。

涙を飲み干し、「飛廉」の位置と「ヴェノメナ」の位置を上空から視認して、イザヤは針路を慎重に調整していく。

「……面舵五度。……戻せ。そのまま……そのまま……取舵五度……」

いまごろ「飛廉」艦橋では、クロトと手を繋いだイザヤの肉体が、口頭でリオへ針路を伝えているはず。リオが連絡どおりに針路を調整するのを確認しながら、衝角攻撃に最適な位置へ「飛廉」を導く。

完全に囮に気を取られ、「ヴェノメナ」は「飛廉」の存在に全く気づかない。

——もうすぐだ、みんな。

視点となったイザヤにいまできることは、誘導と、死んでいく仲間たちのすがたを網膜に刻むこと。そして、彼らを決して忘れないと誓うこと。

炸裂弾が「八十瀬」の船体を直撃した。細い船体内で炸裂弾が爆発し、たちまち船体が河豚みたいに膨れあがっていく。なにが起きたのか、イザヤにはわかる。

泣いているヒマは、ない。

ただ、誓う。

——絶対に勝つから。

イザヤが祈った先、「八十瀬」は火球へ変じた。

世界が閃光に染まり、爆ぜた爆轟が「ヴェノメナ」の周囲に立ちこめた雲を吹き飛ばす。

陽光が差し込む。薄墨色の空域が黄金の光に晒されて、「ヴェノメナ」が露わになる。

それなのに「飛廉」を隠す雲はまだ立ちこめている。敵にばかり夢中だった戦場の女神が、いきなり日之雄側へ振り向いたような。

――「八十瀬（やそせ）」が女神を振り向かせた……。

そんな考えがよぎり、また新しい涙が溢（あふ）れそうになる。

イザヤはこらえる。全身全霊で感傷を殺し、ただ戦闘空域を睨（にら）み据（す）える。

――泣くヒマはない……！

――応えろ、みんなの気持ちに！

――勝つんだ、みんなのために……!!

イザヤはただひたすらに「飛廉（ひれん）」を導く。

硝煙（しょうえん）を切り裂き、断雲の群れを突破して、「飛廉」はまっしぐらに「ヴェノメナ」を目がけて駆け込んでいく。

戦士たちの祈りが、「飛廉」の翼となって風を切り裂く。

針路に乗った。

そのまま突っ走れ。

『最大戦速!!　総員退艦!!』

最後の命令を、イザヤは発する。

誘導は終わりだ。

イザヤは空中を急降下し、「ヴェノメナ」羅針（らしん）艦橋の目前へ躍り出る。

自（みず）らの背後に、突進してくる「飛廉」を背負う。

そして「ヴェノメナ」羅針艦橋にいる敵将を睨みすえる。

ブルドッグみたいな顔をした敵将が、驚愕と共にこちらを見ている。

イザヤは宣言する。

『辿り着いた』

ぽろりと涙が一筋、頰を伝う。

『ありがとう、みんな』

忘れないよ。

永遠に、共に。

『あなたたちがくれた勝利だ』

言葉と同時に、イザヤの身体を透過して、「飛廉」の衝角が「ヴェノメナ」の舷側目がけて最大戦速で突っ込んでいく。

「退避ぃいいいいいっっっ!!」

ブルドッグの裏返った絶叫をイザヤは聞いた。

空域へ高く木霊する装甲板の破砕音は、空を統べる神龍の断末魔だった。

†　†　†

「最大戦速!!　総員退艦!!」

目を閉じて、じいっとクロトの手を握って突っ立つイザヤがそう言った。

リオは伝声管を片手で掴み、機関指揮所へ最大戦速を令する。

と――

ずっと真っ黒に閉ざされていた視界がひらけ、いきなり眼前いっぱいに鋼鉄の空中城塞が現れた。

「!!」

思っていたより遥かに近い。相対距離百五十メートル未満。

リオは素早く艦内放送マイクを掴んだ。

「総員退艦!!」

刹那、艦内各所に配された伝令たちが命令を復唱しながら、担当箇所を走り回る。

「総員退艦!!」「総員退艦!!」「機関科急げ、怪我したものは助けてやれっ!!」

船内深くにいる機関科員へ、伝令が駆け込んで退艦を告げる。機関科員は慣れ親しんだボイラーに別れを告げて、縛帯を身体に固定し、上甲板目指して昇降口を駆け上がる。

「落ち着け、激突してからも爆発まで五分ある!!」「落ち着いて順序良く逃げろ、空中でぶつからないよう気を付けるんだ!」

これまで何十回も何百回も繰り返してきた脱出訓練の要領そのまま、「飛廉」乗員たちは慣れた足取りで昇降口を駆け上がり、怪我人を背負い、上甲板へ辿り着いて、集積所から落下傘を各自受け取る。

「行け、行けっ！」

誘導員に従い、上甲板に辿り着いた水兵たちは規律正しく、空中へ身を投げ出すと同時に開傘、眼前に迫り来る「ヴェノメナ」を傍目に空中を遊泳する。

「『飛廉』、行っけぇぇ――――っ!!」「『八十瀬』の仇討ちだ、思い知らせろ!!」

落下傘降下しつつ、水兵たちは懸命に上方を見やり、「飛廉」の最後の攻撃を見守る。

機関を猛らせ、必死に身を躱そうとする「ヴェノメナ」へ四十ノットで突進し――

「ぶっ壊せぇぇ――――っっ!!」

船内外の水兵たちの絶叫と共に、「飛廉」の衝角が「ヴェノメナ」の舷側へ激突した。

天柱が砕け、地軸がへし折れたかのような。

鋼鉄の塊である衝角に「飛廉」の重量と速度が乗っかり、「ヴェノメナ」の装甲板に亀裂が走り、砕け散る。

破砕した装甲板が、千万の鉄片を空域へ散布。上甲板や舷側通路にいた水兵たちが、絶叫とともに空中へ投げ出される。

鋼鉄が裂ける。折れた鉄骨が舞い飛ぶ。激突部の舷側砲が砲門ごと破壊され、コンクリート装甲がひしゃげ、砲郭を「飛廉」の下腹が押しつぶす。

砲側にあった徹甲榴弾が誘爆。舷側砲が空へ吹き飛ばされ、海原目がけて落ちていく。炸裂弾も「ヴェノメナ」の船内で次々に爆発を連鎖させ、機器も設備も倉庫も、船殻も竜骨も隔壁も、船内にあるもの全てを破砕し、引きちぎり、焼いていく。

「飛廉」舳先から衝角が切り離され、浮遊体と船体の狭間、すなわち「ヴェノメナ」上甲板構造物を慣性と自重でなぎ倒し、磨り潰し、鈎状の下腹部が敵艦の右舷をくわえ込む。

鷹の爪が神龍の臓器を捉えた。

さらに衝角から射出されたアンカーが周辺の懸吊索へ巻き付いて、敵将と刺し違えるサムライさながら「飛廉」は「ヴェノメナ」を羽交い締める。

「飛廉」の衝角に仕込まれた自爆装置が起動する。

電子信号が配線へ伝って、船内二か所にある弾火薬庫へ届く。

山賀博士が考案した自爆装置「回転型弾庫」がゆっくりと回転をはじめる。

五分後、この弾庫は完全に上下逆さまにひっくり返り、収納されている徹甲榴弾は弾庫の床に激突、数百トンの爆薬が「飛廉」もろとも敵艦を吹き飛ばすことになる。この五分間が、船員たちが退避するための時間だ。

「五分ある、慌てるな、落ち着いて逃げろっ!!」

「ヴェノメナ」の上甲板に舳先を乗り上げさせたまま、「飛廉」乗員たちは落下傘を背負ったまま空中へ身を投げ出していく。

「ヴェノメナ」上甲板では口をあんぐりあけたガメリア水兵たちがなすすべを知らず、舳先から無残に潰れた「飛廉」の船体前部をただ見上げている。こんな攻撃を受けたことがないため、どう対処していいのかわからない……。

「飛廉」司令塔は、天井部が「ヴェノメナ」の浮遊体に激突し、無残に破壊されていた。配線やダクト、計器盤は原形留めず破壊され、火が噴き出し、断絶した電線からバチバチと火花があがっている。

激突の衝撃はすさまじく、司令塔にいた四人ともが床に投げ出され、倒れ伏していた。

「ぐっ……あっ……」

速夫(はやお)がかろうじて上体を持ち上げ、周囲を見渡す。天井と側壁がぐしゃぐしゃに潰れ、床は瓦礫(がれき)まみれ。ツンと鋭い硝煙(しょうえん)と、生臭い血の香りが鼻孔を充(み)たす。痛む手足を無理に動かし、床を這(は)いずるようにして、硝煙で霞んだ視界へ目を細め、クロトへ声をかける。

「あの……無事ですか、黒之(くろの)少佐……？」

「ぬ……う……」

クロトはおのれがイザヤを抱きしめ、床に投げ出されていることを確認する。身体(からだ)の数か所に鉄片が食い込んでいるのを視認し、速夫の手を借りて血にまみれた上体を起こす。

「ぬ……リオは……？」

「あ、えっ、……お、おられます！」

リオは潰れた側壁の傍らで、うつぶせに倒れ込んでいた。速夫が再び足を引きずりながら近づき、抱き起こす。頭部と唇から血を流し、ぐったりしているが、呼吸はあった。

「失神しておられますが、生きてます」

「うむ……。従兵、貴様、リオを連れて落下傘降下しろ。もうじき爆発する、急げ」

「は、はいっ！」

恐れ多いとは思うが、リオが気絶している以上、そうするしかない。手早く自分とリオの身体に縛帯を装着し、クロトとイザヤが素のままの装備だと気づく。

「失礼、縛帯は……？」

「うむ。おれとこいつに付けてくれ。事情により手を放せんのだ」

速夫にはよくわからないが、イザヤとクロトは繋いだ手を放せないらしい。詮索するわけにもいかないので恐縮しながらクロトとイザヤにも縛帯を装備させ、クロトには落下傘を背負わせて、クロトの胸部フックをイザヤの胸部フックに引っかける。クロトはイザヤを守るように抱きかかえているため、胸と胸を合わすかたちでしか連結できなかった。

「またこの体勢か……」

クロトの愚痴を聞き流しながら、速夫はリオの背中のフックに自分の胸部フックを引っかけて、司令塔の後方に用意していた落下傘を背負う。

「黒之少佐もお早く！」

「うぬ……イザヤの視点がまだ戻らない。もうしばらくここで待つ」

よく意味のわからないクロトの言葉だが、きっと意味はあるのだろう。ふたりの間に特別な絆があることは従兵になって以来の日々で理解できていた。

「早く行け。お前はリオを助けろ」

「……はっ！」

クロトへ敬礼を送って、速夫は見張所へ足を踏み入れる。

手すりが吹き飛んでいて原形を留めていない。目の下は海原で、後方を振り返るとすぐそこに「ヴェノメナ」の船体がある。ここから思い切り前方へ跳躍すれば、開傘できる。

「先に行きます、黒之少佐！」

速夫はぐったりしたリオを背後から抱きかかえるようにして、空中へ身を投げた。

風の音を片方の耳で聞く。世界がぐるりと反転し、目の先が空でいっぱいになる。

衝撃を両肩に感じる。傘がひらき、リオを背後から抱きしめたまま、速夫は空中を遊泳する。

安心するヒマもない。

衝突から爆発まで五分しかないのだ。高度千二百メートルから落下傘降下した場合、着水までは二分弱。上方へ遠ざかっていく「ヴェノメナ」と「飛廉」の船体を見上げながら、速夫は祈る。

「早く、少佐……っ！」

吹きすさぶ風に、声が流される。急がなければ、落下傘降下中に船体が爆発してしまう。そうなれば、クロトとイザヤは無事ではすまない……。

クロトは仏頂面で、ぐったりと目を閉じたまま動かないイザヤをお姫さまのように胸の前で抱き上げ、司令塔の外へ張り出した見張所に突っ立っていた。

「ヴェノメナ」の上甲板に乗り上げた「飛廉」の船体は舳先が完全に潰れ、クロトたちのいる艦橋は浮遊体によって上部をもぎ取られ静止している。

「早く戻れ、バカ女」

「ヴェノメナ」上甲板を、水兵たちがガメリア語でわめきながら行き交い、小銃を持ったものたちがこれから飛び降りようとする「飛廉」水兵へ銃撃を浴びせている。このままここに突っ立っていると狙われる危険もあるが、イザヤの視点が戻らないうちに飛び降りたくない。

元の場所を離れるほど、イザヤは戻ってくることが困難になる。だからできるだけ、艦橋司令塔からクロトは離れたくなかった。

「見えているのだから、わかるだろうが。ここにいるぞ」

イライラしながら、クロトはそんなことを言う。

しかしイザヤはじぃっと目を閉じたまま、ぴくりとも動かない。衝角攻撃(ラムアタック)の衝撃が影響しているのだろうか。鼓動(こどう)はあるのに返事がない。

爆発まで、残り一分弱。

クロトはいらいらしながら罵声(ばせい)を送る。

「ぐずぐずするなバカ女。おれが戻れと命じているのだ、さっさと戻れグズ」

しかしイザヤは目を閉じたまま動かない。

現在「ヴェノメナ」の上甲板に「飛廉」の舳先が乗り上げた状態で、艦橋三階から張り出した見張所にクロトはイザヤをお姫様抱っこして立ちすくんでいるため、上甲板で消火や故障箇所の確認、復旧にいそしむ敵ガメリア水兵のなかに、クロトたちに気づくものも出てくる。

〝おい、ヤップの士官が生きているぞ！〟

〝女だ、あれが海神イザヤだ！〟

ガメリア語のそんなわめき声がクロトの耳に届き、小銃を持った水兵がこちらに銃口をむけるのが見えた。

「急げ、ベニヤ板！　華厳(けごん)の滝!!　十勝(とかち)平野!!」

思いついた罵声を並べるが、イザヤは全く戻る気配がない。唇を軽くひらき、長い睫毛(まつげ)は閉じたままだ。

水兵たちが押し潰されて半壊した艦橋を駆け上がってくる。

これ以上ここにいれば撃たれるか、捕まって爆発に巻き込まれるか、いずれかだ。

クロトは舌打ちし、イザヤを睨み付ける。

「仕方がない、飛び降りるぞ、絶対戻ってこいバカ女！」

意を決し、先ほどの速夫と同じく、可能な限り跳躍して船体から逃れた。

大気を切り裂く音が耳元で鳴る。

目の先を水蒸気の束が行く。千二百メートル眼下に真っ青な海原。

身を投げ出すとほぼ同時に開傘。

大きな衝撃を両肩に感じ、身体が大きく左右に振られ、水平線がぐらりぐらり、視界を行ったり来たりする。

できるだけ早く船体から離れなければ爆発に巻き込まれる。

体勢が安定したところでクロトは後方を振り返り、「飛廉」の状況を確認。

「飛廉」船体は「ヴェノメナ」の浮遊体と船体の狭間に乗り上げたまま、そのときが来るのを待っている。

眼下、フロリダ諸島の島影がある。イザヤは気絶しているから海原に落ちたくない。将校服を着ているため、敵の小艦艇に見つかって捕縛される危険がある。

降下しながら大小の島影を選別し、小さな砂浜を持つ小島を発見。クロトはイザヤを両手で抱き上げたまま、身体をひねって落下方向を調整、誰もいない砂浜を目指す。

そのとき──

ふたりの後方で「飛廉」の船体が真ん中から膨張した。

いきなり、新しい太陽さながらの大火球が海峡（かいきょう）の空に生まれ出る。

クロトは一瞬、雲に映ったおのれの長い影を視認。

マイクロ秒後、大空を皺（しわ）ばませる衝撃波。

世界そのものを裏返すような、音より速い不可視の大波がふたりを飲み込む。

「ぐぬっ」「うわっ」

ふたりの落下傘（らっかさん）が、衝撃で中空を吹き飛ばされる。

傘がしぼむ。クロトはぎゅっとイザヤの細い身体を抱きしめ、片目をあけて落下すべき砂浜を見定める。

──持ちこたえろ……っ！

クロトの祈りへ、したたかな痛みが応える。

「ぐっ」

クロトはイザヤを傷つけないよう両手で抱きしめ、砂浜の上を二度、三度と転がって着地の衝撃を受け流す。四度目に大きく跳ねて、背中から砂浜へ落ち、そこでようやく回転が止まった。

「ぐ……っ。ぬぅ………」

大空がしばらく視界のうちで回転し、くぐもった痛みを骨や内臓に感じる。肋骨の二、三本は折れたかもしれない。だがともかく、胸に抱いたイザヤを放さなかった自分を褒める。

これだけの衝撃があったにもかかわらず、イザヤはまだじいっと目を閉じたまま動かない。

上体を起こしたクロトは彼方に浮かぶ「ヴェノメナ」へ目を転じて、絶句する。

爆散したのは「飛廉」の船体だけで、「ヴェノメナ」はまだ空に浮かんでいた。

だが、もとは「飛廉」だった鋼鉄の塊がどろどろに溶け出し「ヴェノメナ」の上部構造物の破孔を通じて内部へ流れ込んでいた。

船の外殻が、竜骨が、構造材が、溶岩流に飲み込まれ、溶かされていく。灼熱地獄に耐えかねた敵兵たちは、落下傘を背負って次々に空中へ身を投げる。

自爆によって傷ついた懸吊索が切れてゆく。外殻が溶けた船体そのものが自重に耐えきれず、前のめりに軋みはじめる。総員退艦が下令されたらしく、空中に咲くガメリア兵の落下傘が、一気に数を増していく。

そして――

「ヴェノメナ」の船体と浮遊体を繋いでいた懸吊索の全てが切れた。

浮遊体はその場に残し、艦尾を下にして、音もなく「ヴェノメナ」は千二百メートル下方の海原に落下。

高さ一千メートル、幅二百メートルを超える、山脈のような大水柱が現出する。

噴き上がった数万トンの水量が、海上を漂っていた敵味方の兵士たちの頭上へ雪崩(なだ)れ落ちていく。さらには沈みゆく四万五千トンの船体が造った渦巻きが、せっかく水柱を逃れた兵たちを無慈悲に飲み込む。衝角攻撃(ラムアタック)後の落下傘降下はできるだけ船体から離れるよう訓練は施したが、あれほど巨大な渦だと巻き込まれたものも多いだろう。ひとりでも多くの兵が生き残ってくれていることをクロトは祈った。

やがて渦が消え、海面に静けさが戻って――

海上は濛々(もうもう)と水蒸気が立ちこめ、大きな虹が出ていた。

「…………」

海上には「ヴェノメナ」から逃げ出した大勢のガメリア兵が浮かんでいた。轟沈(ごうちん)に伴う水柱も渦も逃れた運の良かったものたちだ。落下傘も縛帯(ばくたい)も普通は浮力を持っているから、数時間は海原へ浮かんでいられる。海上には敵味方の水兵が入り乱れて漂流しているが、艦を失ってもなお闘争をつづけようとするものもおらず、互いに見て見ぬふりで波に揺られている様子。

「…………」

そして相変わらず、胸に抱いたイザヤは起きない。

「早く起きろ、バカ女……っ！　どこをうろついているのだ貴様は……」

クロトの罵倒(ばとう)にも答えはない。視点だけが空中をさまよい戻れなくなっているのか。そうなると命の危険さえある。

ともかく、身を隠すのが先決だ。

クロトは島を覆った原生林の奥へ、イザヤを肩に抱いたまま歩いていく……。

日のあるうちは原生林に隠れ、イザヤの意識が戻るのを待った。全く戻る気配がなかった。南海の夕映えが島を包み、やがてきららかな星空が現れても、イザヤは戻ってこなかった。

海峡(かいきょう)からは止むことなく遠い砲声が聞こえてきていた。戦況がどうなっているのか、全くわからなかった。「ヴェノメナ」は墜(お)としたからあとは海上艦隊同士の戦いだ。連合艦隊が無事にトラック島へ逃げ切ってくれているといいが。

「……味方はどうなっていることやら……」

夜の砂浜にイザヤと手を繋(つな)いだまま仰向(あおむ)けに横たわり、クロトは南半球の星空を仰(あお)いだ。

砲声はこの一時間ほど止んでいた。海戦が終わったなら、勝ったほうの小艦艇が不可避海峡へ出向いて、漂流している味方を拾い上げるはず。日之雄(ひのお)が巻き返してくれるといいが、そうでないならイザヤとクロトは当面、この島で暮らさねばならない。

「確か後詰めで『大和(やまと)』『武蔵(むさし)』が来ていた。『ヴェノメナ』さえいなければ、少しは反撃もで

きるはずだが」

話しかけるが、イザヤの返事はない。

もう数時間ほど握りっぱなしの手も、力がない。

死んでいるのではないか、と手首を取って、脈を確認。気絶しているだけか、もしくは視点が戻れずに困っているか。外見だけでは、どちらが原因なのかわからない。

「起きろと言っているだろうが、バカ女。さっさと起きんと唐辛子を口のなかに詰め込むぞ」

憎まれ口を叩くが、返事もなし。

「なんなんだ、お前の能力は。けったいな。さっさと戻れ、貴様とこのまま無人島暮らしなど勘弁だ」

吐き捨てて、星を見上げる。

朝方からずっと戦ってきて、火焔と硝煙にまみれ、たくさんの死を眼前にしたのち、イザヤとふたりで熱帯の砂浜に寝転び星を見上げている自分が、なにやら不思議でもある。

南十字星、ケンタウルス座、おおかみ座……。南半球でしか見ることのできない光たちが、悠久の星彩をたたえていた。銃撃、砲撃、爆撃、たくさんの人間の死……。ずっとそんなものを映してきたクロトの網膜に映った南半球の星空は、神様の首飾りみたいに清澄な輝きに充ちていた。

「きれいだな」

そんなことを言った。

言ってから、自分には似合わない言葉だと気づいたが、誰も聞いていないしまあいいか、とも思った。

生ぬるい風が吹き抜けた。大気は暖かいから火を焚かずとも凍死はしない。

虫の音が静けさを深めていた。宝石のような星彩に包まれて、イザヤとクロトはふたりだけで背中から伝う砂浜のぬくみを感じていた。

身体は疲れ切っているので、こうしていると強烈な睡魔が襲ってくる。だが眠ってしまって、繋いだ手がなにかの拍子にほどけてしまうのが怖い。だからクロトは無理矢理に目を覚まし、眠気覚ましの罵倒を傍らへ送りつづける。

「さっさと戻ってこい、貧乳女。どこまで世話を焼かすつもりだ」

罵声にも、なんだか力がこもらない。そろそろ本当に、イザヤが無事なのか心配になってくる。

視点を切り離す前にイザヤが言った言葉が、クロトの脳裏に舞い戻った。

『わたしが戻るための道しるべは、体温と鼓動と言葉だ』

『本当の気持ちのほうが、聞こえやすい。ウソの気持ちは言葉にしても聞こえにくいのだ』

ぐぬぬ……と歯がみしてから、クロトは意を決し、右側を下にして寝返りを打つとイザヤを抱き寄せ、片耳を自分の胸に当てさせた。

ふたりでひとつの鞠みたいに身体を丸め、互いに互いを温める。

降りてくる月明かりが、寄り添って横たわるふたりを青紫色に染め上げた。

「どうだ。希望通り、体温と鼓動を共有したぞ。本当はイヤなのにお前の言うことを聞いてやったのだからさっさと戻れ、華厳の滝めが」

やや顔を赤らめて、そんなことを告げる。イザヤの身体の柔らかさと体温、伝ってくる甘い香りが、クロトの鼓動を速くする。

「このベニヤ板め。子どものころと全く体型が変わっておらぬではないか」

照れ隠しにそんな罵倒を送るが、いまのイザヤは文句もつけず、黙ってクロトの胸に片耳を当てて目を閉じている。

「いつまで寝ている。こっちは忙しいのだ、さっさと起きろ十勝平野」

クロトはイザヤをもう少しだけ強く抱き寄せる。

イザヤがこのまま目覚めないのではないか。

そんな不安がふと頭をかすめ、ゾッとする。

「冗談はもういい。起きろ」

返事はない。

「本気で怒るぞ。本当は起きているのだろう？　わかったから、起きろ」

乱暴に言って、ゆさゆさと身体を揺さぶるが、起きない。

「起きんとこうだ」

強めのデコピンなどしてみる。だが、額を赤く腫らしても起きない。

――そういえば子どものころは、一週間ほどこのままだった。

あのときどうやってイザヤが帰ってきたのか、記憶を思い出し、クロトは赤面する。

そうだ、あのときおれがイザヤの手を握って泣きながら謝ったら、イザヤは帰ってきた。

そう、イザヤを元に戻すには……おれが正直な気持ちを言葉にすればいいのだ。

「ふざけるな、バカ野郎……」

ぶつぶつ言いながら、クロトは悩む。

悩みつづける。そのままの姿勢で二時間ほども悩みつづけ、自分の内面を覗き込んで……

渋々ながら、自分の正直な気持ちを見つけた。

――昔からお前しか、友達もいなかった。

――お前だけ、いつもおれと遊んでくれた。

父母はクロトが生まれ持った異能を誇り、黒之宮家が傍系十七宮家のなかの格式をあげるための道具として使っていた。あまり愛情を注いでもらった記憶もなく、物心ついてからはただひたすら「イザヤに取り入って結婚しろ」と吹聴されてきた。

だから子どものころは親に言われるままイザヤと遊んでいた。イザヤもクロトも変わりものだから他の子どもとは浮いていて、妙にウマも合ったし、ケンカしながらも気がつけばいつも一緒につるんで悪戯したり、侍従を出し抜いて街を出歩いたりしていた。

黒之宮家が王籍離脱して、ガメリアで父親に捨てられ、ロサンゼルスの移民村でひとりぼっちで眠る夜、クロトは毎晩、イザヤとの日々を思い出して自分を慰めていた。寒くて貧乏で周りから人種差別を受けていても、イザヤの笑顔を思い出すと不思議と頑張ることができた。

十六才のとき、フォール街で成り上がり、留学していたイザヤと一緒にニューヨークの街を歩いた。楽しかった。成長したイザヤが凛々しく可憐で気品があって、もう少しこのままこのふたりで遊んでいたいと思った。

日之雄に戻って軍人になったのも、イザヤが原因だ。

カイルが「イザヤをわたしのものにするために大統領に就任する」と言い出したとき、憤懣やるかたなく、思わず「おれが日之雄軍の統帥権を握ってお前もガメリアも叩きつぶす」と啖呵を切ってしまい、日之雄に戻って軍人になって紆余曲折を経てこうして無人島でイザヤの帰りを待っている。

「全部、お前のせいだ」

動かないイザヤの背をさすりながら、ぽつりと言った。

「お前がいたから、おれはいまここにいる」

イザヤと出会っていなければ、きっともっと違った生きかたをしていただろう。投資家なり社長なり一介の億万長者なり、気楽で自由で贅沢のできる道を歩んでいたに違いない。軍人になって生死を懸けて戦う必要など、元々自分にはないのだから。

それなのになぜ軍人になったのか。

原因はもう自覚している。

アホな上司とわけのわからん部下に囲まれてろくに眠らず命がけで戦っている理由はひとつ
——そうしないとイザヤが不幸になると思ったからだ。

カイルが「イザヤを自分のものにする」と宣言したとき、なぜあれほど腹が立ったのか、その原因もいまのクロトには理解できた。

イザヤを不幸にしようとする男がどうしても許せなかった。

イザヤは幸福に生きるべきだ。

いままではもちろん、これからもずっと、戦争が終わったあともずっと、イザヤが幸せそうに笑いながら生きられる世界。そういう世界にしたくて、おれは戦いをつづけていく。この戦争が終わるまで、勝って勝って勝ちつづけ、イザヤを誰にも渡さない。

目を背けつづけていた自分の内面を直視して、クロトは自分に言い聞かせる。

「後悔はない。これでいい。おれはいま、生涯で最も充実している」

険の取れた表情で、降り注ぐ星彩に包まれたクロトは素直な言葉を紡いでいた。

「お前が偉そうにふんぞり返っていれば、それでいい」

いつもなら絶対に出てくることのないセリフだと、自分でもわかっている。戦いの終わった気持ちがそのまま言葉に変じていた。

安堵と、夢幻の星空と静寂と、帰ってこないイザヤが相まって、自分でも気づいていなかった気持ちがそのまま言葉に変じていた。

「それ以外のものは、いらん」

あまりにもきららかな星たちが、いつのまにか自分たちの全周を取り巻いているように思えた。海も陸地も消え去って、クロトはイザヤと抱き合ったまま、宇宙のただなかにふたりきりで浮かんでいるように錯覚した。

おれもイザヤも死んだのかな。

昼間の戦場とはかけ離れた、あまりにもおとぎ話じみた光景に取り巻かれ、クロトはそんなことを思った。

そうだ、どうせ現実ではない、おとぎ話のなかにいるのだ。それなら普段言えない言葉を紡いでも、そんなにおかしくはないだろう。

「お前がのほほんと暮らすために、戦っているのだ」

そんな言葉を紡ぎながら、イザヤの背中を片手でさすった。

そして——いつの間にか、クロトは眠っていた。

イザヤを胸に抱いたまま、彼女の髪に頬をくっつけ、目を閉じてすうすうと寝息を立てた。

赤、青、黄色、数千の星彩が、砂浜で鞠(まり)みたいに丸まっているふたりへ注いでいた。

クロトの眠りが充分に深いことを確認し、イザヤは気まずそうにゆっくりと目をあけた。

口元をもにょっと波打たせ、上目遣いにクロトを見やり、頬を少し赤くする。

自分が身体(からだ)の右側を下にしてクロトの胸のなかで胎児(たいじ)みたいに身体を丸めていることを確認し、自分の背中に回ったクロトの両手の感触を確かめる。

いつもなら、罵声(ばせい)をあげて飛び退(の)くところだが、いまのイザヤは黙ってクロトの腕のなかにいた。

――クロト。

こころのなかで、呼びかけた。もちろん、返事は寝息だけ。

決戦が終わり、肩の荷が下りて、全ての疲労が一気にのしかかってきたのだろう。星明かりに浮かんだクロトの寝顔は、いつもの皮肉めいた仏頂面(ぶっちょうづら)がウソみたいな、険の取れた子どもっぽいものだった。

「クロト」

イザヤは小声で呼びかけてみる。反応はない。

口元を緩め、イザヤはクロトの胸へ自分のおでこをこつんと当てた。

「聞こえたよ。お前の声」

視点を切り離し、「飛廉(ひれん)」を誘導して、「ヴェノメナ」へ衝角攻撃(ラムアタック)を成功させたところまでは上空で見ていた。しかし衝突したときの衝撃で肉体が側壁に激突し、視点は糸の切れた凧のように海峡上空を吹っ飛んでしまった。

「飛廉」が自爆し、溶けた鋼鉄が「ヴェノメナ」へ流れ込んでいくのを途切れ途切れの視界の端っこで捉えた。懸吊索の切れた「ヴェノメナ」の船体が海原へ激突し、大水柱があがるのも一万メートルほど離れた位置から視認した。

しかし視点を「飛廉」が爆発した場所に戻しても、自分の肉体がそこにはなかった。クロトの体温と言葉を頼りに探そうとしたが、なかなか見つけることができず、イザヤは視点だけとなって海峡上空をうろうろとさまよっていた。

夜になって、不意に耳元にクロトの声が聞こえた。

『お前が偉そうにふんぞり返っていれば、それでいい』

『それ以外のものは、いらん』

次の瞬間、イザヤの視点は肉体に戻っていた。

クロトに抱かれて砂浜に横たわっている自分に気がつき、当惑した。

罵倒しながら跳ね起きても良かったが、イザヤはそのまま、意識が戻っていないフリをしつづけた。

『お前がのほほんと暮らすために、戦っているのだ』

そんな言葉が聞こえた。

同時に、自分の心臓がきゅんと音を立てて収縮する音をかすかに聞いた。

イザヤは黙って、そのままの姿勢でいた。ほどなくクロトの寝息が聞こえてきた。

そして、いま──

「……それが、素直な気持ちなのか？」

イザヤはクロトの胸におでこをくっつけたまま、問いかけてみる。返事は変わらず、寝息だけだ。はじめから答えなど期待していない。

イザヤは自分の内側が、じんわりと温かくなっていることに気づいた。

甘くて、居心地が良くて、ずっとこのままでいられたらいいな、と思った。

こういうのを幸せというのかもしれない。家庭では経験したことのない感情を、イザヤはいまはじめて胸に抱いていた。

これが幸せというものか。なかなか良いものだ。ここでこうしているだけで、ほかになにも必要ないとこころから思える。

「ありがと、クロト」

ぽつりとひとこと、そう言った。

「お前がいてくれて、良かった」

届かない言葉を送って、上目をクロトの寝顔へ送った。

クロトがわたしのことを大切に思ってくれている。

それだけでとても幸せな気持ちになれる。このままずうっとこうやって、ふたりで砂浜で眠っていられたら、この幸せがもっと先までつづいていくのかも。それはとてもステキなことに違いない。

けれど。

いまは個人的感情にかまけていられる時代ではない。

今日の決戦で囮となって死んでいった第二空雷艦隊の水兵たちの分まで命尽きるまで戦いつづけることがわたしの役割だ。すでに敵味方合わせて幾百幾千の水兵たちをわたしの采配で死傷させた。その責任から逃れようとは思わない。この命が潰える日まで、日之雄のために戦うことが内親王たるわたしの使命。

だけど、せめて。

「お前には死んでほしくないよ、クロト」

そのことだけ、知っていてほしい。

「お前は生き残ってくれ」

前線で壮烈に散り、軍神として祭り上げられ、戦意高揚のシンボルとなることがわたしの役目。はじめから死ぬことが前提で責任ある立場に立っている。けれどお前は、そんなわたしに付き合うな。

「戦いが終わったあと、日之雄にはお前が必要だ」

この戦争が終わって、日之雄がたとえ敗れても。焼け跡からまた力強く立ち上がり、自分の足で歩いて行くために、クロトみたいな人間が絶対に必要になる。この国の未来のために、クロトには生き残ってもらわないと困るのだ。

イザヤはクロトの胸に額をぎゅっと押しつけ、腰のうしろに両手を回した。

このまま朝が来たら、クロトはどんな顔をするだろう。きっと目くじらを立てて、言い訳しながら、またしょうもない罵り合いがはじまるのだろう。

それでいい。今夜のやりとりは、互いに聞かなかったことにしよう。

わたしたちに幸福な結末はあり得ない。でもせめていまだけ、このひとの腕のなかで眠りたい。きっともう二度と、こんな機会は巡ってこないだろうから、今夜だけ。

イザヤは目を閉じた。身体の内側がいつまでも温かくて、澄み切ったみずみずしい気持ちが細胞にまで染み渡っていった。これが幸せというものか、とイザヤはしみじみと理解した。

結局――

海上決戦は、八月九日の昼過ぎまでガメリア大公洋艦隊が一方的に逃げる日之雄連合艦隊を追いかけていたが、後詰めで来ていた「大和」「武蔵」が戦線に加わると形成が逆転、練度不十分なため相当数の直撃弾を浴びながらも、四十六センチ主砲の威力は当たれば絶大であり、先頭を切っていたガメリア戦艦戦隊旗艦「サウスダコタ」へ三発の直撃弾を浴びせ轟沈、つづく「アリゾナ」も直撃二発で轟沈、「ワシントン」も直撃弾一発で艦橋を破壊せしめた。突然旗艦を失った大公洋艦隊は混乱に陥り、夜に入って日之雄水雷戦隊の動きも活発化したため、深追いを諦めてガ島へと戻り、のちに「インディスペンサブル海空戦」と呼ばれる海空決戦は幕を閉じた。

明けて八月十日。

イザヤとクロトは抱き合ったまま砂浜で目を覚まし、互いに照れ隠しと朝の挨拶代わりの罵声を交わしつつ、近くを通りかかった連合艦隊の駆逐艦へ手を振って、かろうじて救出された。不可避海峡には敵味方大勢の水兵が入り交じって漂流しており、両国の小艦艇が同じ海域に入り乱れて救出作業に当たる事態となったが、互いの作業を邪魔するような無粋は起こらず、シーマンシップを発揮して味方の水兵だけを拾い上げ、双方ともに撤退した。

結果――

飛行艦同士の決戦は、ガメリア側が飛行戦艦一隻、轟沈。

日之雄側が軽巡空艦一隻轟沈、飛行駆逐艦二隻轟沈、三隻大破。

海上艦隊は、日之雄側が戦艦「長門」「陸奥」「伊勢」轟沈、「日向」「扶桑」大破、「山城」

「武蔵（むさし）」中破、「大和（やまと）」小破、重巡一隻轟沈、二隻中破、駆逐艦二隻轟沈、一隻大破、一隻中破。

ガメリア側が戦艦「サウスダコタ」「アリゾナ」轟沈、「ワシントン」他二隻大破、一隻中破、その他重巡二隻轟沈、駆逐艦二隻中破。

海戦の結果はガメリア有利の引き分けといえるものだったが、結果的にガメリアがガダルカナル島を維持したため、戦史において「インディスペンサブル海空戦」はガメリア側の勝利として記載されている。そして、特に多くの艦艇を飲み込んだフロリダ島とガダルカナル島間の海峡は、航行する船舶の磁気応用機器が海底に沈んだ軍艦の鋼鉄に反応して動作不良を起こすため、いつしか「鉄底海峡（アイアンボトム・サウンド）」と呼ばれるようになり、可能な限り避けて通ることが船乗りの慣（なら）わしとなった。

終幕

conclusion

あなたにこの時期のセントラルパークをお見せしたくて。

銀杏（いちょう）の黄色い葉が地面を覆い、真っ赤に染まった楓（かえで）の樹が立ち並んだ遊歩道を歩き抜けながら、旧クロノス、投資家トムスポン・キャリバンはそう言った。

赤、青、黄色の天蓋（てんがい）に日差しが漉され、大気までその色に染まったセントラルパークは確かに、この時期の京都にも劣らない美しさだとユーリも思う。

聖暦一九三九年十一月、ガメリア合衆国ニューヨーク――

「香港（ホンコン）にも紅葉はありますか」

問われてユーリは勝ち気な笑顔をたたえる。

「ないと思ってるの？　四季はガメリア人だけのものじゃないわ」

「いえ、そういうわけでは。アジアの気候には疎（うと）くて。気を悪くしたら申し訳ありません」

「お茶に付き合ってくれたら許してあげる。フォール街のこと、いろいろ教えてね」

「はい、そんなものでよろしければ」

現在ユーリの肩書きは、香港生まれのガメリア人、貿易会社社長令嬢。開戦に伴ってガメリアへ戻ったがカネとヒマを持て余し、新米投資家としてフォール街での活動をはじめたばかり、という設定だ。JJとトムスポンが主催している講演会に通いつめ、九月に行われた三度目の講演会の際、トムスポンに声を掛けられた。それ以来、たまにこうして散歩しながら世間話するくらいの仲になった。

ふたりは公園内のオープンテラスに腰を落ち着け、舞い散る落ち葉を眺めながら、湯気の立つコーヒーを口にした。トムスポンは売店で買った新聞をひろげ、最近のガメリアの政治を批判する。

「全く嘆かわしい。ウィンベルトは良識を持つべきです。戦争が起きて死ぬのはガメリアの若者だというのに」

投資家として常に世界情勢を注視しているトムスポンは、ウィンベルト政権を支える富裕層が莫大(ばくだい)な消費を目当てに戦争を起こした、と主張する。大公洋(だいこうよう)戦争がはじまって以来一年五か月が経ち、戦況は芳(かんば)しくないというのに、エネルギー・重工業関連企業の株価は上昇をつづけているのがその証左だと、トムスポンは言う。

「戦争で死ぬのは貧乏人だけ、金持ちにとって戦争は儲(もう)かるビジネスなのです。そんな理由で世界中に災厄を撒(ま)き散らすウィンベルト政権を野放しにできません。もっと国民にウィンベルトの無法を告げ知らせるべきなのに、マスコミは戦争を煽(あお)るばかり。ガメリア人の良心はいったいどこへ行ったというのでしょう」

トムスポンは眼鏡(めがね)の奥で真摯(しんし)な瞳を怒りに煮え立たせる。

「でも大公洋で思うように勝てなくて、ウィンベルトも支持率を落としているでしょう？　来年の総選挙、もしかしたらカイル氏に民主党代表の座を奪われるのでは？」

カイルの名前を聞くと、トムスポンの表情が一気に不安に翳る。

「……はい。その可能性も、ないとはいえません。皮肉なことに、大公洋戦線で日之雄軍が頑張るほど、状況はカイルにとって都合の良いものとなっていきます……」

かつてクロノスの一員としてカイルに協力し、裏切られて財産のほとんどを奪われたトムスポンにとって、カイルはいつか倒すべき宿敵だった。そのカイルは世界一の金持ちとなり、カネの力を無尽蔵に使って政治の世界へ強固な地盤を築きつつある。このままだと半年後、民主党代表候補指名を得るのはウィンベルトではなくカイルだというのが専らの見方だ。

「若くハンサムで金持ち、そのうえ日之雄人を世界から排除したがっている。カイルがいまのガメリア人に受けるキャラクターなのは確かです。しかし彼が大統領になったならそれこそ世界の終わり。ガメリアは世界へ先進文明を送り届ける『良心の帝国』であるべきなのに、膨張そのものを目的とした『ただの帝国』と成り果てます。カイルの大統領就任だけは、絶対に止めねばなりません」

語りながら、トムスポンの眼鏡は熱気で曇りそうになる。この痩せて貧乏な青年投資家が紳士で誠実で真面目すぎるほど真面目なことは、この二か月ほどの付き合いでユーリにも理解できた。そういう人柄は嫌いではないし、なによりも。

――カイルと敵対しているのが最高。

このままトムスポンとの関係を維持すれば、そのうちトムスポンの人脈とも繋がれる。カイルに敵対心を持つ人間たちの集まりは、こののちガメリア民主党政権に対する抵抗勢力に成り得るだろう。

ユーリの役目はガメリア国内で戦争反対の風潮を強め、戦争の早期終結への気運を作り上げることだ。潜入からわずか半年で現政権に対する抵抗勢力と繋がれたなら、まさにトムスポンさまさま。クロトは本当に良い人材をターゲットに指定してくれた。

あとは、できればカイルとも接触してみたい。

なにしろ、このあたしが最終的に倒すべき敵、ラスボスだから。カイルのひととなりを知っておくことが、攻略への足がかりになる。

「カイル氏ってどんなひとなのかしら。もし会えるなら、会ってみたいけど」

「やめたほうが良いです。非常な女好きで、関わった全員を不幸にすることで有名ですから。あなたのような美しいかたが出向いたら、無事に戻ってこられません」

「まあ、怖い。それならやっぱり、あなたのほうが安心ね。これからも政治やフォール街のことたくさん教えてね、トムスポン」

にっこり笑って小首を傾げると、トムスポンは頬を少し上気させ、照れたように笑んだ。

「あ、はい、もちろん。その……これからもあなたと一緒に投資活動できたらと」

舞い散る紅葉を背景にして、トムスポンの瞳に純情な熱が宿るのをユーリは見た。

——順調だよ、イザヤ、クロト。あたしの戦果を待っててね。

——カイルをぎったぎたにやっつけて、最高のハッピーエンドを届けてあげる……。

——そしたらふたりで泣きながらチューしてね、あたし、一番近くで拍手するから……。

ふたりが聞いたなら間違いなく「そんな目的で活動するつもりか」と激怒するであろうモノローグを心中に垂れ流して、ユーリはにこりと可憐(かれん)に微笑(ほほえ)んで見せた。

†　†　†

十一月の阿蘇山(あそさん)は、うねる緑の草原に銀色のススキが群生し、陽光を浴びて黄金色に輝いていた。風が吹くたびに穂先が弾いた金色の粒子が空へ舞い散り、彼方(かなた)にかすむ九重連山(くじゅうれんざん)の遠景へ溶けていく。

山肌に沿ってうねる山道を軍用トラックが一台走っていた。

トラックの助手席の窓から、クロトは九州のほぼ中央に位置するカルデラの大地を眺める。

ガメリアの山岳地帯に遜色(そんしょく)ない、地平の彼方まで見晴らせる雄大な光景。古代は活火山だったらしい阿蘇山も、ここ数百年は大規模な爆発もなく、高度千二百メートル付近に広大な平原「草千里(くさせんり)」を持つことが見込まれて、国内最大級の飛行艦隊基地として利用されている。

車はほどなく、阿蘇山の中腹、高度千二百メートル付近にある桟橋へ辿り着いた。

第二種軍装に身を固めたクロトが無言で助手席を降りると、出迎えの平田平祐水兵長と会々速夫二等兵がふたり、クロトの面前へ走ってきた。

「黒之閣下！　お久しぶりです、お待ちしていました！」

きらきら輝く瞳に崇敬を込めて、平祐は挨拶する。かつて「井吹」に乗っていたころ、クロトと一緒に敵戦艦を雷撃した平祐は、そのおかげで生き別れとなっていた双子の姉と先日とうとう再会できたそうだ。

「ふたりとも元気そうで、身請け先も決まったらしく、わたしも後顧の憂いを断てました！　これからも黒之閣下と一緒に頑張ります！」

目に涙をうっすらたたえて感謝する平祐へ、クロトは不機嫌そうな顔をむけ、

「うむ。今後もおれのためだけに励め」

「はっ！」

もうひとり、会々速夫二等兵もクロトへ敬礼を送って、

「わたくしも再び、司令官付き従兵として勤務することになりました！　黒之閣下、今後ともご指導お願いします！」

クロトは不機嫌そうな一瞥をちらりとくれて、

「うむ。おれのためだけに死力を尽くせ」

「はっ！」

「船が見えぬが」

「今朝方に竣工して、いま試験飛行してます！　もうすぐあちらから戻ってきます！」

速夫は阿蘇山の稜線の向こう側を指さした。ここからだとまだ見えない。トラックの荷台からぞろぞろ降りてきた水兵たちが全身で伸びをして、阿蘇の大気を胸いっぱいに吸い込む。

彼らは新しい船の下士官だ。ほとんどが「井吹」時代から一緒のひとびとで、マニラ沖海空戦、メリー侵攻作戦、インディスペンサブル海空戦を経験してきた歴戦の猛者たち。この三か月間は全国の海兵団で新兵教育にあたっていたが、今日竣工する軍艦に乗るために再招集がかけられた。

下士官のリーダー格、ずっとトラックの荷台に乗っていた鬼束響鬼兵曹長がのっそり降り立ち、出迎えの速夫に気づくと恨みがましい視線をむけて、クロトへ三か月前の出来事を告げ口をする。

「黒之閣下。この男、リオ殿下を抱いたまま漂流していたらしいですぞ」

「ほう」

「うしろから、こういう感じでリオ殿下の腹部に両手を回し、ずっと抱っこしていたとか」

鬼束は速夫の背後に回ると、両手を速夫のおなかに回して抱きしめる。

「ふむ」

気絶しているリオを抱きかかえて漂流するにはその体勢しかないだろう、とクロトは納得するが。

「実にエロいと思いませんか」

「なにが」

「どう考えてもエロいではありませんか！」

鬼束は激怒し、速夫をうしろから抱きしめたまま抱え上げ、上下にゆっさゆっさと揺すりはじめる。

「一晩中ですぞ!? 一晩中こんな体勢で風之宮殿下と!! お前、絶対途中でこんなふうに、あ――っ!! その体勢のまま、こうやって、うおお――っ!!」

鬼束は鬼の形相で速夫の細い胴回りを抱え上げたまま、野太い両手で締めあげはじめた。速夫の顔がたちまち青黒く染まり、両足をばたつかせて苦しむ。

クロトは冷静にその様子を眺めるだけで止めるそぶりも見せないため、平祐をはじめ五人の下士官が束になって鬼束をなだめ、ようやく速夫の救出に成功した。

「うぅぇぇえっ」

地にうずくまって苦しむ速夫を傍目に、クロトは中空へと目を戻した。

イザヤとふたり、無人島で夜を過ごしたインディスペンサブル海空戦から三か月が経っていた。

戦いの結果、第二空雷艦隊は三隻轟沈、生き残った三隻も大破、という壊滅状態に陥り、乗艦を失った「飛廉」乗組員は士官も含めて全員が日之雄本国へ帰還して、新たな飛行艦艇が竣工するまで陸上勤務と相成った。

クロトは軍令部総長、風之宮源三郎の許可を取り付け、海空軍兵器技術廠に赴いて偽装船の有効性を説き、幹部を納得させることに成功、以来ずっと技術廠に入り浸って、ついでにその他の新兵器開発にも口出ししてきた。最初はウザがられていたが、徐々にクロトの科学的知見の卓越性が認められ、幾つかの兵器は起案書が作成される運びとなった。海軍省の審議を通るかは未知数だが、それなりに有意義な三か月ではあった。

イザヤとは日之雄に戻ってから一度も会っていない。

どうせそのうちどこかで会うことになるだろうと連絡も取らずにいたが、一週間前に海軍省から人事発令を賜って、イザヤが司令官を務める新規飛行艦隊に作戦参謀として着任することが決定、ここ阿蘇山中腹まで赴いた次第。

——どんな顔で会えばいいやら。

クロトは今朝からずっと、そんなことを思っている。

どうでもよかろう、と理性で思いはするのだが、理性の奥にあるなにかが、気まずい気まずいとささやいている。鬱陶しいのに、そのささやきを消し去ることができない。

ほどなく——

黒塗りの高級車が、山道を上ってきた。

桟橋の手前で停車して、後部座席から、第二種軍装に身を固めたイザヤとリオが降りてくる。

「殿下────っ!!」「姫さま──っ!!」

たちまち居合わせた二十名ほどの水兵たちが、いつもの歓声を送り届ける。これからまた同じ飛行艦で生活を共にできるうれしさが各人の表情からあふれかえり、鬼束などは思わず面前まで駆け寄って五体投地を試みるが。

「そこまで」

遅れて車から降りてきた戸隠ミュウが鬼束の手前に立ちはだかり、必要以上の接近を掣肘する。ミュウとは何度も一騎打ちを繰り返し、そのたびに敗れてきた鬼束は悔しそうに目を血走らせるが、捨て台詞を吐いて引き下がる。

「……いつか貴様を倒す」

「両殿下はわたしがお守りします」

火花を散らす鬼束とミュウの背後、イザヤとリオは一同を眺め渡すと、ふたりそろって挨拶する。

「みんな、久しぶりだ！　新しい艦でもよろしく頼む！」

「みんな、またよろしくねーっ!!　一緒に元気よく頑張ろうね───っ!!」

三か月ぶりに聞くふたりの言葉に、あるものはその場で跳びはね、あるものは胸を掻きむし

って転げ回り、あるものは泣きながらその場に跪いて、

「殿下――――っっ」「姫さま――――っっ」

喜びを歓呼で表現する。

一連の騒動を振り返りもせず、クロトは黙って背中で歓声を受け取り、阿蘇山の広大な情景だけを見据えていた。

クロトが技術廠に入り浸っている間、イザヤとリオの仕事はもっぱら国民の戦意高揚のための広報活動だった。凜々しい軍服に身を包み、新聞雑誌のインタビューや記録映画への出演、財界、政界、軍部の主催するパーティーへの参加、と忙しい仕事をこなしてきて、今日からようやく本来の軍務に復帰する運びとなった。

ほぼ三か月ぶりの再会は、気まずくもあり、気持ちのどこかがほんのり喜んでいることも自覚しつつ、クロトはどう対応すれば良いやら決めかねている。

「やっほー、クロちゃん、久しぶりーっ」

微妙なクロトの気持ちなど頓着せず、リオは朗らかに笑いながら駆け寄ってきて、クロトの背中をばんばん叩く。

「相変わらず機嫌悪そうだねー。どうやってそんな凶悪な表情維持してるの？　保つだけでも大変じゃない？　久しぶりなんだから少しは笑えばいいのにー」

ずけずけとものを言いながら、背後を振り返り、

「イザヤー、おいでよー、クロちゃんいるよー」

無造作（むぞうさ）にイザヤを手招きする。

イザヤはつかつかとクロトに歩み寄り、きりりと表情を引き締めて、元気よく挨拶（あいさつ）した。

「よう！　元気かクロト。新しい生活のはじまりだというのになんだその仏頂面（ぶっちょうづら）、陰気くさい。もっといきいきと、生きる喜びを顔面に表して溌剌（はつらつ）としていろ」

いままでと全く変わりのないイザヤの態度に、クロトは若干（じゃっかん）、敗北感を覚える。

あの夜のことを気にしていたのはおれだけか。それだとおれがアホみたいじゃないか。おれだってお前などなんとも思っておらんわ。

「やかましい、バカ女。おれはいつもこんな顔だ。貴様こそ、間抜け面（づら）でニュース映画に出まくりおって、全くもってアホみたいであった」

「なんだ観たのかわたしの映画。なかなか良い映り具合であっただろ、ん？」

イザヤは勝ち気そうに笑って、クロトの顔を正面から見上げてくる。三か月ぶりに見るその微笑（ほほえ）みは、やはり気高く凛々（りり）しく、どうしようもないくらい可憐（かれん）だった。

しかしそんな感情などおくびにも出さず、クロトは憎まれ口をつづける。

「おれは忙しくてな。内容まで記憶しておらぬ。貴様のアホ面がだらしなくスクリーンに映っておった気がする、感想はそれだけだ」

と、イザヤはなにやら勝ち誇ったような笑みをたたえ、クロトより背が低いくせに上から目

線をたたえて、

「素直じゃないなあ」

なにやら勝手の違う対応に、クロトは戸惑う。

「な、なんだそれはどういう意味だ、おれは常に素直だバカ女。言っておくが、き、貴様のアホ面を観に映画館へ行ったわけではないぞ。他に大事なニュースがあって、そのついでにお前のニュースがあったから仕方なく観ただけだ、勘違いするな」

「そうかあ」

イザヤはにやにや笑いながら、気のない返事を投げ寄越す。なんだかまた敗北感がクロトの内側をせり上がってきて、それを押し隠すため罵声をあげた。

「ほ、本当のことだ！　貴様などわざわざ見に行くわけがなかろうが！　な、なんだお前、そのにやにや笑いは!?　やめろ、笑うな、表情を引き締めろ！」

「怒鳴るな、うるさい、それよりも、来たようだぞ」

クロトを片手であしらって、イザヤは阿蘇山の稜線を指さした。

十一月の冷たい大気に、プロペラの音調が紛れ込んでいた。

聞き慣れたタービン機関の吠え猛る音も、空間を通して伝わってくる。

指の先からのっそりと、鋼鉄の巨鯨が真新しい顔を覗かせる。

おおおお、と桟橋に居合わせた一同が、その艦影に歓呼を上げる。

「大きいっ!!」

風景そのものをねじ曲げるがごとき、大質量の鋼鉄塊が長大な影を地に曳きながら、見たこともない巨体を空域へ晒そうとしている。

大きいのも無理はない。この飛行艦を吊り下げているのは、マニラ沖海空戦で敵飛行戦艦「ゴルゴロス」を吊り下げていた浮遊体。五万トンの船体を吊り下げることのできる容積は、現在日之雄が保有する浮遊体でも最大だった。

現れたのは、浮遊体が懸吊できる限界ぎりぎりまで兵装を詰め込んだ、日之雄連合艦隊史上最大級の飛行戦艦――

「はじめまして、『村雨』」

リオが挨拶すると同時に、「村雨」はその巨大な艦体を全て、眼前の空へ曝け出した。

「おいおい、バケモンだぜ……!」「こんなのに乗るのかおれたち……」

兵隊たちは若干気圧されたような感想を、五百メートルほどの至近距離を飛行する巨大戦艦へと送った。

彼らとは対照的に、じぃっと兵装を見やっていたクロトはぽつりとこぼす。

「……さすが山賀博士。実に頭の悪そうな戦艦だ」

「井吹」「飛廉」につづき、次にクロトが乗り込むことになった軍艦も、天才造船博士、山賀博士が妄想を爆発させた産物だった。

「……小学生が考えた戦艦みたいだ。よくこんなの造ったな」

傍(かたわ)ら、「村雨(むらさめ)」の装備を確認したイザヤもそんなことを言う。

「えー、そう？　かっこいいと思うけど――……」

そのまた傍ら、リオは満足そうに、新しい我が家を観察する。

クロトはもう一度「村雨」の船体を眺める。

いかにも空飛ぶ戦艦にふさわしい、全面鉄鋼装甲。重量五万トン、全長二百二十メートル、全幅三十七メートル。舷側(げんそく)に二十七センチ副砲二基八門。四十ミリ機関砲八基。二十ミリ対空機銃十八基。爆弾槽(そう)に一トン爆弾五百発。

ここまでは普通だが、「村雨」は世界的にまだ珍しい、飛行艦でありながら上甲板(かんぱん)に四十一センチ旋回式主砲塔二基八門を搭載していた。爆風が懸吊索(けんちょうさく)を傷つけるため飛行艦の上甲板には旋回主砲を置かないのが常識だが、技術廠(しょう)は特別な防熱マットの開発に成功し、これを懸吊索に厳重に巻き付けることで爆風の問題をクリア、飛行艦上甲板への主砲設置を可能にした。

それだけでも異形(いぎょう)だが「村雨」はさらになんと――右舷(うげん)五基、左舷(さげん)五基、合わせて十基四十門の空雷発射管を併せ持っている。

つまり「村雨」は四十一センチ旋回式主砲で砲撃をこなすと同時に、空雷による遠距離雷撃もこなし、さらには爆弾槽をひらいて爆撃までできる、世界最強の砲・雷・爆撃能力を併せ持つ飛行戦艦であるのだ。

クロトの口から呆れた言葉が勝手に洩れる。

「重雷爆装飛行戦艦……か。めちゃくちゃだな。積めばいいというものでもあるまいに」

イザヤは海軍省の事務官から受けた説明を、クロトに伝える。

「元々は、容積三万五千トンほどの浮遊体に吊す予定で建造した船体らしい。だが一年半前、マニラ沖で我々が鹵獲した浮遊体があまりに大きかったもので、あえて載せられるだけ兵器を載せられるよう改修してみたと。結果……こうなった」

クロトはやたらめったら詰め込まれた重火器群を見回して、

「洗練性の欠片もない」

「……うん。だが、まあ……住めば都かもしれん。新しいし」

言葉を交わしながら、桟橋から二キロメートルほど離れた草千里基地へ回航してゆく「村雨」の威容を見送った。

さらに――

「あっちも、新しい飛行艦ですっ」

平祐が彼方の空域を指さして、声を張り上げた。

言葉どおり、相対距離三千メートルほど彼方を、巡空艦が二隻、単縦陣で航行していた。最近竣工したばかりの新型重巡「百々目木」「水虎」だ。さらにそのむこう、相対距離三千五百メートルほどのところには、飛行駆逐艦らしい艦影も五つある。

「開戦前から造っていた船体が、最近ようやく竣工しはじめた。新たな第一飛行艦隊が今日ここに生まれ落ちる」

イザヤが満足そうにそう言った。クロトは新しい艦影を見つめたまま、

「開戦以来の船乗りが減ってきている。これから新兵を新鋭艦に載せて鍛えねばならん。前途はいまだ厳しいぞ」

「うむ。だが大勢の水兵が死んでいるのはガメリアも同じ。甘えてはいられない。明日からまた訓練の日々のはじまりだ」

草原にたなびくススキたちが陽光を浴び、黄金の微粒子を景観の底へ撒いていた。

空飛ぶ軍艦たちは銀鼠色の船体の底を黄金色に爛れさせ、高度千二百メートルを悠然と飛行し、長い影を地上に落とす。

澄み切った蒼穹を背景にして、空飛ぶ船たちの艦影はどこか哀感を孕んでいた。

イザヤの目には、死んでいった兵士たちのすがたが艦影に重なって見える。

生き残ったものができることは、追悼と感謝と共に生きた日々を忘れないことだ。思い切り泣いて感謝して忘れないことを誓ったら、また明るく元気に励ましあいながら、新しい日々を駆け抜けていこう。こころのなかにしっかりと、いなくなったひとたちを抱きしめて。

——見守っていてくれよ、みんな。

——わたしも必ず、みんなのところへ行くから。

イザヤは草千里（くさせんり）基地上空にいま碇泊（ていはく）した「村雨（むらさめ）」の船体を見据（みす）えた。

艦尾に据えられていた内火艇が二隻（せき）切り離され、桟橋（さんばし）を目がけて飛行してくる。これからみなであの内火艇へ分乗し、新しい我が家へ乗り込むことになる。

イザヤは水兵たちのほうを振り返った。

頼もしい仲間たちが、こちらを迎えにやってくる内火艇へ手を振りながら、バカなことや適当なことを言って笑っていた。

大好きなこのひとたちとも、いつお別れになるのかわからない。

けど、だからこそせめて、いま同じ場所で生きているこのときを大切に、笑いながら過ごしたい。

たとえ無理矢理にでも、明るく元気に励まし合いながら、この仲間たちと一緒に空飛ぶ船に乗って、生きるべき場所で懸命（けんめい）に生きよう。いつか墜（お）ちるその日まで、憎くもない敵を撃ち墜としながら空を飛ぶのだ。その先に、子どもたちが二度とこんなことをしなくて済む恒久の平和があると信じて。言語も人種も国境も越えて、この世界を生きるみんなが手を繋（つな）ぎ微笑（ほほえ）みを交わすことのできる、素晴らしい未来があると信じて。

「行こう、みんな。新しい生活のはじまりだ」

イザヤは微笑んでそう言った。

溌剌（はつらつ）とした応答が阿蘇（あそ）の草原に高く響き、消えていった。ススキの穂先から散った黄金の粒子が、全員の背中へ舞い散ってきらきら光った。

イザヤたちを乗せた内火艇は「村雨」へと戻っていき、乗員たちは和気藹々と談笑しながらタラップを上る。

やがて高い汽笛と共に、水兵全員を収容した「村雨」はのっそりと動きはじめた。

行き脚は徐々に早まり、機関の唸り声と共に、七彩の艦首波が舳先から舞い散る。

艦尾プロペラの轟きが折り重なる。いくつもの飛行艦艇たちが併走しつつ隊形を組み上げ、プロペラの響きが重奏を奏でる。

草原を渡る風の音とあいまって、空飛ぶ船たちが歌を歌っているかのような。

愚かさや汚さ、卑しさや悪意を踏み越えて、遙かな高みを目指して歩むことをやめない、強く気高い歌声が青空へ響く。

虹色の航跡を曳きながら、空飛ぶ船たちは青のさなかへ埋もれていく。プロペラの奏でる旋律だけがいつまでも、黄金の粒子と風に踊る。雲のむこう、青の彼方、無限の奥行きは世界の万象を抱きとめて、ただどこまでもきよらかだった。

《参考資料》

『太平洋の試練　ガダルカナルからサイパン陥落まで（上・下）』イアン・トール　文藝春秋
『米軍提督と太平洋戦争』　谷光太郎　PANDA PUBLISHING
『日本軍の秘密組織』　日本軍の謎検証委員会編　彩図社
『テストパイロット　一等飛行機操縦士森川勲の生涯』　南堀英二　光人社NF文庫
『決定版　陸軍中野学校実録』　日下部一郎　ＫＫベストブック
『歴史群像　NO.99　２０１０年2月号　マレー進攻作戦』　学習研究社

※そのほか、文章を引用した参考文献は一巻末尾に記載しております。

GAGAGA
ガガガ文庫

プロペラオペラ2

犬村小六

発行　2020年3月23日　初版第1刷発行
　　　2021年4月20日　　　第2刷発行

発行人　鳥光 裕

編集人　星野博規

編集　湯浅生史

発行所　株式会社小学館
〒101-8001 東京都千代田区一ツ橋2-3-1
[編集]03-3230-9343 [販売]03-5281-3556

カバー印刷　株式会社美松堂

印刷·製本　図書印刷株式会社

Printed in Japan ISBN978-4-09-451834-4

(プロペラオペラ　2)

第16回小学館ライトノベル大賞
応募要項!!!!!!!!!!!!!!!!!!!!!!!!!!!!!

ゲスト審査員は磯 光雄氏!!!!!!!!!!!!!!!!

大賞：200万円＆デビュー確約
ガガガ賞：100万円＆デビュー確約
優秀賞：50万円＆デビュー確約
審査員特別賞：50万円＆デビュー確約

第一次審査通過者全員に、評価シート＆寸評をお送りします

内容 ビジュアルが付くことを意識した、エンターテインメント小説であること。ファンタジー、ミステリー、恋愛、ＳＦなどジャンルは不問。商業的に未発表作品であること。
（同人誌や営利目的でない個人のWEB上での作品掲載は可。その場合は同人誌名またはサイト名を明記のこと）

選考 ガガガ文庫編集部＋ゲスト審査員 磯 光雄

資格 プロ・アマ・年齢不問

原稿枚数 ワープロ原稿の規定書式【１枚に42字×34行、縦書きで印刷のこと】で、70～150枚。
※手書き原稿での応募は不可。

応募方法 次の3点を番号順に重ね合わせ、右上をクリップ等（※紐は不可）で綴じて送ってください。
① 作品タイトル、原稿枚数、郵便番号、住所、氏名（本名、ペンネーム使用の場合はペンネームも併記）、年齢、略歴、電話番号の順に明記した紙
② 800字以内であらすじ
③ 応募作品（必ずページ順に番号をふること）

応募先 〒101-8001 東京都千代田区一ツ橋 2-3-1
小学館　第四コミック局　ライトノベル大賞係

Webでの応募　GAGAGA WIREの小学館ライトノベル大賞ページから専用の作品投稿フォームにアクセス、必要情報を入力の上、ご応募ください。
※データ形式は、テキスト（txt）、ワード（doc、docx）のみとなります。
※Webと郵送で同一作品の応募はしないようにしてください。
※同一回の応募において、改稿版を含め同じ作品は一度しか投稿できません。よく推敲の上、アップロードください。

締め切り 2021年9月末日（当日消印有効）
※Web投稿は日付変更までにアップロード完了。

発表 2022年3月刊『ガ報』、及びガガガ文庫公式WEBサイトGAGAGAWIREにて

注意 ○応募作品は返却致しません。○選考に関するお問い合わせには応じられません。○二重投稿作品はいっさい受け付けません。○受賞作品の出版権及び映像化、コミック化、ゲーム化などの二次使用権はすべて小学館に帰属します。別途、規定の印税をお支払いいたします。○応募された方の個人情報は、本大賞以外の目的に利用することはありません。○事故防止の観点から、追跡サービス等が可能な配送方法を利用されることをおすすめします。○作品を複数応募する場合は、一作品ごとに別々の封筒に入れてご応募ください。